Ya lo pensaré mañana

DESIRÉE BAUDEL

Ya lo pensaré mañana

Grijalbo

Papel certificado por el Forest Stewardship Council®

Primera edición: enero de 2025

© 2025, Desirée Baudel
© 2025, Penguin Random House Grupo Editorial, S. A. U.,
Travessera de Gràcia, 47-49. 08021 Barcelona

Penguin Random House Grupo Editorial apoya la protección de la propiedad intelectual. La propiedad intelectual estimula la creatividad, defiende la diversidad en el ámbito de las ideas y el conocimiento, promueve la libre expresión y favorece una cultura viva. Gracias por comprar una edición autorizada de este libro y por respetar las leyes de propiedad intelectual al no reproducir ni distribuir ninguna parte de esta obra por ningún medio sin permiso. Al hacerlo está respaldando a los autores y permitiendo que PRHGE continúe publicando libros para todos los lectores. De conformidad con lo dispuesto en el artículo 67.3 del Real Decreto Ley 24/2021, de 2 de noviembre, PRHGE se reserva expresamente los derechos de reproducción y de uso de esta obra y de todos sus elementos mediante medios de lectura mecánica y otros medios adecuados a tal fin. Diríjase a CEDRO (Centro Español de Derechos Reprográficos, http://www.cedro.org) si necesita reproducir algún fragmento de esta obra.

Printed in Spain – Impreso en España

ISBN: 978-84-253-6908-7
Depósito legal: B-19.263-2024

Compuesto en Fotoletra, S. L.

Impreso en Black Print CPI Ibérica
Sant Andreu de la Barca (Barcelona)

GR 6 9 0 8 7

A mi familia, cuyos silencios han llenado esta historia.
A Noa, por ser mar y faro

Soñaba que se hacía invisible: verlo todo, escucharlo todo, aprenderlo todo, sin que nada palpable señalara su existencia.

> Delphine de Vigan,
> *Nada se opone a la noche*

Tendré una visión distinta de ti. La invención de lo que eres por dentro. Lo otro, lo de fuera, no es más que una defensa.

> Ángel Vázquez,
> *La vida perra de Juanita Narboni*

Entresuelo segunda

*Está parpadeando
la luz del descansillo.
Una voz en la escalera,
alguien cruzando el pasillo.
(Mmm) Malamente.*

Rosalía,
«Malamente»

Mil ciento cincuenta euros de alquiler, comunidad incluida. Dos habitaciones, balcón, galería y bonito salón con dos ventanas. Dicen que tiene sesenta metros cuadrados, pero es mentira. No me han enseñado el plano.

Qué fea es la palabra... Entresuelo. Vivir entre dos suelos, enterrada. Poca luz, algo de humedad, nada de sol y alguna que otra cucaracha. Nada de cielo. El suelo de arriba como cielo, y unos pies, sus pasos y sus sillas arrastradas sobre mi cabeza.

Los pies de una pareja de ancianos como cielo, como en ese cuadro de Dalí donde sus pies y los de Gala se convierten en lo más impresionante de una bóveda que quiere ser cielo o sumidero invertido. Quizá esos cuerpos lleguen a alcanzar ese agujero en el que se ve la luna esperando.

Pero yo no. Yo estuve en el museo en el que está ese lienzo en el Teatro-Museo Dalí, en Figueres, y me sentí aplastada bajo esos pies esculturales, como esa cucaracha que intentó escapar de mí quedándose muy quieta, apretada contra la pared como si pudiera meterse entre esta y el suelo, el primer día que tuve las llaves de mi entresuelo segunda. Menos mal que mi padre venía conmigo. No habría sido capaz de chafarla, era demasiado grande, y además aún no había tenido tiempo de comprar insecticida, ni eso ni nada. Chillé cuando vi la cucaracha moverse en dirección al zócalo. Mi padre la aplastó bajo la suela de su bota. «Bueno —me dijo—, parece que te persiguen estos bichos».

Menuda bienvenida. En apenas un año había vuelto a mudarme porque en el cuchitril que acabé habitando cuando me separé había cucarachas, y no las soporto. Cada vez que descubría una me sentía miserable, desgraciada y culpable. A veces subía hasta el cuarto piso chillando en el viejo ascensor de madera porque las veía corretear y esconderse entre las rendijas, pequeñas crías repugnantes de color coñac. Cuando abría la puerta de casa temía descubrir alguna en el pasillo disparada hacia un escondrijo y por la noche temía encender la luz de la cocina por si mis ojos eran capaces de detectar una estampida de esos bichos sobre el mármol.

Insecticida, trampas, todo cerrado, cero migajas, basura tapada. Hacía lo que podía para mantenerlas a raya, pero la finca les pertenecía. En cuanto veía una, en mi cabeza estallaba como una granada la palabra «miseria».

Pensé que iba a dejarlas atrás, que aunque fuera doscientos euros más pobre sería menos miserable, pero ahí estaba esa dosis de realidad negra y con unas antenas enormes recordándome que es difícil salir de la miseria. Parecía que el bicho, con la vibración de las antenas, emitía un mensaje cifrado en una especie de código que la vida me había llevado a comprender: «¿Qué te has creído, Lola, que ibas a escapar de mí?».

Little Miss Nobody

> *Was it a huntsman or a player*
> *that made you pay the cost*
> *that now assumes relaxed positions*
> *and prostitutes your loss?*
> *Were you tortured by your own thirst*
> *in those pleasures that you seek?*
>
> Rodríguez,
> «Crucify Your Mind»

Años sesenta. Una niña pequeña es secuestrada. Se llamaba Sharon Lee Gallegos, pero eso no se supo hasta 2022. Sesenta y dos años después de que alguien, un excursionista que quería disfrutar del paisaje, se encontrara un cuerpecito humano calcinado. Tenía cuatro años y nadie sabe aún qué le pasó. Archivaron el caso por falta de pruebas, metieron sus restos en una bolsa y alguien escribió en la etiqueta que los identificaba LITTLE MISS NOBODY. Ni siquiera averiguaron cómo se llamaba. No relacionaron ese hallazgo con una niña desaparecida en Arizona.

Una pareja desconocida por los vecinos merodeó en un coche rojo por la zona de Arizona en la que vivía la niña. Días después la cría desapareció y nadie supo nunca qué había sido de ella. Hasta 2022. Sus restos, pequeños huesos chamuscados, estaban en una bolsa. Sharon no había descansado en más de sesenta años. Me la imaginé maldiciendo su suerte y el frío eterno al que estaba condenada. Una niña quemada y luego congelada. Sin paz, ni cielo, ni infierno ni limbo. Aún existía el limbo cuando la niña fue asesinada. Ahora ya no, el Papa lo eliminó. Me pregunto si algún día saldrá el Papa de Roma en rueda de prensa para comunicar a sus fieles que van a quitar el infierno. Y el cielo. Todo fuera. Se sentaría a una mesa blanca, vestido con su sotana y su casquete blancos y su cruz de hierro, despojado del oro de otros papas menos austeros y, ante la mirada de un séquito intrigado y varios periodistas aburridos, diría: «Mi antecesor eliminó el limbo. No era un lugar, sino una conjetura. No era tampoco una verdad de fe, sino una hipótesis teológica. Pues lo mismo pasa con el cielo y el infierno. No son lugares, como ya dijo mi admirado Juan Pablo II. No son verdades de fe. Son símbolos, son metáforas, son preciosas imágenes para ayudar a los creyentes a situarse ante sus acciones y determinar su cercanía o apartamiento de Dios. Pero no existen. Son literatura. Es maravilloso que sean literatura, y que tanta gente que no lee condicione sus acciones por la metáfora que un escritor ideó hace tantos siglos. Maravilloso. Pero piénsenlo bien. El infierno es la tierra, el infierno son los otros. Y el purgatorio, el día a día que tenemos que soportar en este mundo tan liberal y consumista. Ámense los unos a los otros, vivan y lean y gocen, y dejen el miedo a un lado; total, son cuatro días los que tenemos. Yo me he enamorado y voy a colgar los hábitos a final de mes». Sería un momento increíble, apoteósico, la Iglesia reventando desde los cimientos. Hermoso.

Al menos, mientras la Pequeña Señorita Nadie estaba en una bolsa, se atrevieron a afirmar que los niños que morían sin bautizar no se quedaban ya eternamente anclados en un lugar que no era ni bueno ni malo, pero que no podía ser bajo ningún concepto el cielo.

Un día, alguien de la policía se acordó de los huesos de la Pequeña Señorita Nadie. Pensó en sus dientes de leche, y creyeron que podrían identificarla gracias a su ADN. Cuando metieron los restos en la bolsa de plástico no existía esa tecnología y, por tanto, eran un misterio sin solución. Pero sus dientes de leche guardaban su nombre: Sharon Lee Gallegos. La Pequeña Señorita Nadie por fin tenía un nombre y una historia, aunque sigue incompleta; nadie ha sabido explicarnos su final.

Me topé con la historia de Little Miss Nobody leyendo un diario digital. Noticia de relleno. Suceso traducido y mal, con erratas y calcos sintácticos no aceptados. Me llaman la atención los sucesos sin solución. Pensé en los dientes de la niña muerta y en mi madre, que aún guarda mis dientes de leche y los de mi hermano en una cajita de metal con forma de corazón. Ahí están mezclados nuestro origen, nuestros nombres, nuestra sangre.

Creo que los sucesos sin solución me atraen porque en mi familia hay silencios que no pueden ser rotos, silencios que son agujeros que se tragan las palabras, que son como pozos de película de miedo, con sus fantasmas viviendo en el fondo, pero no son niñitas macabras, sino hombres. Los hombres de mi familia se convierten en misterios. O son nadie. O desaparecen. Son sucesos.

Y las mujeres somos las voces que cuentan sus historias, como la de mi abuelo, en la que había vuelto a pensar desde que no vivía con Jon e intentaba rellenar el tiempo con historias, copas de vino y series de *true crime* de Netflix.

Recuerdo el día en el que mi madre me explicó que mi

abuelo no existía. Yo debía de tener unos doce o trece años y no entendí a qué se refería. Mi abuelo era alto, elegante y muy miope. Llevó siempre unas gafas con montura de pasta de carey que se le clavaban en el puente de la nariz y le daban un aire triste. Tenía, además, una gran capacidad para conversar que derivaba siempre, ineludiblemente, en tormenta. Vamos, que sí existía, aunque yo no recordaba haberlo abrazado nunca. Casi ni tocado, la verdad. Pero lo veía cada viernes al salir del colegio y algunos fines de semana, cuando íbamos a comer o a tomar café a su casa. Sin embargo, mi madre insistía en que iba a ser muy complicado tramitar todos los papeles de su jubilación porque no podían demostrar que realmente era él.

Me desconcertó descubrir que mi abuelo era una especie de capitán Nemo escondido en las profundidades, y desde ese día germinó en mí la necesidad de averiguar detalles de su historia y de imaginarme todo aquello que se negaba a explicar. En mi cabeza se convirtió en una especie de personaje de ficción al que hacía vivir aventuras, desgracias, amores imposibles y que callaba secretos que solo yo podía concebir.

La pena achica

¡Ay pena, penita, pena, pena,
pena de mi corazón
que me corre por las venas, pena,
con la fuerza de un ciclón!

QUINTERO, LEÓN Y QUIROGA,
«Pena, penita, pena»
(interpretada por Lola Flores)

No conocí muy bien a mi abuelo. Era un hombre acostumbrado a no hablar para no decir verdades ni equivocar mentiras. En realidad, había sido un fantasma discreto que aullaba por los pasillos cuando estaba en su casa.

Mi abuelo murió en marzo de 2008. No recuerdo el día. Sé que era entre semana, porque mi madre me llamó al trabajo para contármelo y tuve que pedir permiso para salir antes de hora. Nunca dijo si prefería ser enterrado o bien incinerado, fueron sus hijas las que decidieron por él. No querían tener una nueva obligación, sumada a las ya existentes: comprar doble ración de flores en el chino y tener que limpiar dos veces al año el nicho. Dos aniversarios con sus sendas visitas a Collserola eran demasiado. Ya sabían entonces que a mi abuela había que llevarla a los sitios. Además, en el nicho de propiedad de la familia descansaba mi tío, el pequeño de sus hijos. Mi madre fue la que se negó en redondo a que padre e hijo compartieran descanso eterno porque no se habían soportado en vida. Fue el único de los hermanos que pudo resistir, con su ira y su falta de freno, la violenta inexistencia de su padre.

Mi tío sí existió, pero por poco tiempo.

Cuando murió mi abuelo, en el cementerio ni nos miramos. En mi familia evitamos mirarnos cuando estamos enfadados y tememos estallar. Somos como animales salvajes que se han enseñado los dientes: permanecemos cerca los unos de los otros, inmóviles y tensos, esperando el mejor momento para dar el primer zarpazo.

Mi abuela había encogido esa noche un par de centímetros por el mal trago de ver morir al que había sido su marido durante cuarenta y ocho años. Me puse a su lado y me pareció que ya no pasaba del metro y medio. La pena encoge.

«¡Ay, qué pena, niña, qué pena! —me dijo—. Se fue al barbero y cuando volvió se moría. Se sentó en su butaca y ya no era él. Un segundo y ya no era nadie... Los dientes se le cayeron de la boca. Un segundo y su cuerpo ya no podía guardar ni su alma ni su dentadura postiza. ¡Ay, qué sola me quedo, niña!».

Mi abuela ha sido siempre muy dramática. Aunque no tanto como su hermana, que no esperó a que quemaran el cadáver de su cuñado para espetar a mi abuela que dejara de lloriquear como una niña porque todos sabían que el muerto había sido un hijo de puta toda su vida. Toda una vida que no constaba en ningún lugar.

Tal vez el sufrimiento que mi abuelo provocaba en los demás era la única prueba que tenía de que seguía vivo.

El gólem

Sabes que tienes un hijo
y ni el apellido le vienes a dar.
Llorando junto a la cuna
me dan las claras del día.
¡Mi niño no tiene pare...,
qué pena de suerte mía!

Quintero y Quiroga,
«Y sin embargo te quiero»
(interpretada por Concha Márquez Piquer)

Mi abuelo Rafael no existió hasta los sesenta y cinco años. Fue el día en que quiso empezar con los trámites para cobrar su jubilación, próxima ya, cuando todo el mundo se dio cuenta de que no existía. Él ya lo sabía, pero por primera vez en su vida tenía que demostrar que realmente sí era alguien para poder percibir los cuatro duros de la pensión que le permitiría seguir procurando no ser nadie.

No debía de haberle sido fácil llegar hasta esa edad pasando de puntillas por la vida hasta poder sentarse plácidamente en un sofá orejero de pana verde botella que había rescatado del vertedero uno de esos días en los que algún vecino había decidido desprenderse de los muebles de una abuela fallecida hacía poco. Siempre comentaba que el gusto de las abuelas era despreciado con un automatismo irreflexivo por los que decían echarlas tanto de menos tras vaciar el piso y vender todo el contenido al dueño de algún puesto de los Encantes. Le dolía en especial ver fotos de boda en las que la abuela en cuestión, joven y con sombrero, sonreía a la incertidumbre de su futuro desperdigadas por el suelo.

A mi abuelo le encantaban las flores enormes de colores terrosos estampadas en las telas de los sofás o las butacas. Y la pana y los demás tejidos que daban tantísimo calor en verano. Nos decía que le recordaban a su propia abuela y afirmaba que él estaba vivo gracias a que ella decidió no tirarlo a un vertedero para que muriera en horas, desnudo y con el cordón umbilical colgando aún del vientre abombado y amoratado de su cuerpo recién alumbrado. O, quizá en su caso, sería más preciso decir recién expulsado de un cuerpo al mundo. Al menos eso fue lo que su abuela le contó decenas de veces. Le traía sin cuidado que su mujer no soportara esos estampados ni esos tejidos, el que llevaba el sueldo a casa era él y el dinero se gastaba en lo que él decidía. Aunque tampoco había mucho que gastar. Su sueldo era más bien magro y con cuatro hijos no les alcanzaba para casi nada.

En el almacén de metales donde trabajaba no le pagaban bien, pero al menos le pagaban. Y era el encargado. Y a él le gustaba mandar. Aunque fuera un poco y a unos pocos. Mandaba a unos hombres rudos que no sabían apenas leer y que no se habían dado cuenta de que no existía. Menos mal. Si se hubieran percatado de su inexistencia habrían empezado a no obedecerle y eso habría supuesto un caos. Esa nave fría de Pueblo Nuevo era como una madriguera llena de lobos, y mi abuelo era el más grande y el más inteligente, un animal casi mítico, porque su inexistencia lo acercaba a criaturas como el Yeti o el monstruo del lago Ness. De ese tipo de autoridad gozaba, más cercana al miedo que al respeto.

Durante aquel proceso de abogados, notarios y papeleos, mi madre se preguntaba cómo permitieron a su padre firmar un contrato indefinido sin aportar ningún tipo de documentación. Cosas de aquella época en que la televisión era en blanco y negro y mandaban los vencedores con ese tipo de poder autoritario y paternalista que hace que el pueblo, tratado como un chiquillo al que controlar, haga lo que hacen los niños cuando dejan de serlo ante los ojos incrédulos de unos progenitores que niegan la evidencia y aprietan el lazo tanto como pueden: mentir y trapichear a escondidas, disimulando y poniendo cara de buenos.

Recuerdo un domingo, después de que mis abuelos se fueran de casa, en que pregunté a mi madre por qué mis abuelos se conocieron tan jóvenes en una pensión a la que él fue a pedir cama. Habían relatado esa anécdota durante la comida, y me llamó la atención porque mi abuelo dijo que fue allí siendo un chavalín. Mi madre me explicó que con apenas diecisiete años huyó sin mirar atrás y desde ese mismo instante tuvo a bien sobrevivir simplemente, sin preguntarse qué sería de aquellos que le dieron un nombre, una educación y poco más.

El niño gólem creció deformándose. El barro del que estaba hecho se resquebrajaba a medida que crecía. No soportaba la forma adulta. El barro es maleable, como la infancia, pero en cuanto la conciencia se endurece comienza a cuartearse y cede a las presiones que los recuerdos ejercen desde dentro. La amalgama de fango empieza a desmoronarse como una montaña que no ha soportado la lluvia torrencial.

Siendo un crío de ocho años descubrió que aquellos a los

que llamaba padres eran en realidad sus abuelos, que su nombre era cedido, ni siquiera era el nombre que le pertenecía por nacimiento, ese se lo negaron. Fue un primo quien, en una pelea, le dijo que se callara, que no era nadie para gritarle, que era un bastardo de mierda que estaba vivo solo porque a su abuela le dio pena y que estaría mucho mejor sucio y descalzo, rateando en la Medina. El suyo era un nombre vergonzante y le pusieron otro que escondía la vergüenza a ojos de los desconocidos.

«Que nadie sepa que eres hijo de quien eres, que nadie sepa que tienes esa madre, una madre que solo es un agujero. Mejor que piensen que has salido de la tierra del huerto en el que la abuela que te rescató hacía plantar lechugas y tomates porque para ser feliz, decía, necesitaba el olor a tomate recién arrancado de la mata». Sí, mejor ser el hombre que nació en un bancal, hombre de barro, como un Adán, o quizá sería mejor decir un gólem, porque su creador se horrorizó ante la idea de haber dado vida a esa criatura. Un monstruo. Un ser inadecuado.

Ese gólem deforme al que no se le había borrado la primera letra de la frente de milagro era mi abuelo.

Más que tristeza

Hay un hombre moribundo aquí.
Dime quién lo puede revivir.
Hay un hombre moribundo aquí.
Dime quién lo puede revivir.
Tú tienes la receta,
la fórmula secreta.

DADDY YANKEE,
«Llamado de emergencia»

Dani es un alumno de primero de Bachillerato del que fui tutora cuando él tenía trece años. Desde entonces no había vuelto a darle clase, hasta este curso, aunque siempre nos saludábamos por los pasillos, le preguntaba cómo le iba y a veces me decía que echaba de menos mis clases porque en ellas se podía hablar de todo.

No sé si eso es cierto. Lo único que intento es que mis alumnos digan lo que piensan, que compartan los temas o las noticias que les llaman la atención o los interpelan para generar un debate que haga reflexionar a unos cuantos. Sin embargo, cada año que pasa son menos los capaces de mencionar algún suceso de la actualidad ocurrido en el mundo. Creen que una noticia es que ya no duerme en el cajero de La Caixa el mendigo aquel que siempre los saludaba y que parecía portugués o paquistaní o indio o moro, o que unos chavales del instituto público que está un poco más arriba y que tienen mucha más calle y mucho menos dinero que la mayoría de mis alumnos le robaron el iPhone a Aitor de primero B. Su reino de Fantasía es devorado por una Nada que los tiene confinados en un territorio cada vez más pequeño, más insignificante, sin anclajes y aislado en una deriva que no lleva a ningún lugar: su móvil.

Este curso vuelvo a tener a Dani en clase. Es brillante, y le gustan la literatura y la filosofía. Quiere que le hagan pensar, y pobre de aquellos que no lo consiguen; veo entrar a algunos compañeros en la sala de profesores maldiciéndolo y quejándose de su impertinencia. Consigue exasperarlos mientras intentan disimular su mediocridad frente a él. En cambio, cuando lo que se dice le interesa, Dani ofrece opiniones bien argumentadas y es capaz de un cinismo lúcido que me apena, porque veo en él el germen de la infelicidad.

A medida que avanza el trimestre, aparece por las mañanas cada vez más oculto bajo su capucha y a menudo se deja caer sobre el pupitre. Sé que algo va mal en su interior.

«¿Te pasa algo, Dani?», le pregunté un día que tardó más de la cuenta en recoger sus cosas. Sospeché que intentaba provocar un momento a solas conmigo porque lo conocí bastante durante el curso que fui su tutora. Aquel año procuré estar cerca de él desde el día en que me di cuenta de que estaba muy enfadado consigo mismo porque, aunque quería hacer las cosas bien, solían salirle mal. Sus notas empeoraron mucho con el paso de primaria a primero de ESO. Me fijé en sus exámenes y en sus escritos, y decidí convocar una reunión de tutoría. Me avisó una compañera de primaria de que no había padre, había muerto cuando Dani tenía ocho o nueve años, así que tendría que contactar siempre con su madre, que se llamaba Amelia y que era bastante mayor, debía de tener cincuenta y muchos años. Como último dato, mi compañera me dijo que la mujer mimaba mucho a Dani, que lo sobreprotegía y que se resistía a aceptar que ya no era su niño, sino un adolescente que en breve escaparía de su control, que era excesivo. Convoqué la reunión para la semana siguiente, un lunes a las ocho y media de la mañana.

Llovió mucho ese día y la madre de Dani llegó empapada. Se mostró incómoda por no saber dónde dejar el paraguas chorreante y por tener que aguantar el trámite de ver a la profesora de su hijo antes de meterse de lleno en un atasco en la Ronda que la haría llegar aún más tarde de lo previsto a su trabajo de secretaria del director comercial de una empresa de productos químicos. Después de las referencias obligadas a la tormenta en una ciudad en la que casi nunca llueve, le comenté que la había llamado porque sospechaba que su hijo tenía algún problema no diagnosticado con la lectoescritura o la atención. Mostró sorpresa y preocupación. También le dije que creía que Dani necesitaba un apoyo emocional profesional porque precisaba ayuda con la gestión de la frustración que el error le producía. Y aunque me agradeció el aviso, la madre de Dani me pareció fría en exceso. Se despidió con un apretón de manos protocolario y distante. Creo que no le gustó que la enfrentara a un problema que no era de mi incumbencia. O tal vez se incomodó al sentirse pillada en falta, yo había dejado al descubierto su descuido o su poca atención.

«Es que Dani no me cuenta nada —me dijo—. Cada vez es más adusto y difícil. Es como si ya no lo conociera. Desde que murió su padre ha ido encerrándose en sí mismo. Él lo tenía demasiado mimado, lo estaba debilitando con su manera de consentirle. Desde que no está, tengo que hacer de madre y de padre. Imagínate. Me paso el día dando órdenes como un coronel. Y Dani me hace caso, eso sí, creo que obedecerme es su manera de compensarme por lo de su padre, pero siento que hay algo tenso en él, que esos silencios enormes en los que se pierde son a la vez un refugio y un castigo. Estoy un poco desesperada con esto de la adolescencia, la verdad. Espero que vaya a mejor dentro de un tiempo».

La falta de palabras como excusa para no tener que hablar de nada. La ausencia como un pozo de silencio y oscuridad en el que Dani andaba metido. Me temí que su madre había sustituido el cariño por la autoridad. Había sido madre tarde y parecía descolocada por haber descubierto que el niño bonito al que mimar se había acabado de golpe, sin tiempo para hacerse a la idea.

Dani fue al psicólogo de manera periódica durante varios cursos y tuvo que acudir a un centro especializado en reeducación de la dislexia y el TDAH de los que fue diagnosticado y, poco a poco, consiguió ir regulando su rendimiento académico, aunque su psicóloga, durante las reuniones de coordinación con el centro escolar, siempre nos decía que no lograba acceder a su parte emocional, que él mantenía bloqueada tras un muro.

Si bien temí que me guardara rencor por haber traicionado su confianza, al poco de hablar con su madre Dani me escribió una nota de agradecimiento: «Gracias, Lola. Fuiste la única que me vio cuando todos los demás solo me miraban». La guardo en mi mesita de noche, entre las páginas de un libro que me interpeló cuando lo leí por primera vez y que ahora me hace pensar en los abismos y en él: *Las lealtades*, de Delphine de Vigan.

—Sí, me pasa algo —me contestó aquel día que tardó

más de la cuenta en recoger sus cosas—. Pero no sé cuáles son las palabras para explicarlo.

—Estás triste. Es eso, ¿verdad, Dani?

—Es mucho más que eso.

Charlamos un rato sentados en el aula vacía, y procuré darle ánimos. Me fijé en los nudillos de su mano derecha, enrojecidos e inflamados, y en sus uñas, muy mordisqueadas.

Pensé en alertar a su tutora.

No pudo poner palabras a eso que quería decirme. De nuevo la falta de palabras.

¿Qué es más que la tristeza?

Casi un fantasma a los postres

*Creo en los fantasmas terribles
de algún extraño lugar
y en mis tonterías
para hacer tu risa estallar.
En un mundo descomunal,
siento tu fragilidad.*

Nacha Pop,
«Lucha de gigantes»

Recuerdo una cena de Nochebuena de hace muchos años. En realidad puedo rememorar muchas, pero la que siempre me viene a la memoria en primer lugar es una de esas noches que deberían no suceder para evitar el desasosiego que su recuerdo provoca.

Veo la mesa preparada con el mantel rojo bordado con estrellas que se pasaba el resto del año en el fondo del cajón, servilletas de tela a juego, unas velas encendidas dentro de una corona que, de hecho, debía colgar de la puerta de entrada de la casa, pero a la que mi abuela decidió dar otro uso, y las copas de cava desparejadas ya puestas, esperando a saber cuál de ellas sería la elegida para el sacrificio anual de cristales rotos y líquido derramado sobre los platillos con *neules* y turrones.

Toda mi familia reunida. Mi abuela, sus dos hijas y sus yernos y sus dos hijos y la nuera del mayor de los chicos, además de mis seis primos y mi hermano correteando por el pasillo. Y yo, claro, en un rincón discreto desde el que poder observar a los adultos. El juego de los niños no me interesaba, habían decidido tirarse a lo bruto desde el tranco que separaba el salón del comedor y apostarse una colleja a que llegaban a una loseta en concreto que estaba demasiado lejos para que los más pequeños lo lograran. Gritos para impulsarse, gritos por el dolor en la planta de los pies al impactar contra el suelo, gritos por las collejas recibidas, gritos por la excitación de pegar a los pequeños, gritos de las madres hartas de tantos gritos, gritos de los padres que protestan porque no pueden oír las voces que salen a todo volumen del televisor por culpa de los gritos. No me gusta el ruido, por eso siempre huía de mis primos y me refugiaba en los espacios tranquilos que encontraba. Los adultos de la familia me echaban en cara mi carácter adusto tan poco apropiado para una niña de ojos y boca grandes. «Con la sonrisa enorme que te cabe en esa boca y lo siesa que eres, hija», me decía siempre mi madre.

Mi padre y mis tíos estaban en el sofá bebiendo cerveza directamente de las latas. Ya habían insultado al rey campechano y despotricado de su discurso, y ahora esperaban a que los hiciera reír una pareja de humoristas con sendas pelucas de lo que, a su entender, eran dos amas de casa carentes de atractivo. Yo no me reía. No me hacían gracia ni los chistes que salían del televisor ni las bromas de los hombres; en realidad, y aunque no sabía muy bien por qué, me hacían sentir incómoda, como si se estuvieran burlando de mí, de mi madre, de mi tía y de todas las mujeres que conocía. Mi padre se dio cuenta de que estaba escuchándolos justo cuando mi tío preguntó si habían vuelto a invitar al programa a aquella italiana a la que se le salió una teta el año anterior. Me mandó a la cocina con las mujeres.

En la cocina ya no había espacio para nada más, ni para un cuchillo puesto de canto. Ollas a rebosar de caldo humeante, sartenes sucias apiladas, bandejas con canapés de diferentes colores, un plato lleno de dátiles con beicon y otro con tostadas, mantequilla, salmón ahumado y un botecito de cristal con unas huevas negras que me asqueaban, platillos con aceitunas y fuet para los niños, más bandejas con los turrones y los mantecados para el postre, botellas de vino y de cava brut nature. Mi abuela estaba nerviosa. Lo supe porque se retorcía las manos, siempre hacía ese gesto cuando estaba nerviosa. Mi madre, aguantando la puerta del horno con un trapo lleno de manchas de aceite, regaba con el líquido de la bandeja la carne que había dentro mientras mi tía se fumaba un cigarrillo a la vez que insultaba a alguien, aunque entonces no entendí a quién iba dirigido ese «será gilipollas, imbécil, cabrón».

Tocaba ir a sentarse. Todos ocupamos nuestros sitios. Los niños agrupados en una parte de la mesa; los adultos, en la otra. Mi madre empezó a repartir los platos que mi abuela iba sirviendo. Toda la casa olía a comino y cebolla asada. Como era la mayor de los niños, me dejaron estar en el linde entre ambas zonas. Mi tía nos llenó los vasos de TriNaranjus y mi padre llenó las copas de los hombres con un Ribera del Duero que le habían puesto por Navidad en el lote de la empresa. Dejó que bebiera un sorbito de su copa antes de que mi madre se percatara. Me gustó notar ese calor que me quemó la garganta y me calentó el pecho.

Mi abuela seguía estrujándose las manos y tenía el rostro descompuesto, como si le doliera mucho el estómago. Sus hijas le dijeron que se sentara, que ellas acabarían de servir la cena. Fue entonces cuando me di cuenta. Noté la ausencia a su lado. ¿Dónde estaba mi abuelo? Era Nochebuena, no podía no estar. Miré a mi madre, pero estaba ocupada. Miré a los hombres, pero no parecían echar de menos la presencia de mi abuelo. Nadie decía nada, como si ninguno de ellos hubiera notado que el abuelo no había aparecido.

Miré la hora y vi que eran las diez y media. Me pareció muy tarde para empezar a cenar. Quizá habían estado esperando a mi abuelo, o quizá no querían perderse a la italiana de la teta fuera y se les había hecho tarde. No lo sabía.

Bajé la mirada y observé el caldo en el que unos *galets* que se habían ablandado flotaban a la deriva, desmenuzados. Me dieron pena, y sentí que si me los comía me pondría tan triste como esos pobres caracoles de pasta destrozados, así que me los dejé todos en el plato, aunque mi madre insistió en que tenía que comerlos.

El hueco entre mi abuela y mi tío Pedro era enorme, pero nadie parecía percibirlo. La que se mostraba más inquieta era mi abuela. La que parecía enfadada era mi tía. No había móviles entonces, así que imagino que nadie sabía qué había pasado.

Cuando mi madre y mi tía retiraban los platos de sopa, se oyó la puerta de la entrada. Alguien cerró dando un portazo. Se hizo el silencio, nadie dijo ni una sola palabra. Todos reemprendieron lo que estaban haciendo justo antes de oír el ruido de los goznes y el golpe. Los hombres se rellenaron las copas y siguieron hablando de las paradas de Zubizarreta y de las volteretas de Hugo Sánchez, las mujeres empezaron a servir el cordero y los niños continuaron lanzándose bolas de miga de pan.

Mi abuelo cruzó el comedor tambaleándose y se sentó en

su silla sin saludar ni decir nada a nadie. Me fijé en que mi abuela dejó de apretarse las manos y cogió un par de canapés de atún con mayonesa. Mi abuelo se comió casi todo el cordero antes de apartar el plato y desplomarse sobre la mesa. La cena siguió como si nada hasta los postres y el brindis, en el que mi tío tiró con el dorso de la mano una copa con el logo de Freixenet que se rompió contra el plato con las almendras rellenas y los roscos de vino. Fue entonces cuando mi tía pidió a su marido y al resto de los hombres que acostaran ya al viejo mientras mi madre lo maldecía y mi abuela lloraba.

Si no hubiera sido por las palabras de las mujeres, habría creído que yo era la única de la familia que podía ver fantasmas.

Grifos que gotean

And you push me up to this.
State of emergency, how beautiful to be.
State of emergency is where I want to be.

BJÖRK,
«Jóga»

Como cada día, la alarma ha sonado a las seis y cuarto de la mañana. Quince minutos más en la cama con los ojos cerrados repasando lo que me espera este día que quiere empezar. Ocho en punto: Sintaxis en segundo de Bachillerato. Nueve: los complementos del verbo en segundo de ESO. Diez: entrevista con unos padres preocupados por el futuro de su hijo. Once: un plátano y un cortado. Once y media: Modernismo literario. Doce y media: Semántica en primero de ESO. Una y media: Literatura medieval en primero de Bachillerato. Vale. Todo controlado. Clases preparadas. Me gusta la lengua. Me gusta enseñar Lengua castellana. Domino los temas, no dudo, no finjo, no sufro ataques de pánico ni me siento una impostora. Las clases son mi espacio seguro. Los chavales son un público difícil y poco agradecido, pero me encanta verlos, observar cómo tienen las venas a punto de reventar de vida mientras los aburro con mis clases de Lengua.

A las seis y media salgo de la cama y entro en la cocina pensando que es el cuarto de baño. En menos de sesenta metros cuadrados es difícil equivocarse, pero hace tan poco tiempo que vivo aquí que mi cuerpo guarda la memoria de los pasos y los giros que daba en mi anterior cuchitril, como si tuviera insertado un GPS sonámbulo que me llevara de una estancia a otra. Ducha efecto lluvia. Entraba en la diferencia de doscientos euros de este alquiler, como la calefacción a gas, el baño y la cocina reformados y las paredes recién pintadas que tendré que volver a pintar cuando me marche para que el propietario pueda volver a subir el precio al siguiente inquilino. Cierro los ojos y dejo que el agua caliente me empape y que el olor a lima del gel me obligue a respirar hondo. Desde que me separé compro el mismo: Moussel Lima y Menta. El bote octogonal amarillo ácido me hace pensar en mi abuela. Ella compraba el Moussel Classique, pero el aroma del de lima me levanta el ánimo, me obliga a entornar los ojos y concentrarme en la vitalidad que desprende ese gel. Creí que me activaría, que serviría de revulsivo de la desidia con la que entro en la ducha. Mierda, no he colgado los ejercicios de subordinadas ni corregido las sesenta redacciones de segundo de ESO. Nada bajo control.

Las siete. Termino de aplicarme el rímel, me extiendo el colorete en las mejillas y me fijo en una salpicadura que empaña el espejo y que hace que parezca que tengo una mancha bajo la clavícula izquierda. La froto con un trozo de papel higiénico y pienso que debería limpiar a fondo todo el cuarto de baño. Hace días que no lo hago, es que no tengo tiempo de nada. Me vuelvo a enfrentar a mi reflejo. Me espantan mis ojeras oscuras y la flacidez de la piel de mi mentón. Si me pongo más corrector parecerá que llevo un antifaz. ¿Cuándo ha sucedido? ¿Cuándo he dejado de ser joven?

Tengo cuarenta y tres años y sé que desde hace varios no lo soy, aunque mi apariencia era engañosa: mejillas rellenitas, sonrisa amplia y mirada alegre. Y no solo mi apariencia física no se correspondía con mi edad, tampoco mi actitud, siempre preparada para el jolgorio, poco predispuesta a la previsión, al orden. Pero de repente el espejo empezó a devolverme la imagen de una mujer cansada y apagada. Triste. Y se supone que esa mujer soy yo.

Me gusta mi trabajo. En clase no tengo que fingir, soy yo. Sé lo que digo, lo que explico, lo que hago. En la vida finjo saber qué toca hacer en cada momento, cuando lo cierto es que no tengo ni idea. Hago lo que se espera que haga, miro a los lados y replico los pasos sin tener claro si es lo que quiero, si es lo mejor para mí.

Tengo cuarenta y tres años, pero mis miedos hacen que me sienta más cerca de mis alumnos adolescentes que de otros adultos. Debe de ser por eso que me encuentro tan a gusto entre los chavales, porque entiendo sus temblores, porque yo nunca he dejado de sentirlos.

Cuando acabe las clases iré al edificio de mi antiguo piso. He quedado allí con una empleada de la administración de fincas que gestiona los alquileres de todo el bloque, que es de un mismo propietario especulador y rácano. Hoy entregaré las llaves y ellos revisarán que todo esté correcto antes de devolverme la fianza. Dos meses de alquiler más otro de depósito: dos mil doscientos cincuenta euros. Estuve allí un año y tres meses. Parece poco, pero las cucarachas, los gritos de los vecinos, la música a todo trapo a todas horas y alguna que otra visita nocturna de los Mossos a la finca pusieron a prueba mi concepto de la relatividad del tiempo. Entré en el bloque en junio, justo cuando las restricciones de la pandemia lo permitieron. Separarse cuando era imposible estar separados. Vivir el encierro cuando necesitas salir huyendo. Encerrados en un silencio casi absoluto, sin mirarnos, lanzándonos de tanto en tanto palabras como dardos envenenados, o humillándome al suplicarle que me hablara o que me abrazara porque sentía que, si no lo hacía, iba a morir de repente de pena y soledad o atropellada por una ambulancia de las que llegaban constantemente al hospital que teníamos cerca de casa y contra las que fantaseaba tirarme.

Pero antes de poder huir de esa prisión, tenía que recibir el pedido que había hecho en IKEA por internet. No pude apreciar ningún color, ni las medidas ni el tacto de ninguno de los muebles y las telas que iban a convertir ese piso viejo y pequeño en mi próximo hogar. Un pedido de unos cuarenta artículos. Cuando todo estuviera colocado en su sitio, empezaría mi nueva vida de mujer sola con un sueldo de profesora en Barcelona. Dos carreras, un máster, un posgrado, el CAP, varios cursos de inglés, y todo para recibir un sueldo con el que no podía pagar más que un zulo luminoso en un bloque en el que la portera se quejaba de que un vecino anónimo usaba para mear la papelera destinada a la propaganda desechada. Una mañana me hizo un recuento de lo que había encontrado en esa pequeña papelera de plástico gris: restos de comida, un ramo de flores de muerto, condones usados, latas de cerveza arrugadas y la meada de algún cerdo muy probablemente borracho.

Barcelona, qué bonita eres y qué feos nos sentimos los desgraciados que vivimos en ti. Desde que me separé, he tomado conciencia de mi precariedad. Pobre con móvil y Netflix, o Filmin, dependiendo del grado de culturilla de cada cual, pero pobre. Rezo al dios de los esclavos con sueldo y le pido que no se me pique una muela o me pase algo peor, y ni pienso en reducir mi miopía con una operación de láser. Tengo los dientes torcidos y de un tiempo a esta parte me duelen las encías. El dentista me recomendó una ortodoncia invisible para evitar que las molestias vayan a más, pero los que son invisibles de verdad en mi caso son tres mil y pico euros que vale el aparatito corrector. Tengo que escoger entre una sonrisa estupenda de pómulos muy marcados o comer algo más que arroz a la cubana. Mis mejillas rellenitas y la celulitis de mis muslos rechonchos me agradecen la decisión cuando me río ante el espejo.

Una vez en el piso, mientras espero a una tal Blanca que no conozco, observo el que ha sido mi hogar compartido con los bichos durante quince meses. Los primeros quince meses de mi nueva vida. Paredes estucadas, cocina vieja de muebles desvencijados, un lavabo minúsculo pero muy blanco y el sol invadiéndolo todo. Voy a echar de menos el sol. Y las ondas del techo del mercado del barrio sobre el que unas cuantas gaviotas que pasan las horas tan lejos del mar aguardan los desperdicios de los puestos de pescado. Y el Tibidabo. También echaré de menos su perfil recortado en mi paisaje y su noria iluminada por las noches. Su noria como una especie de estrella al fondo de mis vistas. Me guiaba en la noche, como si fuera una reina maga, pero en vez de llevarme a Belén me indicaba que mi destino está en una montaña rusa.

Me sobresalto con el sonido del timbre. Descuelgo el telefonillo. Es Blanca.

—¿Me oyes bien?

—Sí, perfectamente.

—Vale, ahora subo, estoy comprobando que funcione el interfono.

Me quedo inquieta. Necesito el dinero. Espero recuperar

la fianza. Antes de abrir me miro en el espejo del baño. Ojeras, cara de cansada, manchas de rímel en los pliegues de los párpados superiores. Intento quitármelas y me pongo la mascarilla.

Cuando entra en el piso descubro que Blanca es como una paradoja, toda ella tan morena, con la piel oscura y el pelo negro y rizado. Creí que miraría que todo estaba en orden y que luego nos daríamos un apretón de manos, pero me dice que ha de llevar a cabo una revisión exhaustiva del estado del inmueble, y lo primero que hace es entrar en la cocina y empezar a abrir las puertas y comprobar si los fogones se encienden. Recuerdo cómo estaba todo cuando entré a vivir. Era la cocina más sucia que había visto jamás, y mira que he vivido en varios pisos de alquiler; ni siquiera habían barrido los escombros tras realizar alguna mejora, supongo que bajar el techo para poner el ojo de buey enorme que iluminaba ese pequeño espacio tubular como si fuera una amplia sala de un centro sanitario. Digo a Blanca que no me parecía que hubieran sido tan cuidadosos cuando entré, pero ella está concentradísima en abrir y cerrar los cajones de la cocina y ni se le pasa por la cabeza escucharme, menos aún hablar conmigo. El puñetero mueble debe de tener unos treinta años, y todos los tornillos y las correderas están oxidados, pero eso da igual. Si uno se atora, la culpable soy yo y no el propietario que no se molesta en mantener sus inmuebles ni lo justo para evitar que sus inquilinos se sientan indignos y miserables.

—Dos cajones se atascan un poco —me dice la exigente Blanca, y sigue con la inspección.

Llega el turno del grifo.

—Vaya, gotea un poco.

—Ya goteaba cuando llegué —me justifico.

—Pero no nos avisaste, así que no consta y, por tanto, tengo que informar del desperfecto.

—¿En serio? —exclamo—. ¿Puedes prometerme que el nuevo inquilino estrenará grifo?

Blanca me mira y se limita a arquear las cejas antes de continuar con su escrutinio.

Enchufes, interruptores, ventanas, cierres de ventanas...

—Una no cierra bien.

—Ya lo sé. Llamé para que lo arreglaran, el cierre y la persiana, que tampoco subía del todo, y enviaron un operario que no tenía ni idea, desmontó la persiana y la colocó al revés. Tuve que volver a llamar. Y los cierres, yo qué sé. No han ido bien nunca, ni después de la revisión. Parecía que sí, pero al poco, otra vez igual.

—Ya, pero tampoco nos informaste de este desperfecto y ahora lo he de anotar en el informe.

Maldito informe. Y maldita mi suerte de mierda.

A estas alturas de la revisión me siento frágil, abusada, indefensa, timada, triste y rabiosa a la vez. Impotente. Un cóctel demasiado complejo para poder gestionarlo con un mínimo de dignidad en el estado de nervios y agotamiento en el que vivo últimamente, así que me dejo ir y me echo a llorar. Me caen por la cara unos lagrimones como puños que se estrellan contra este suelo de baldosas viejas y desconchadas que Blanca parece no querer ver.

—No es justo —empiezo a balbucir—, no es justo que se aprovechen así de las personas. ¿Has visto el puto patio interior? Mira en qué estado está, cuenta las cucarachas y las bragas que, con los años, se han ido cayendo a la hora de tenderlas y que cuelgan como pendones de las salidas de humo o de algún saliente inaccesible, cuenta la mierda del fondo y ponlo todo también en tu informe. Y cúlpame a mí de la totalidad de los desperfectos del bloque. En un año he logrado dejarlo así, tengo una capacidad de destrucción bestial, es mi superpoder. Soy destructiva. Destruí mi vida y ahora esta finca de mierda. No es justo. No queréis devolverme la fianza y estáis buscando excusas.

Los lagrimones siguen brotándome sin parar. Trato de dejar salir la rabia, la tristeza, la desesperación y el miedo, todo licuado, por mis lagrimales. Blanca parece conservar algo de humanidad y se aproxima a mí, me pone la mano en el antebrazo y me dice que anotará que tanto el grifo como los muebles de la cocina tenían mucho uso cuando entré a vivir y que añadirá que dejo dos estores y dos lámparas nuevecitas. Me dan ganas de reventarlas a patadas en ese preciso instante.

Cuando Blanca acaba el puñetero informe y a mí se me acaban las lágrimas, me cuenta que dejaba su puesto de trabajo, que le queda una semana en esa empresa y que antes de irse intentará apoyarme para que mi fianza no se vea muy mermada. Se disculpa y confiesa no compartir ética profesional con la administración de fincas que gestiona ese bloque y que por eso se marcha.

—Lo siento. Espero que te vaya mejor a partir de ahora. Ya puedes darme las llaves e irte. Me quedo aquí conectando la alarma. Para saber qué pasa, llama en una semana a la agencia y pregunta por Olga.

Bajo los cuatro pisos a pie. Me pongo los auriculares y busco en Spotify una canción de Bebe, «Siempre me quedará». Pienso en los dos mil doscientos cincuenta euros y en Blanca. Pienso en cómo la vida está dando una buena dentellada a mi dignidad. Pienso en que no estoy segura de que haya un siempre.

Barcelona, qué bonita eres.

Pendientes

Pena de tu corazón,
cuéntame tu amargura
pa' consolártela yo.
Mi niña Lola, mi niña Lola,
se le ha puesto la carita del color de la amapola.

A. MOLINA, J. TORRES Y L. RIVAS,
«Mi niña Lola»
(interpretada por Concha Buika)

Mi abuela está obsesionada con los pendientes. Cada vez que mi madre la saca de la residencia en la que vive desde hace un año y medio nos pregunta varias veces si lleva los pendientes puestos. Tenemos que quitárselos y enseñárselos para que deje de preguntar por ellos durante al menos un rato. Y aunque se le olvidará rápido que los ha visto y volverá a preguntar por ellos, podemos hablar de otras cosas durante unos minutos.

Vamos a una cafetería del barrio. Siempre hay muchos abuelos, algún que otro joven con unos cascos enormes que trabaja en un ordenador y varias señoras que hablan de lo que pudo haber sido y no fue. Mi abuela es feliz a cafés con leche y magdalenas mojadas. Tiene que controlar el azúcar, pero a sus noventa y tres años mi madre le permite desayunar dos veces porque sabe que se olvida del placer del dulce empapado en café en cuanto desaparece del plato.

—¿Tú eres mi hija? —fue la pregunta que me lanzó la otra mañana al verme.

Mi madre le chilló en la oreja que no, que su hija era ella y yo era su nieta. Me miró unos cinco segundos en silencio, y luego se rio y dijo:

—Pues tiene la sonrisa bonita y los dientes majos, grandes y blancos; boca de yegua salvaje.

Cuando llegó a la residencia perdió la dentadura postiza y por culpa de la covid-19 pasó bastante tiempo hasta que pudo tener una nueva. De ese episodio nació otra de las obsesiones que ha desarrollado en el geriátrico: los dientes. Se fija en la boca de todos los que van a verla o hablan con ella y hace algún comentario sobre el color de su esmalte dental, el tamaño de las piezas o la forma de la boca.

Mi abuela no se acuerda de mi nombre. Lola. Me lo pusieron por su madre. En el DNI consta Dolores, pero no permito que nadie me llame así. Mi abuela, cuando yo era niña, me decía a menudo que vaya con el dichoso nombre que me habían endilgado.

—Mira que llamarte Dolores, tu madre. Cuando ella nació pensé que me moría, que no sobreviviría al daño, pero no se me ocurrió bautizarla Dolores. Al revés, quise alejarla del dolor y le puse un nombre de flor, una flor alegre y salvaje que nace en los caminos cuando llega la primavera: Margarita. Y va ella y te pone a ti Dolores.

—Lola es más alegre, abuelita, nadie me llama Dolores.

—Sí, ya, pero luego te va mal la vida y nadie se atreve a decir que cómo iba a irte con semejante condena de nombre.

Me acordé del chasco que se llevó cuando le conté que me había separado de mi marido. Ella no entiende que una mujer pueda existir sin un hombre al lado, el que el destino te asigna, como una bendición o una condena, dependiendo de la fortuna.

Eso me decía siempre mi abuela, pero ya no se acuerda de mi nombre, ni de su madre, que también se olvidó de ella, pero mucho antes de perder la cabeza, justo cuando la envió lejos, a Marruecos, a casa de una hermana suya que no pudo concebir y crio a su sobrina como si fuera su hija, pero solo como si, porque no lo era y los amores así no se aprenden, sino que te salen del cuerpo entre sangre y gritos y llanto, y a ella no le salió nada, sino que le entró el miedo.

Me deprime ver cómo mi abuela va perdiendo la cabeza, aunque ahora se ríe más. Se ha olvidado de mi tío Juan.

Me ajusto el abrigo y la bufanda. Hoy empieza la primavera, pero últimamente está haciendo más frío que en febrero. Hace dos semanas que no sale el sol, y siento que tengo el ánimo por los suelos. La miro llevarse la palma a la boca y recoger con los labios las migas que le quedan de la magdalena del desayuno. Me ha recordado a una cría de chimpancé por cómo movía los labios. Mi abuela pretendía no renunciar ni a una migaja de placer.

—¿Tú eres la Luz, mi Mari Luz? —pregunta mi abuela a mi tía.

—Sí, mamá, sí.

—Pues tienes los ojos muy bonitos, las ojeras no, que las tienes muy negras, pero los ojos sí, y la raya verde, te la has pintado de verde, fíjate tú. ¿Y tú eres Lola?

—Sí, abuelita.

—¿Ves?, todavía me acuerdo de muchas cosas, aunque ya no sé si voy o vengo, si subo o bajo, pero de cosas me acuerdo. Y fíjate qué dientes más bonitos, qué buena dentadura, qué grandes y blancos tienes los dientes, qué maja eres.

Habla a su hija con la boca arrugada, con los labios pegados a las encías. Hoy ha salido sin dientes de la residencia. Su fijación cada vez es mayor, y desde hace unos días las enfermeras han de vigilarla porque envuelve su dentadura postiza en servilletas y la esconde. Esta mañana lo ha hecho y no han logrado encontrarla aún. Mi madre le pregunta dónde la ha guardado, pero mi abuela o no se acuerda o no quiere acordarse y habla de cuando plantaba dientes de ajo en macetas para verlos brotar.

—Ya sabéis cuánto me gustan a mí las plantas y ahora no tengo ni un triste geranio.

—Pero mamá, tus dientes, ¿dónde están?

—Pues en la boca, niña, ¿dónde voy a tener los dientes, en el coño?

Me río, pero mi madre y mi tía no saben qué hacer, si reír o llorar.

—Míralas, Lola, mi Margarita y mi Luz. Juntas hacen una primavera.

Explicaba que las había bautizado con esos nombres para alejarlas del sufrimiento de las mujeres de la familia, para protegerlas de la tristeza que las rondaba a todas desde la cuna. «Qué manía con condenarnos desde el nacimiento», decía.

Mi abuela se llama Soledad, su madre, Dolores, y esta bautizó a su otra hija con el nombre de Angustias. La madre de mi bisabuela se llamaba Socorro, e incluso hubo una Olvido en la familia, la tía de mi abuela. Aunque Olvido no me parece tan mal nombre, me parece un nombre bonito e incluso esperanzador. Soy Olvido, en mis brazos se quedarán tus malos recuerdos y morirán, conmigo lo harás todo por primera vez. Soy Olvido, no sé quién eres, por qué me miras así. Soy Olvido, no sé qué hago aquí. Soy Olvido, se me olvidó que te olvidé y ahora te pienso.

Ya puestos a escoger un nombre entre los de las mujeres de mi familia, tan lorquianos, mi madre podría haber elegido Olvido. Quizá no estaría ahora, como estoy, repasando constantemente todos los errores que me han llevado a mi entresuelo segunda.

La mala sangre

Cuando sonaban las voces,
una copla de agonía
lloraba la Zarzamora.

QUINTERO, LEÓN Y QUIROGA,
«La Zarzamora»
(interpretada por Lola Flores)

—Ay prenda, si yo te contara cuánto he pasado...
¿Cuántas veces me habrá dicho eso mi abuela después de la muerte de mi abuelo refiriéndose a su matrimonio, cuando todavía no había empezado a perder la cabeza y la memoria? Acostumbraba a seguir con «Sería muy largo de contar, no me queda tiempo para explicarlo. Son demasiadas cosas y tan malas que si las cuento todas te llenarán por dentro y no te dejarán espacio para la risa y el amor. Sí, es mejor que me lo calle todo y me lo lleve conmigo a la tumba y te deje tus huecos libres para que los llenes con cosas bonitas».

Pero yo no tengo espacios libres, tengo cenotes muy profundos que se alimentan por la filtración de las lágrimas y por las corrientes de los ríos de angustia que me nacen en el corazón. Pozos malditos que jamás se llenan con nada. Nunca me siento saciada, ni de alegría ni de tristeza. Siempre noto esa sensación de vacío, como un apetito salvaje que me pide más. Una nueva aventura, una nueva decepción, un nuevo estropicio, una nueva herida en mi carne, o en la de los otros.

Le pedía que me lo contara todo; necesitaba llenarme un rato de emociones, que, si bien no eran mías, me tocaban en parte por herencia.

—A mí me respetaba, y no me pegaba, aunque, eso sí, tenía que ser todo como él quería y cuando él quería. Era como un rey, casi un dios. Y con los niños era peor. Lo volvían loco. No los soportaba, ni el ruido, ni las rabietas ni la desobediencia. ¡Ay, como no le hicieran caso! Se sacaba el cinturón o cogía una vara. Se me rompía el alma, pero era él quien mandaba y yo no podía hacer nada. Creo que le tenía miedo y no me metía por si me hacía lo mismo. Soy cobarde, si he hecho cosas ha sido a empujones de la vida. Si hubiera sido por mí, aún estaría en la pensión de mi tía, ayudándola a hacer las camas y a cocinar, pero la vida no te deja estar quieta. Cuando estoy quietecita estoy fenomenal. Tú, Lola, no te muevas mucho, que luego una no sabe ni dónde está. ¡Cómo pegaba a mi Pedro! Le pegaba más que a los otros, con lo bueno que mi Pedro era. Le tenía manía, no sé qué veía en él, era como si lo mirara y viera un demonio. Si no se sentaba como tu abuelo quería, paliza; si no se estaba quieto cuando él se lo mandaba, paliza; si llegaba diez minutos tarde del trabajo, paliza. Pobrecillo, aún lo veo con los pantalones azules del trabajo mojados por el miedo y el daño. Solo tenía catorce años cuando empezó de aprendiz con un mecánico. Pobrecillo, mi Pedro. ¿Ves, Lola?, y ni he empezado casi a contarte nada. ¿Para qué contarlo? Es mi sufrimiento, no hace falta sacarlo. Lo tengo tan comprimido dentro de este cuerpecito mío que si lo sacara sé que no cabría ni en todo el edificio. Se desplegaría e hincharía como uno de esos castillos inflables donde juegan los niños ahora. Cuando los colocan en el suelo parecen pequeños y ridículos pingajos hasta que se llenan de aire y se hacen enormes. ¡Ay, si sacara el mío y lo dejara inflarse del aire de mis suspiros! No sería como los castillos esos de colores vivos de los niños. Sería oscuro, una atracción de esas de brujas y fantasmas, porque daría miedo, mucho miedo. Y pena. También pena.

Mi abuelo respiraba mal y tosía a diario. Consecuencias de fumar mucho. Fumaba como un carretero. Dos paquetes y pico al día, primero de Celtas y luego de Ducados. Ese humo denso y apestoso lo acompañaba, lo rodeaba como una niebla que lo ocultaba. Todo él olía a humo: su pelo, su ropa y sus dedos amarillentos. Yo creía que fumaba tanto para fabricarse ese escondite en el que refugiarse.

Sus hijos no lo querían. Decían que lo respetaban y punto, pero no era verdad. Le hablaban, lo escuchaban, lo invitaban a comer y a tomar café, y cumplían con las obligaciones familiares, pero no lo hacían por respeto, sino por un miedo que les viajaba por el torrente sanguíneo y se les había metido en el cuerpo como una infección cuando eran niños a través de las heridas y los arañazos que su padre les había abierto en la piel. Era un miedo que no podían borrarse, lo llevaban tatuado en la dermis en forma de cicatrices que guardaban la memoria del dolor que ellos querían olvidar. Mi madre y sus hermanos no habían aprendido a querer, solo a temer. El miedo y el rencor son los sentimientos que los han movido hasta el día de hoy, que han impregnado todo cuanto han tocado con sus manos asustadas.

Mi abuelo tampoco los quería a ellos. No quería a nadie. Jamás lo vi dando un beso o un abrazo. Solo sabía enfadarse y gritar y discutir por cualquier cosa. Y dar órdenes. Era un dios airado que mandaba como un lobo en el almacén de metales en el que trabajaba y en su casa se comportaba como si estuviera en su monte Olimpo. Aunque en el fondo también se movía por miedo y rencor. Controlaba a sus hijos de una manera enfermiza por miedo. No tenía papeles y no podía correr el riesgo de ser descubierto. Si lo descubrían lo enviarían de vuelta a Tetuán, creía él, y allí no tenía nada, ni siquiera existía el mundo en el que nació. Temía ser apresado, metido en un calabozo, golpeado y tirado al suelo de una tierra que no aceptaba su vergüenza. Tenía que controlarlo todo para que nadie sospechara que estaba ahí, detrás de su cortina de humo. Nada ni nadie podía llamar la atención hacia su escondite. A su mujer ya la tenía adiestrada desde el primer momento, pero con sus hijos todo era más complicado: dos chicas con la piel rojiza y brillante como la arcilla y esos ojos de fuego que todos los hombres miraban al verlas pasar, y dos chicos oscuros como la noche que se mojaban la nuca en la fuente de la calle y se convertían en mares en los que ahogarse ante la mirada de las jóvenes del barrio. Tenían su sangre, los cuatro. Oía el latido oscuro de su origen bajo su piel cuando los mandaba callar. Gritos contenidos en sus venas. Le faltaban al respeto con la boca cerrada, escuchaba ese PUM-PUM, PUM-PUM y parecía entender ofensas. Habían heredado la mala sangre. Y sus pelos negros y rizados y esos ojos orgullosos y salvajes. Su sangre como condena. Tenía que acallar esos latidos. Sobre todo los de Pedro, que parecían dar palmas que llamaban al deseo y al peligro. Se asemejaban tanto a su madre niña… No soportaba mirarlo y verla metida en ese cuerpo elástico de gato callejero. Su madre fantasma. Su madre invisible. Como él. Como lo serían sus hijos. Aprenderían a ser invisibles. Él les enseñaría.

—¡Ay, prenda, qué difícil es la vida! Con lo que a mí me gustan las plantas y las flores y los pájaros que cantan en su jaula. Eso se me da bien. Nunca se me mueren las plantas, no como los hijos. Ya sabes, Lola, lo bonitas y verdes que las tengo. Me crecen tanto que he de cortar los brotes nuevos y plantarlos en otros tiestos y regalarlos. ¿Cómo está el ficus que te di? Tenía ese verde tan precioso que da alegría a las casas... No me digas que se te está muriendo. Pero ¡si solo quiere una *mijilla* de agua de vez en cuando! Son fáciles de cuidar, las plantas, no como los hijos. Daba igual lo que hiciera para que estuvieran bonitos y alegres y quietos, nunca lo conseguí. Me habría encantado poder plantarlos en una maceta enorme para que echaran raíces en esa tierra y que se quedaran ligados a ella para siempre, a mi lado, pero no pude. Se me movieron todos, se fueron pronto. Tuvieron prisa por irse. Yo les cantaba cuando estaban cerca, un montón de coplas, pero pudieron más los gritos de tu abuelo. Tu madre fue la primera en irse, era tan niña aún y sabía tan poco... Qué pena, Lola, me dio cuando se fue a su nueva vida por primera vez. ¿Qué soñaría la noche de bodas, mi Margarita?

Hacía tanto que no me hablaba así mi abuela... Estaba perdiéndose dentro de ese cuerpo menguante y algo retorcido por la artrosis. Echaba de menos esas confesiones rápidas que me hacía cuando nos quedábamos a solas durante las sobremesas en casa de mi madre. Me las lanzaba de golpe, sin que la conversación nos hubiera llevado a ellas, como fogonazos que enseguida se apagaban. Luego volvía tan rápido a la cháchara de la que se había desviado que te llevaba a dudar de que hacía solo un segundo estaba hablándote de cosas mucho más importantes que la nariz operada de la Presley.

En el verano de 1965 nació mi tío Juan. Mi abuela me contó que no quería otro hijo, que ya tenía tres y muy poco dinero, y que no soportaba la idea de nuevos desvelos y apuros, así que se fue a la montaña de detrás de la casa en la que vivía a dar saltos en cuanto supo que estaba encinta. Saltó y saltó por los desniveles de la montaña pelada durante horas para ver si se le descolgaba el embrión, pero no lo logró y se le aferró al vientre como ninguno de sus otros tres hijos. Ella decía que, del susto que se llevó con tanto salto, el bebé se le agarró a las tripas y que por ese motivo se pasó los cuatro primeros meses de embarazo vomitando todo lo que comía.

Seguía sin tener ganas de otro hijo cuando se puso de parto en plena verbena de San Juan. Estaba junto a mi abuelo viendo cómo los críos saltaban la hoguera que los vecinos habían hecho con sillas y puertas viejas y cuadros feos de cacerías cuando notó ese dolor como de puñales de acero entrándole por el riñón derecho y partiéndola en dos. Otra vez iba a partirla por la mitad un hijo. Luego necesitaría meses para volver a sentirse una, pero eso me lo contaba, a mí, muchos años después porque antes nadie escuchaba a una recién parida, me decía cuando iba a verla y merendábamos juntas.

El olor a pólvora y el fuego le hacían pensar en Juan y se ponía triste. Incluso las cerillas la entristecían. Las odiaba. Igual que las llamas azules de los mecheros y los fogones.

Me decía que le salía la comida mala por la pena que la ahogaba cuando veía la combustión del gas. Desde que mi tío Juan se hizo silencio, mi abuela cocinaba mal: quemaba los fritos, los potajes ya no le salían trabados, las tortillas le quedaban sosas y el pisto amargo... «Es por culpa del fuego —me explicaba—. Cuando veo las llamas me pongo enferma y ya no me importa lo que hay en la olla».

Su comida nunca dejó de ser triste.

Mi tío Juan nació en Barcelona la noche más corta de 1965, con el olor a pólvora pegado a la piel. Siempre a punto del estallido, de las luces y el trueno.

Segundo C

¿Quién no tiene el valor para marcharse?
¿Quién prefiere quedarse y aguantar?
Marcharse y aguantar.

Iván Ferreiro,
«Turnedo»

Iban a expulsar a Dani tres días del centro por insultar al sustituto que había venido a cubrir la baja del profesor de Filosofía, quien se había roto los ligamentos de la rodilla en un partidillo de esos que juegan los hombres para seguir sintiéndose niños. La noticia produjo un tímido clamor en la sala donde los docentes nos reunimos. No hubo aplausos y vítores porque los profesores estamos condenados, como los padres de varios hijos, a fingir objetividad y ecuanimidad, pero la mayoría de mis compañeros estaban hartos de la chulería de un alumno que los retaba y luego los ninguneaba si no superaban el reto. Pregunté a la tutora de Dani qué había pasado y me contó el incidente. Como me temía, Dani puso a prueba al sustituto y fue implacable con él. Resultó que el chaval había estudiado Historia, pero como no había nadie más a quien contratar por la falta de docentes que está sufriendo el gremio, lo pusieron a dar Filosofía. «Total, qué más da, son de letras, seguro que sabe enrollarse y leer el libro de texto», debió de pensar alguno. Dani lo humilló, y el sustituto, aún no acostumbrado a enfrentarse a alumnos disruptivos ni entrenado en aguantar el tipo, lo insultó, a lo que Dani contestó con un insulto más grave y, obviamente, el juzgado y condenado fue el crío de dieciséis años.

«A ver si así se le bajan los humos, porque me está dando mucho trabajo el niñato este», me comentó la tutora de Dani al acabar de explicarme lo sucedido.

Decidí hablar con él a la vuelta de su sanción. Algo no iba bien. Estaba segura. Podía ser un impertinente, divertirse haciendo sufrir a los profesores más inseguros, pero no había insultado a nadie hasta el momento.

A las once y media tenía clase en segundo C de ESO. Era el grupo que peor funcionaba de todo el centro. Y me había tocado ser la tutora. El curso se me estaba haciendo cuesta arriba. Tenía que lidiar con los problemas que provocaba un grupo de alumnos emperrados en liarla día sí, día también. Cuando pasé por delante de los aseos de los chicos sorprendí a cuatro de los míos grabando con el móvil cómo lanzaban contra el techo bolas de papel higiénico empapado y cómo, si la bola caía al suelo, daban collejas al que fallaba el lanzamiento. Ni podían tener el móvil encendido dentro del centro ni podían estucar el techo de ese modo, así que ya tenía entretenimiento: pelearme con los chavales para que salieran de los aseos y volvieran a clase; procurar que borraran las grabaciones hechas dentro del recinto escolar; explicarles, por si no lo sabían, por qué se prohíbe utilizar el móvil y qué consecuencias puede tener un uso indebido del mismo; introducir las incidencias en el sistema y avisar a dirección; escribir y llamar a las familias, e improvisar una clase de tutoría para que el grupo reflexionara sobre lo inadecuado de la conducta de sus compañeros, procurando que nadie se sintiera demasiado señalado, demasiado atacado, evitando las palabras malsonantes que me invadían el cerebro y me atascaban el canal por el que debía salir el mensaje, haciendo que no lograra escoger los términos correctos.

Cuando me dirigía a informar a dirección del incidente, una profesora veterana que vivía instalada en la acritud y la frustración me increpó en el pasillo:

—No tienes la suficiente autoridad ni para gobernar un circo de pulgas. A ver si espabilas y haces algo, porque no puedo dar clase en tu segundo. Es imposible que se mantengan callados y escuchando más de tres minutos. Nunca me había pasado. A ver si te impones, porque hasta ahora son ellos los que mandan, y empezaron por dejar de respetarte a ti, pero ahora parecen dispuestos a hacer lo mismo con los demás profesores... Y eso sí que no. Espabila... o pide ayuda si no puedes con ellos, porque no pienso aguantarlo. Los chavales huelen el miedo y todas tus inseguridades, y han descubierto que no eres capaz de gobernar el barco, así que han decidido que no van a obedecerte ni respetarte. Siento decirte que revertir eso te resultará difícil, pero al menos lucha por que tengan mejor actitud en el aula.

—A ver, Judith, te consta que lo intento. Y deja de meterte en mis cosas. Si pretendes que te respeten empieza por respetarlos a ellos... ¿Crees que las familias no escriben opinando de todo y de todos?

—Hombre, ya lo sé, también he sido tutora.

—Pues entonces sabes de qué va, así que la próxima vez te lo piensas antes de venir a darme lecciones.

Solo me faltaba una vieja arpía intentando amargarme el día.

Cuando entré en el aula para iniciar la dinámica de tutoría noté que la atmósfera estaba enrarecida. Algo había pasado y, por desgracia, no creí que tuviera que ver con el papel empapado. Había caras largas y mucho silencio, algo de lo más inusual, y algunas chicas tenían los ojos irritados, como de haber llorado. Una del grupo de las más populares, Clara, intentó disimular el llanto cuando le pregunté si estaba bien. Me dio la impresión de que había tenido un problema con alguien de la clase, así que, con la intención de aprovechar el rato para hablar con ella, pedí a todos que hicieran una lista de al menos cinco motivos por los cuales creían que el incidente de los aseos era una acción sancionable. Mientras escribía en la pizarra las instrucciones tuve que volverme porque oí un insulto que iba dirigido a una alumna. No identifiqué la voz, así que me fijé mucho en las expresiones de todas ellas, porque la voz era femenina, para intentar obtener algo de información a través de la cinésica de esos cuerpos alterados por las hormonas. Me pareció que Melania, una alumna que había empezado el curso a disgusto porque consideró que la habíamos separado de casi todas sus amigas y que tenía mal carácter, estaba demasiado inquieta. Quizá había sido ella.

Otro asunto para aclarar, otro conflicto en el que mediar.

Parar

*Cuando se marchaba, no intentó ni verla,
ni lanzó un* quejío, *ni le dijo adiós.
Entornó la puerta y, pa' no llamarla,
se clavó las uñas,
se clavó las uñas en el corazón.*

Juan Mostazo,
«La falsa moneda»
(interpretada por Imperio Argentina)

Hoy voy despacio. No he podido salir de la cama para ir al colegio. He llamado diciendo que estaba enferma. No es mentira, aunque no se trata de un virus que esté obligándome a echar las tripas por la boca, sino de un bicho invisible que se me ha metido en la cabeza y me mordisquea el cerebro. Ya debe de tener un agujero bien grande, una galería que atraviesa uno de mis hemisferios y en la que se forma un torbellino de ideas revueltas con miedos y por el que se me cuelan las fuerzas y las ganas. Pero ese bichito hambriento no da fiebre ni sus dentelladas provocan diarrea.

Cuando he logrado levantarme, me he vestido y he salido a tomar un café. Necesito un café para poder afrontar todo lo que sea que me traiga el día. Me viene bien, además, escuchar las conversaciones ajenas, sobre todo las de las mujeres.

Voy a la misma cafetería a diario. Una de esas de café bueno que acostumbran a estar cerca de los mercados. No es moderna ni elegante, pero huele bien. Necesito ese aroma a abrazo que desprenden las pastas recién horneadas y ese olor a casa tranquila que evoca el café. Hoy me la encuentro llena de globos. Una de las chicas que trabaja como camarera lleva una banda celeste en la que se lee FELIZ CUMPLEAÑOS. Se llama Marta, es muy delgada y su aspecto es severo. Sus compañeras han decorado la barra y la sala con globos de colores y serpentinas. La felicito y pido lo de siempre. Un cortado muy caliente y una pasta que huele a canela. Es otro aroma que me sana un poquito. Un par de abuelas que se toman su café diario aquí también la felicitan y la besan en cuanto entran y se dan cuenta.

—¿Cuántos cumples?

—Treinta y cuatro.

—¡Anda, pues estás muy joven, tienes cara de virgen!

La camarera estalla en una carcajada, y su compañera, con una naturalidad bestial, responde a las abuelas que no sabe si Marta pasaría la prueba del pañuelo. Las mujeres se ríen a carcajadas. La camarera sigue con la broma y les pregunta si ellas eran vírgenes cuando se casaron. Una se lleva la mano de dedos artríticos a la boca y contesta que eso no se cuenta, pero la otra se ríe y le dice que ella había hecho cositas antes de casarse, pero pocas.

—Pues mi madre lo hizo todo, echó su primer polvo de cualquier manera en un callejón y vine yo. Pero primero se casaron, de penalti, claro.

Las abuelas abren mucho los ojos y se sientan sin hacer más aportaciones. Había demasiada intimidad en las palabras de la camarera, y la intimidad soltada a bocajarro incomoda. Piden su café con leche calentito y dos cruasanes, y empiezan a comentar las fotografías antiguas que una de ellas va sacando de una bolsa de tela con estampado de flores.

—Mira qué joven era, y qué guapa y delgada. ¡Ay, qué asco, el tiempo! Y mira qué guapa era mi cuñada... Qué pena, se me murió en Valencia de un mal dolor hace cuatro años. La quería yo mucho a la María.

—Bueno, va, no te pongas triste ahora, Berta —le dice la otra abuela al ver que su amiga se está emocionando.

—Vale, no me pongo triste. Lo intento... Llevo toda la vida intentándolo.

Las miro de reojo. Me parece terrible lo que acaba de decir. Toda la vida huyendo de la tristeza. ¿Y si en eso consistiera vivir?

Llamo a mi madre, pienso que podría estar por el barrio dando un paseo con mi abuela. Bingo. Están desayunando en una terraza. Pago y voy hacia allí.

Mi abuela está cabizbaja recogiendo migas con las yemas de los dedos que luego se lleva a la boca y mi madre ojea una revista de decoración. Es difícil hablar con mi abuela, está sorda casi del todo y tienes que chillarle para que te entienda, lo que en medio de un bar resulta violento. Entre la demencia y la sordera, su incomunicación es tremenda. Vive en su mundo de recuerdos, acompañada por las visiones que asustaban a mi madre cuando decidió que ya no podía seguir sola y se la llevó a vivir con ella. Ve a unos niños, te habla de ellos y te dice que tiene que marcharse a casa ya porque ha de prepararles la comida. Pero hace años que no cocina. Al principio mi madre se empeñaba en convencerla de que no había ningún niño en la casa, de que estaban ellas solas, con mi padre, pero se dio cuenta de que era inútil. Mi abuela se ponía nerviosa, le daba la razón, pero al cabo del rato mi madre la veía guardando algunas sobras de la comida para cuando llegaran los niños. Mi madre desistió y decidió convivir con esos fantasmas infantiles que no tenían nombre. Creía que a quienes mi abuela veía eran sus otros dos hijos varones. Mamá siempre prefirió a sus hermanos, aunque fueran los que más problemas le traían. No los veía desde hacía tanto... Mi tío Juan era silencio desde hacía diez años y mi tío Pedro era un despegado que no visitaba a su madre casi nunca. El cerebro anciano y senil de mi abuela se había olvidado de su existencia adulta, pero había revivido a sus niños, que la han acompañado a la residencia y allí los tiene, metidos en su habitación.

Hoy mi abuela no me ha reconocido.

—¿Quién eres, una fátima?

—No, abuelita, soy Lola.

—¿Lola? No, tú eres Fadila. Qué contento se pondrá tu Rafa cuando te vea, porque vienes a verlo, ¿verdad? Cuánto tiempo ha pasado desde la última vez que nos visitaste. Ahora mismo subimos a casa y preparo un té con menta y lo esperamos. No tardará, ya habrá salido del trabajo. ¡Ay, Fadila! ¿Qué tal te va por Larache? Te fuiste allí, ¿no?

Ignoraba con quién me estaba confundiendo. Sabía que estaba yéndose a su pasado, pero no había oído hablar de ninguna Fadila. Sería, quizá, una amiga árabe de cuando vivieron en Tetuán. Mi madre se había levantado de la mesa para comprar unas manzanas en la frutería que estaba justo al lado de la cafetería y aproveché su ausencia para seguir la corriente a mi abuela.

—Sí, allí me fui. ¿Vosotros seguís en Tetuán?

—Sí, pero la cosa se está poniendo fea. Hay follón en las calles y protestas que no acaban pacíficamente. Ya no estamos tan tranquilos como antes. No sé qué haremos en caso de que al final todo se complique más. ¿Adónde iremos? Las niñas son tan pequeñas... ¿Y Rafa qué hará? Él únicamente conoce esto, ya lo sabes, y está muy solo. Se ha peleado otra vez con su abuelo, por culpa de esa querida italiana que tiene, que mete cizaña entre los dos. Esa mala pécora quiere alejarlos para controlar mejor al viejo. Y tú ya sabes que el abuelo es el único que le echa un cable de vez en cuando. Qué lástima que tú no puedas ayudarlo, Fadila. Nunca has podido, no te dejaron hacerlo los españoles. Qué hipócritas los Melgar, tan de misa diaria, pero bien que no les importó robarle el hijo recién nacido a una chica indefensa como tú. Tan jovencita. Te mintieron, Fadila, te dijeron que ellos lo cuidarían mejor, que lo educarían y le darían un futuro; sin embargo, lo único que le dieron fueron desprecios y kilos de vergüenza, la vergüenza de ser un mestizo, de no tener madre, de no tener ni nombre propio, porque lo llamaron como al señorito y le regalaron los apellidos de los abuelos: Rafael Melgar Cruz. Fadila, qué falsos, qué daño te hicieron. Y a él. Luego lo abrazas fuerte, le viene bien verte.

—Soledad, ¿tú cómo estás? —le pregunté para intentar que no parara, que siguiera hablándome como si estuviera ante un fantasma.

—¡Ay, no me llames así, mujer! Llámame Sole. Cansada estoy. Ya sabes lo poco que se llevan tus nietas. Y asustada. ¿Qué nos pasará si echan a los españoles de Tetuán? Mi Luz tiene meses y mi Margarita ni dos años. ¿Adónde iremos? No tenemos a nadie, ni aquí ni allí. Tú, Fadila, no puedes ayudarnos y Rafael no quiere saber nada de ninguno de los

Melgar. Y te consta que su padre, que ni lo miraba a la cara, se fue hace mucho a la península.

—No lo sabía, Sole.

—Sí que lo sabías, si me dijiste un día que habías conseguido su dirección. Qué memoria la tuya, mujer... Pues a lo que iba, que aquí nadie puede ayudarnos, y en Granada nadie quiere ayudarnos. A ti te arrancaron un hijo de los brazos y a mí mi madre me entregó a otros brazos como si yo fuera un obsequio y ahora no quiere saber nada, ni si me va bien ni si me va mal. Si me va mal, menos lo quiere saber. ¡Qué vida la de las mujeres! Llorar por todo sin poder dejar de hacer lo que hay que hacer. ¡Ay, Fadila! Ni me imagino que me quiten a mis niñas. ¿Cómo sobreviviste? Supongo que decidiste creer que tu chico estaría mejor con los españoles, que lo querrían. Pero tu señorito se avergonzaba del niño y de lo que te había hecho, y ni te cuento cuando se prometió con aquella señoritinga estirada, la hija de los Bernárdez. Qué rápido le arreglaron un matrimonio que lo alejara bien de ti. Parecía que anduviera oliendo a mierda todo el día, la estirada. Esa cara tenía la muy cabrona, de oler mierda. Ella fue la que se lo llevó a España. A Barcelona, ¿verdad que te dije que se fue a Barcelona? Allí lo metieron a trabajar en la empresa del padre de su nueva mujercita. Pobre Fadila... Te engatusó el señorito, pero es que era guapo, el maldito. He visto fotos viejas. Qué boca y qué dientes y qué mirada verde. El Rafa se le parece, pero en moro. Y tú, Fadila, mira que eres guapa. Eres la mora más guapa que he conocido. Con tus ojos negros y esa boca que parece un manantial de amor. Y al señorito le gustabas mucho. Ni dormía, aseguraban, pensando en ti. Dijeron que lo habías embrujado, que eras una djinn, la más temida, la más peligrosa. Decían que eras la Aisha Kandisha y que dormías en el pozo de la casa, esperando que se acercara por allí el señorito. Pero no eras más que una cría de quince años que servía a los Melgar para poder ganar cuatro perras que llevar a casa. Y el señorito Rafael te vio un día regando las plantas del patio delantero con las manos, con agua del pozo que llevabas en una palangana, y se encaprichó de ti, tan joven y morena, con ese pelo de ondas de un mar de noche, y esos ojos orgullosos y salvajes, y las faldas arremangadas que dejaban ver unas piernas que brillaban por el reflejo del agua que las había salpicado y unos pies descalzos y libres. El señorito te buscó hasta que te encontró, Fadila, y luego, si te he visto no me acuerdo. Pobre niña, qué mal debiste de pasarlo... Pero antes nadie nos preguntaba cómo estábamos ni qué deseábamos, y menos cuando éramos crías. No me imagino cómo lo pasaste. Tu padre quiso matarte, seguro, y tu madre no te miraba a la cara de la vergüenza que le hacías sentir. Y de repente desapareciste. Me lo contó tu Rafa un día que estaba muy triste. Me explicó que te alejaron de los Melgar, que te llevaron a Larache, con unos tíos, para que nadie viera tu barriga en Tetuán. ¡Ay, pobre niña Fadila! Y pobre tu hijo sin madre, criado entre gente que no soportaba su presencia ni ver cómo cada día se parecía más a ti. Le dijeron que no tenía madre, que se había muerto al dar a luz. Hay que ser muy cabrón para decir algo así... Anda, mira, menudos plátanos.

Mi madre había vuelto con una bolsa de plástico llena de manzanas y de unas bananas enormes que llamaron la atención de mi abuela, que empezó a reírse como una niña pequeña, traviesa y malpensada.

Devolvimos a mi abuela a la residencia y la vimos irse acompañada de un cuidador de orejas pulposas mientras balbucía que su casa no era así, que dónde la estaban dejando, que ella no quería quedarse y que tenía que regresar a su hogar para hacer la comida a sus niños. Aguardamos unos minutos hasta que esa sensación viscosa, como un pegote de blandiblú lanzado con fuerza contra mi cuello que se me quedaba adherido a la garganta, fuera deshaciéndose poco a poco hasta desaparecer, y entonces pregunté a mi madre por Fadila.

—Era la madre de tu abuelo, pero casi no sabemos nada de ella. Él no quería hablar del tema ni que le preguntáramos, así que poco sé. Tu abuela sabrá más cosas, aunque las tendrá dando tumbos por su cabeza.

Nunca me habían explicado nada. Me hicieron creer que nadie sabía nada, solo que mi abuelo era un hijo ilegítimo del heredero de los Melgar. En realidad, su primer hijo, pero fue apartado de la familia por su origen bastardo. Y él acabó de apartarse definitivamente por su carácter orgulloso y propenso al odio y el rencor.

Su madre era una cría mora. Me la imaginé con unos quince años. El señorito Rafael tenía diecisiete y era una especie de colono rico que se paseaba con su chófer por Tetuán en un coche negro de faros redondos como dos lunas. Los Melgar eran de los pocos que tenían uno de esos coches elegantes y enormes que solo he visto en películas sobre Al Capone. Recuerdo que de pequeña había visto alguna foto de mi abuelo de niño cerca de aquel coche. Ella era una pobre niña que trabajaba de criada, probablemente analfabeta, y él estudiaba Ingeniería como su padre y ambos trabajaban en la construcción de un puente y en las obras de la línea de ferrocarril que comunicaba Fez con Tánger.

Esta noche he soñado con Fadila, apartada y despreciada en una casucha de suelo de arena. Todo era de color tierra: una mesa, los cacharros que colgaban de la pared, una escoba apoyada en una puerta, el jergón en el que la niña lloraba, gritaba y se retorcía. De repente se oía el llanto de un bebé, y he visto los brazos suplicantes de Fadila, también del color de la tierra.

La niña perdida

Ya me canso de llorar y no amanece.
Tengo miedo de buscarte y de encontrarte
donde me aseguran mis amigos que te vas.

Tomás Méndez,
«Paloma negra»
(interpretada por Chavela Vargas)

Jaycee Dugard fue secuestrada en California en 1991. Tenía once años y vivió dieciocho encerrada en una especie de celda insonorizada en el patio trasero de la casa de su captor, un delincuente sexual que tenía sesenta años cuando la raptó, junto con su esposa, un día que la niña iba de camino al colegio.

Me ha saltado su historia en Facebook mientras tomaba café en la sala de coordinación de profesores. Una niña dieciocho años desaparecida, una madre dieciocho años enloquecida por la incertidumbre. La madre hablaba a la cámara enumerando las virtudes de su hija mientras un ojo se le cerraba de manera penosa. Su rostro desfigurado por la desesperación. Dieciocho años llenos de violencia y violaciones para la niña. Dieciocho años saturados por una ausencia, si eso es posible.

La niña abusada, atada, desnudada, violada y embarazada. La niña madre de otra niña y luego de otra más. Dos partos sola, sin saber apenas lo que es un embarazo, lo que es dar vida. Me viene a la mente la pesadilla de esta noche y me imagino a Jaycee rota por el dolor y el miedo llamando a gritos a su madre.

Dos bebés a los que amar y proteger del monstruo que llevan en la sangre. Dos crías demonio, dos flotadores para la niña perdida, que se aferra a ellas en medio de esa oscuridad en la que habita, como si estuviera en mitad de la noche a la deriva en un mar embravecido en el que van pasando los días, los meses y los años. Jaycee no puede no amarlas, sabe que ya no estará sola.

Una niña que desaparece y es obligada a vivir una existencia que no debía vivir. Un demente cruel que le escribe el destino convertido en su dios, el artífice de su sino, el creador de un universo depravado. Me duele ver las imágenes de Jaycee de adulta. Rubia, bien peinada, apenas maquillada, vestida de manera profesional, como si fuera a trabajar a una oficina. Tendrá unos treinta años, y explica sin titubear y con una mirada incomprensiblemente dulce cómo sobrevivió al infierno. No lo entiendo. No entiendo cómo no saca fuego y rayos por los ojos. Habla de lo felices que son sus hijas. ¿Cómo amar el fruto del ensañamiento? Intento imaginarlo, procuro empatizar con lo que sienten esas niñas al descubrir quién es su padre, que la locura, la maldad, la violencia corren por sus venas. Lo intento, pero no lo consigo.

Tengo que dejar el móvil un momento y dar otro sorbo al cortado. Mis compañeros se ríen porque un chaval de primero de Bachillerato se ha quedado dormido en medio de un *listening* de inglés. Sonrío yo también, pero la historia de Jaycee Dugard me hace pensar en Fadila y en el señorito

Rafael, y me trae a la memoria el recuerdo del descubrimiento que hice casi por casualidad cuando tenía veintidós años.

Internet era algo novedoso que te permitía hacer cosas que solo unos pocos años antes ni imaginabas. Era casi mágico, como una güija con la que invocar espíritus y que podía traerte demonios. Mi yo de veintidós años miraba la pantalla del Hewlett Packard que mis padres me habían regalado, un poco forzados por mi incomprensible manía de seguir estudiando, y pedía la aparición de un amor verdadero o una amistad incondicional. Sin embargo, solo obtuvo alguna que otra conversación nocturna en un chat de fans de *El Señor de los Anillos*, su primera fotopolla y la certeza de que nadie es de fiar después de que un tío aficionado a los chats porno que poseía toda suerte de detalles sobre mí, desde el instituto al que había ido, hasta la calle en la que vivía, pasando por mi talla de sujetador, me contactara en otra clase de chat mucho más aburrido después de, según él, haber chateado conmigo en uno de objetivo más explícito y concreto. Pero no había estado hablando ni suspirando conmigo, sino con un *alter ego* desconsiderado y con mal gusto que le había facilitado toda esa información. «Pobre chico, tan salido e inocente», creo que pensé en ese momento. Tuve que sacarlo de su error y decirle que alguien, seguramente un tipo despechado al que debí de dar calabazas, había estado haciendo teatro del bueno para asustarme o, por lo menos, hacerme pasar un mal rato. Sin embargo, resultó que el adicto a las pajas online era bastante majete y comprensivo y tenía mucho sentido del humor. Me cayó simpático y estuvimos charlando mucho rato, justo hasta el momento en que me envió una foto de su polla toda morada con fondo de barriga peluda y me despedí de inmediato hasta otra noche de insomnio y deseos ocultos que nunca llegó.

Aunque sí que llegaban las noches de luces azuladas en las ventanas del edificio de enfrente. Me encantaba su intermitencia irregular, y me hacían pensar en *Poltergeist* y el por qué nunca la había visto: porque mi madre me había metido tanto miedo con esa película y me había contado tantas veces que la pobre niña rubia y rara había muerto de verdad poco después de protagonizar la cinta de una manera misteriosa que podía asociarse a los fenómenos paranormales de los que trataba la historia, que la simple imagen de un televisor encendido que emitía la imagen de una nebulosa gris áspero me hacía temer las pesadillas que iba a tener durante el sueño.

Una de esas noches en las que mis padres ya dormían y solo se oía en el piso en silencio el sonido del teclado del ordenador, encontré en internet a un hombre argentino que se apellidaba Melgar y afirmaba que todos los que llevaban ese apellido eran familia. Se llamaba Joaquín. Le escribí un mensaje que creí que no contestaría en el que le decía que era una Melgar, más o menos, y que vivía en Barcelona y tenía veintidós años.

Para mi sorpresa, a la mañana siguiente, encontré un mensaje del Melgar rioplatense.

> Hola, sobrina nieta. Debes de ser algo así para mí. Encantado de saludar, aunque me extraña que no te conociera. Llevo años contactando con todos los Melgar tanto de acá, como de allá, y vos no me aparecés por ningún lado. ¿De quién sos hija? ¿De qué Melgar?

Yo no le aparecía. Claro que no le aparecía. Casi no existía. Era nieta del Melgar invisible. Del Melgar que había vivido en los márgenes, consumiendo el oxígeno de los suyos hasta dejarlos sin aliento para poder seguir bajo la superficie.

El mensaje tenía un documento adjunto. Era un árbol genealógico enorme. Al principio no entendí nada, parecía el árbol genealógico que abre algunas ediciones de *Cien años de soledad*, con todos esos José Arcadio y Aureliano mezclados, pero poco a poco fui situándome y encontré el vacío que debería haber ocupado mi abuelo. Vi los nombres de sus abuelos: Rafael y María. Salían varias flechas de su unión: la que llevaba a un tal Felipe, la que terminaba en el nombre de Luis y la que llevaba a Rafael, el primogénito. Era el padre de mi abuelo, pensé. Vi que el linaje no se acababa ahí, el nombre de Rafael estaba unido al de Mercedes y de esa unión salían dos flechas que llevaban a sendos nombres: Javier (13-6-1929) y Antonio. Mi abuelo tenía hermanos y no lo sabía. Nació en abril de 1924, así que era solo cinco años mayor que su hermano Javier. Acababa de descubrirlo. Me sentía nerviosa, pero contenta, aunque no sabía muy bien por qué. Mi abuelo había renegado de su familia cuando tenía diecisiete o dieciocho años y, aunque durante un tiempo se dejó ayudar por su abuelo o por su tío Felipe a la hora de buscar trabajo, perdió totalmente el contacto al abandonar Marruecos en 1956. Y no había vuelto a saber de ningún Melgar. Pero yo había averiguado que tenía dos hermanos. O mejor dicho, que los había tenido. Bajo el nombre de Antonio había una cruz y dos fechas: 10-2-1931 – 15-4-1935. Murió de niño. Sin embargo, el nombre de Javier estaba unido al de Paula y de la pareja salían tres flechas que terminaban en los de Estrella, Marisa y Javier. Mi abuelo tenía un hermano vivo y tres sobrinos. Debía contárselo a mi madre.

Revelación

> *Me dicen el desaparecido,*
> *fantasma que nunca está.*
> *Me dicen el desagradecido,*
> *pero esa no es la verdad.*
> *Yo llevo en el cuerpo un dolor*
> *que no me deja respirar.*
>
> Manu Chao,
> «Desaparecido»

No sabía muy bien qué hacer con la información que había encontrado. Me moría de ganas de compartirla, pero algo me impulsaba a callarme. Tenía veintidós añitos y en ese tiempo no había visto jamás a nadie de mi familia exponer sus emociones, reconocer errores, decir te quiero, pedir perdón y ya ni te cuento preguntar a mi abuelo por su origen. No me resultaría fácil sacar el tema en la sobremesa. Y aun sabiéndolo, decidí contarlo todo un domingo en el que mis abuelos iban a venir a comer a casa. Mi madre tenía previsto cocinar cordero aliñado como le gustaba a mi abuelo, con comino, cebolla, limón y cilantro.

Nos sentamos a la mesa. Durante la comida tocaba hablar del presente: cómo nos iban los estudios a mi hermano y a mí, si había abandonado mi manía poco sana de matarme de hambre desde la tarde hasta el desayuno, si mi hermano tenía alguna nueva novieta, si mi virtud seguía intacta, cuántas veces habíamos pensado en aquella pobre gente lanzándose desde la planta cien por alguna de las 43.600 ventanas de cuarenta y cinco centímetros de ancho que tenían las Torres Gemelas, algo sobre Michael Schumacher que no me interesaba, un poco de choteo sobre el bigote de Aznar y bastante sobre cómo debía de ser vivir en EE.UU. ahora que el memo de Bush había iniciado una guerra contra el terrorismo, asociando a terrorismo todo lo musulmán. El hecho de comer cordero aliñado y tener la cocina oliendo a la hierbabuena que mi abuela había traído para el té verde me hizo sentir una profunda empatía por la población árabe que residía en Estados Unidos y que nada tenía que ver con integrismos ni guerras.

El pasado no tocaba hasta el té. Primero había que recoger la mesa mientras mi abuelo, mi padre y mi hermano seguían discutiendo sobre el apoyo del señor del bigote ridículo a Bush. Las mujeres tirábamos las sobras, apilábamos platos y preparábamos los pequeños vasos tallados, pintados en varios colores y decorados con cenefas doradas a la vez que hervíamos el agua que iría dentro de la tetera de alpaca y maldecíamos el patriarcado, que entonces no se llamaba así, que no se llamaba de ninguna manera puesto que era el pan de cada día y punto. Esto último de maldecir lo hacía sobre todo yo.

Nos sentamos en el sofá para tomar el té. Yo lo hice en el suelo, sobre la alfombra, y dejé que llegara solo el momento en el que mi abuela empezaba a hablar de cuando era joven y delgadísima y trabajaba liando cigarros en la fábrica de tabacos de Tetuán. Desde la alfombra observaba a mis abuelos. Parecían felices aunque no lo fueran. Qué fácil resulta aparentar. Mi abuela empezó a contar que liaba cigarros durante horas.

—Tendrías que haberme visto, bien vestida, con los pendientes buenos de mi tía y las uñas pintadas. Recuerdo el crujido de las hojas de tabaco, su olor, como si estuviera ahora allí mismo. Y cómo se mezclaba ese aroma fuerte que me mareaba un poco con la cháchara de mis compañeras y los intentos de un encargado de hacerse el simpático, pero no era ni simpático ni guapo, así que ni caso le hacía. Además, justo entonces andaba yo hablando con un piloto de avión más alto y guapo que un San Luis. Claro que el uniforme se lo ponía fácil. Se llamaba Antonio.

—Ya está otra vez con el piloto... —Mi abuelo la interrumpió cuando volvió a la historia del soldado aviador—. Haberte quedado con él.

—Ya ves tú, Lola, qué ojo tenía de joven. Pasé del piloto engominado al perro callejero abandonado de tu abuelo. ¡Qué ojo, madre! Tú, Lola, no te quedes con el más guapo, quédate con el más bueno. La guapura se pasa, mira a tu abuelo ahora, con lo que era, que se parecía a Omar Sharif en *Doctor Zhivago*. Si el bueno es soso, que suele pasar, pues te fastidias, que con el tiempo ya verás que solo querrás aburrirte y que te traten bien. Yo no me he aburrido nunca, y mira qué arrugas tengo en la frente y en el entrecejo.

—Anda, calla, vieja chocha, no salías corriendo precisamente cuando iba a esperarte a la fábrica.

—Claro, porque estaba enamoradita, pero lo que lucía el Antonio ahí plantado con sus galones no lo lucías tú. ¿En qué estaría yo pensando cuando le pedí que no volviera a esperarme nunca más?

—Pues en mí, señora —contestó riendo mi abuelo.

—Anda que cuando te vi aparecer en la pensión de mi

tía… Qué pinta traías, si parecías un perro apaleado. Ibas con la frente vendada porque habías tenido un accidente. ¿Te acuerdas, Rafael? Me diste una cosa, tan joven y solo, preguntando si había una cama libre, con esos ojos bonitos que tenías… Yo pensé que lo que tenía era sitio libre en mi corazón, y ahí te quedaste, bribón. Y ya no me cabía el Antonio con su avión y su bigotito fino. Maldita la gracia que le hizo a mi tía enterarse de que me esperabas a la salida de la fábrica. Me llamó de todo, me prohibió verte, me amenazó con devolverme a Granada con mi madre… Pero yo no tenía una madre de verdad, lo más parecido era esa tía que podía devolverme si no hacía lo que ella quería.

Mi abuela le pegaba en el antebrazo, se reían y pasaban a hablar de otra cosa, como del sabor de los dátiles de entonces.

—Regresaría allí solo por volver a comerlos —dijo mi abuelo—. Aquí no los hay igual, ni los de El Corte Inglés.

Siempre me ha costado decir las cosas importantes. Me suben a la boca rápido, en cuanto tengo delante a quien sea que quiero decírselas, pero no me salen. Las dejo dando vueltas entre el cielo de la boca y la lengua, como un molesto tropezón buscando espacio entre los dientes, un paluego desagradable que deseo que no se me vea cuando sonrío, incrustado entre el colmillo y el premolar. Incrusto igual las palabras en lo alto del paladar, como los chicles cuando era pequeña y quería esconderlos de la mirada de la profesora. Y mi paladar tiene mucha altura, es como una capilla, como una caverna. Ahí tenía pegado el descubrimiento del árbol genealógico de los Melgar mientras mis abuelos se iban al pasado.

Al final escupí las palabras. Mi madre abrió mucho los ojos, mi abuela miró a mi abuelo y este se quedó callado.

Les sugerí que contactáramos con ellos, porque a través del argentino sería fácil conseguir su contacto.

—Ni hablar.

Solo dijo eso, y nadie se atrevió a ir más allá. Únicamente mi madre pareció dudar y querer averiguar algo más.

—¿No sientes curiosidad? Tienes un hermano.

Dos frases cortas tan solo, pero bastaron para que mi abuelo se pusiera hecho un basilisco. Gritaba, echaba espumarajos por la boca, golpeaba la mesa del té con el puño.

—¿No has aprendido nada en todos estos años? Yo no fui más que un pecado, un incordio vergonzoso, como una fístula que se oculta a la mirada de los demás para evitar el desagrado. Y una fístula no es parte de la familia. Mi familia sois vosotros... Nadie más. ¿Para qué necesito ahora un hermano? Tengo casi ochenta años. Ellos sabían que yo existía. Lo supieron desde el principio. Si no me buscaron, será por algo. ¡Anda ya, hombre! Y tú, Lola, ¿quién te manda a ti buscar debajo de la alfombra, entre la mierda? Nadie te ha dado permiso.

—Lo sé, perdona. Fue casualidad. No estaba buscando nada, lo encontré sin más.

—Pues ya puedes olvidarte de lo que has encontrado. Tú y todos vosotros. Y ni una sola palabra más. Nunca.

Al final nos bebimos el té frío mientras mi abuelo explicaba lo mala gente que había sido su padre y cómo se había dejado llevar por la que sería su esposa. Eran los dos veneno, pero ella aún era peor que él, más falsa e hipócrita. Iba de jovencita inocente, de beata, pero fue la peor de todos, la que peor lo trató y la que manipuló a su padre hasta negarlo por completo. No pensaba mirar a la cara a ninguno de sus hijos. Ella nunca lo miró a los ojos. Lo evitaba, con expresión de asco en la boca. Mi abuelo conservaba esa inquina hacia todo lo relacionado con aquella mujer. Quizá si ella no hubiera existido, solo quizá, su padre se habría quedado cerca y habría llegado a quererlo un poco, pero la repulsión que a esa arpía le colgaba del labio de abajo lo contagió de desprecio. Y desde entonces, desprecio fue lo único que mi abuelo obtuvo de su padre.

Cuando se despidieron, mi madre me interrogó. Ella sí quería saber más, aunque decidimos dejarlo estar de momento.

Eso fue lo que acordamos. Sin embargo, yo no cumplí mi parte del trato y seguí en contacto con el Melgar argentino, Joaquín, por lo bien que escribía, pero sobre todo porque tenía una hija que se llamaba Florencia y era historiadora del arte experta en el Renacimiento italiano, y esa maravillosa coincidencia de nombre y vocación merecía la fidelidad de mi curiosidad y la de mi deseo de ser invitada alguna vez a cruzar el charco para conocer esa rama transatlántica de mi estirpe.

Eso no tiene salida

> *Tiene casi veinte años y ya está*
> *cansado de soñar.*
> *Piensa que la alambrada solo es*
> *un trozo de metal,*
> *algo que nunca puede detener*
> *sus ansias de volar.*
>
> J. L. Armenteros y P. Herrero,
> «Libre»
> (interpretada por Nino Bravo)

Después de la reincorporación de Dani tras su sanción intenté hablar con él. Un viernes, al acabar mi clase, le pedí que no se marchara. Coincidía con la última hora, así que no teníamos que salir corriendo ninguno de los dos. Lo había visto por los pasillos y parecía más alejado que nunca de todo lo que lo rodeaba, como si su mente no estuviera en el mismo sitio al que tenía que acudir su cuerpo, condenado a pasar por la tortura del instituto. Me fijé en que no miraba directamente a nadie, conseguía atravesar todos los cuerpos adolescentes que se le cruzaban, traspasarlos como si no tuvieran suficiente materia para detener la longitud de onda de su mirada, como si no pertenecieran al espectro visible, sino al mundo de los infrarrojos y no estuviera capacitado para verlos.

Dani siempre había ido con un grupo reducido de amigos: Ania, una chica que vestía de negro perpetuo y que se pirraba por los grupos de k-pop coreanos; Luna, una chica de padres artistas que deseaba matricularse en el grado de Estudios literarios, que solía andar con un clásico de la literatura entre las manos y que llevaba escribiendo novelas en Wattpad desde los trece años; y Nil, un chaval introvertido al que le pirraban los cómics, con un talento innato para la programación y que tenía que lidiar con las burlas de algunos compañeros por su corpulencia, ya que medía metro noventa y cinco desde los catorce y pesaba más de cien kilos. Y a veces se les añadía Lidia, una rubia guapa de brazos y piernas larguísimos que jugaba a voleibol y que compartía gustos con Luna, pero sobre todo con Dani, porque le interesaban muchísimo la historia y la filosofía, además de la literatura. Sin embargo, la de Lidia era una presencia pendular, dependiendo de si tenía o no novio. Solía salir con los chavales más guapos y populares de segundo de Bachillerato, y en cuanto uno de ellos le hacía caso dejaba de lado a su grupo de amigos majos pero raritos, como ella misma los llamaba. Y aunque su presencia fluctuante podría parecer algo nociva desde fuera, ella era la que en el fondo mantenía anclado al resto del mundo a ese grupo tan proclive a la introspección y el aislamiento, y lo lograba con sus chismes, con sus bromas, con los dramas que montaba tras su desamor número quinientos, con sus intentos, escasos y en ocasiones interesados, de hacer un plan común con algún chico y su grupo de amigos. Al menos no disimulaba, y los otros cuatro la querían tal como era y le perdonaban todas sus idas y venidas. Yo siempre creí que Dani lo pasaba mal cuando Lidia los dejaba de lado por uno de esos alumnos que en nada se le parecían, primero porque perdía su principal apoyo y segundo porque sospechaba que deseaba ser él el escogido por la rubia que parecía de lejos naíf y superficial y que nunca ofrecía su versión más compleja a esos novios suyos que solo sabían entrenar a fútbol, jugar al FIFA, ver porno y salir de fiesta los sábados.

Justamente me fijé en que durante el último par de meses Lidia había estado saliendo con alguno de esos chicos.

—¿Cómo has vuelto, Dani?

—Agobiado. Si pudiera no volvería más. Estoy cansado de verme rodeado de idiotas.

—No todos son idiotas, Dani. Ya lo sabes.

—La mayoría sí. Soy parte de una inmensa minoría.

—Pues en cuanto se acabe el instituto podrás disfrutar de esa fortuna. Ya lo verás. Y no queda mucho —le dije para intentar animarlo—. Solo tienes que procurar no volver a insultar a otro profesor y poco más.

Dani se rio y no pudo contenerse.

—Bueno, sí. Pero el de Filo es imbécil del todo. No entiendo cómo un tipo así puede pretender enseñarnos nada.

—Apenas lo conocemos, no seas tan duro. Y ya sabes que no debo hablar de compañeros.

—Ya... Es lo que hay.

—Por cierto, ¿cómo te encuentras?

—No lo sé... Mal... Desmotivado. No sé qué quiero estudiar. Sé lo que me gusta y sé lo que mi madre me dice que debo hacer para ganarme bien la vida. Me dice que tengo talento, que mi padre estaría orgulloso de ver cómo sigo sus pasos, cómo me convierto en un ingeniero. Pero mi padre está muerto y no puede verme de ninguna de las maneras. Además, estoy seguro de que a él no le habría importado que escogiera lo que más me gusta.

—¿Y qué es lo que más te gusta, Dani?

—Pues estoy dándole vueltas y creo que me encantaría el grado de Humanidades, pero mi madre dice que me moriré de hambre con eso, que hoy día las letras no van a ningún sitio.

—Jajaja, casi todos los padres de este mundo opinan eso mismo, Dani. Yo dejé Economía para pasarme a Filología y a mis padres casi les da un soponcio. No entendían que quisiera hacer algo que sonaba a tan poco con lo lista que yo era; según ellos, claro, jajaja... No me arrepiento, al contrario. Pero no puedo decirte qué has de hacer ni qué has de escoger, aunque creo que la decisión es tuya. Serás tú quien tendrá que madrugar para hacer algo que ama o que odia cada día por el resto de su vida. Eso sí, las madres suelen saber lo que nos conviene, no dejes de escuchar a la tuya y habla con ella. ¿Le has explicado lo que te gustaría estudiar?

—¡Qué va! Si ella no escucha, solo da órdenes. No quiere saber quién soy, solo quiere que me ajuste al papel que ha imaginado para mí desde que nací. Soy su hombrecito, el único hombre de su casa, y ya no puedo ser otra cosa.

—Pero te estás convirtiendo poco a poco en adulto. Tendrás que hacérselo ver y ella tendrá que aceptarlo.

—Sí, es fácil decirlo, pero tú no imaginas lo mierda que es ocupar los huecos que dejó un muerto.

Ese día decidí hablar con la tutora de Dani. Estaba claro que el chico necesitaba acompañamiento. Quizá su malestar venía de esa certeza, que no sabía hasta qué punto era real, de que su madre no iba a permitirle escoger lo que más le gustaba.

Una pequeña ayuda de milagro

> *What would you do if I sang out of tune?*
> *Would you stand up and walk out on me?*
> *Lend me your ears and I'll sing you a song,*
> *I will try not to sing out of key.*
>
> J. LENNON Y P. MCCARTNEY,
> «With a Little Help from My Friends»
> (interpretada por Joe Cocker)

—¿Ya has sonreído hoy? Si me dejas, te hago reír.

—Ahora mismo me estoy partiendo de risa. Muchas gracias. Ya lo has conseguido. Adiós.

Esa fue mi última conversación en Tinder antes de eliminar mi cuenta. El mensaje era de un tal Jaume, «45, 1,88 cm, amante de la naturaleza, los perros, deportista, especialista en Comercio internacional y deseoso de aprovechar la vida al máximo». Nunca había visto tantas gafas de sol, tanto escalador y tanta desfachatez junta como cuando me creé una cuenta sin mucha convicción en esa aplicación de citas. Aunque me pareció curioso descubrir cómo, a pesar de que la culpa y el pecado hayan pasado de moda, seguimos mintiéndonos y escondiéndonos tras un disfraz ante toda una corte de desconocidos que solo quieren echar un polvo.

—Venga, Lola, si no pierdes nada. Y a lo mejor encuentras a tu Romeo en un match.

Mila me animó a crearme un perfil en Tinder la primera vez que fui capaz de salir a cenar con ella después de resurgir de mis cenizas. Aún me sacudía a manotazos el polvo grisáceo que quedaba del incendio y que me manchaba la ropa cuando vestía de negro, el día que me ayudó a escoger una foto de perfil en la que se me viera guapa, más joven y un punto putona, pero no mucho, porque hay que crear misterio.

—Por eso venden tanto las novelas de crímenes y policías, porque la gente busca un misterio que resolver. También triunfan las novelas esas que dicen las editoriales que son románticas y cuando las abres huelen a coño mojado. Vamos, que si quieres vender, ofrece misterio o sexo. O las dos cosas a la vez. Hija, ¿no tienes alguna foto que no te hayas hecho tú?

No, no la tenía. Hacía tanto que nadie me hacía una foto… Hacía tanto que no sonreía para nadie que la pregunta de Mila me escoció en la boca, como si me hubiera cortado el paladar, y tuve que dar un trago rápido a mi cerveza para atenuar la sensación.

—¡Para, para! Esa foto es perfecta. —Era una fotografía de mi reflejo en el espejo de una cafetería a la que iba antes del fin. Mila no notó que en la imagen una lágrima bajaba a toda prisa por mi mejilla derecha. Me la hice tras una discusión terrible con Jon de la que salí huyendo—. Estás misteriosa a tope. Y guapa. Dan ganas de lamerte las clavículas y a la vez de abrazarte. Qué clavículas, cabrona. Venga, va, súbela y activa el perfil. Ya verás como en menos de una semana tienes el chocho incandescente de tanto follar.

—Joder, Mila, parece que te haga más ilusión a ti que a

mí esto de intentar ligar a estas alturas de mi vida. Podrías intentarlo tú, a mí no me apetece.

—Ojalá, Lola, ojalá. Ya no me acuerdo de la última vez que Jordi me folló con pasión. Eso se nota, Lola. Tú lo sabes. Si acaba siendo un desahogo, una rutina, es más aburrido que hacer cola el domingo para recoger el pollo *a l'ast*. ¿Qué digo? ¡Dónde va a parar! En la cola del pollo al menos huele que alimenta y dan ganas de relamerse antes de hora, como los perros cuando esperan que les caiga alguna sobra, y, además, puedes estar un rato pensando en si comprarás croquetas de cocido o de jamón, y las croquetas son un aliciente. Pero follar así, en silencio por si se despiertan los niños y sin ganas... Menuda mierda. Se me seca el chocho y luego me salen unos hongos de la hostia, y tengo que contar a Jordi que han debido de salirme de la piscina. Y se lo cree, el muy idiota.

Mila es muy bestia. La conozco desde el instituto y siempre ha sido una loca malhablada. Nos hicimos amigas en cuanto pasaron lista el primer día de clase en primero de BUP. Milagros Romero y Dolores Sanz. Estábamos sentadas juntas, y cuando dijeron mi nombre me miró, se rio y me dijo que no sabía cuál era peor mierda, si su nombre o el mío. Me cayó bien y me contagió su risa. A la hora del recreo ya nos sentamos juntas y nos empezamos a contar la vida, y así seguimos, contándonos todo aquello que no podemos explicar a nadie más: anhelos e insatisfacciones, verdades y secretos, miedos y algunos sueños. Nos unen nuestros vacíos. Cuando éramos crías nos decíamos que cada vez nos explicaríamos más aventuras y menos sueños, porque iríamos convirtiéndolos en realidades. Qué tontas éramos. Ha sido justo al revés, cada vez nos decimos más decepciones y deseos sin cumplir.

Después de la cena en un libanés, fuimos a tomar una copa en un bar de Gracia. Encontramos sitio en el Canigó. Me encantaba ese bar. Mila intentó que hablara de cómo me sentía, pero no lo consiguió. Yo estaba demasiado frágil todavía. Terminamos borrachas y riéndonos por cualquier tontería, como cuando salíamos de fiesta con dieciséis años y Mila acababa sujetándome la frente y apartándome los mechones de pelo sudado mientras yo vomitaba en el lavabo de la discoteca y lloraba por el primer imbécil que me rompió el corazón. Ella no vomitaba nunca, era yo la que volvía a casa con salpicaduras asquerosas en los zapatos de tacón, el pelo pringoso y el rímel corrido, procurando no hacer demasiadas eses hasta llegar a mi cama. Mila es muy bestia y loca, sí, pero sabe cuáles son sus límites y los controla bien. Ella solo aparentaba no tener límites, yo no los tenía.

Al final de la noche tenía casi cien match y me había escrito un tal Abel, «42, 1,78 cm, jugador de pádel y amante de las buenas conversaciones y los libros»; un tal Ernesto, «46, 1,80 cm, argentino, loco por la alta montaña, los lagos y los asados, casado pero convencido de que la vida es muy corta para no repartir amor», y un tal Xavi, «35, 1,85 cm», con unos buenos antebrazos, un par de ojos verdes como los que nunca me habían mirado de cerca y un tatuaje lineal de una especie de paisaje en el omóplato. No podía dejar de mirar sus fotos, de intentar averiguar qué representaba ese tatuaje que me recordaba a algo.

—Anda, mira, si tonta no eres, te ha gustado el yogurín. Va, escríbele, dile algo, cualquier cosa, si total, da igual. Como si le dices: «Hola, he visto tus fotos y tengo las cataratas del Niágara entre las piernas, ¿te apetece darte un baño?», o bien: «Qué bonitos ojos tienes. ¿Son para verme mejor?». Seguro que te escribe.

No tenía ganas de mantener una conversación estúpida con un tío que probablemente también era estúpido. Me parecía una idea pésima. Pero Mila me arrancó el móvil de las manos y escribió: «Hola, ¿qué tal? ¿Cómo va el fin de semana?». Mierda, pensé. Cómo lo hará, cómo logrará hacer lo que quiere hacer sin reflexionar, sin pasar minutos, horas, días, semanas, meses, pensando en si realmente le apetece, en si se arrepentirá en caso de hacerlo, en si merece la pena el esfuerzo, por mínimo que sea. Yo era la que se hacía todas esas preguntas y algunas otras, la que perdía el tiempo sin ser capaz de hacer nada de lo que creía que quería hacer. Sin embargo, cuando Mila quería hacer algo lo hacía y punto. Uno de los primeros días de nuestra amistad quiso que la castigaran fuera de clase, sin más, porque sí, y lo logró en unos cinco minutos. Otro día quiso liarse con uno de los chicos de tercero de BUP que se sentaban en la baranda que daba acceso a nuestro edificio y lo logró. Otro quiso estudiar Biología y remontó las notas hasta conseguirlo. Otro dijo que quería encontrar un compañero ideal para pasar la vida y lo encontró y se casó. Otro día me dijo que quería ser madre y a los once meses nació su primer hijo, Enric. Y así, deseo a deseo, fue construyéndose su vida. Y cuando ya la tenía toda construida, un día de hace más o menos un año me dijo, sin mirarme y sin soltar ninguna palabrota, que quería tirarla por tierra como si fuera un castillo de naipes. Pero eso todavía no lo ha hecho.

La chica de Portbou

La stagione dell'amore viene e va,
i desideri non invecchiano quasi mai con l'età.
Se penso a come ho speso male il mio tempo
che non tornerà, non ritornerà più.

Franco Battiato,
«La stagione dell'amore»

4 de septiembre de 1990. Al amanecer, una vecina de la zona descubre a una chica de unos veinte años muerta, colgada de una rama de un pino en Portbou, cerca del cementerio y justo frente al mar, pero el cadáver no está de cara al horizonte, sino de espaldas, mirando hacia el tronco áspero y oscuro.

Me encontraba sola en casa, acabando de cenar con la televisión de fondo. No suelo encender el televisor. No me interesa casi nada de lo que ofrece, pero sabía que ese día emitían un programa sobre crímenes más o menos recientes en TV3, y me gustaba cómo narraban los hechos y cómo, minuto a minuto, iban esclareciendo el misterio de las muertes. Se notaba que quienes lo hacían eran lectores de novelas policiacas. Tras relatar el hallazgo del cuerpo de la joven de Portbou apareció en la pantalla el forense que le había hecho la autopsia. Explicó que cuando recibió la llamada que le informaba del hallazgo del cadáver estaba en Figueres, y añadió que se negó a desplazarse porque la carretera era peligrosa y no le pagaban las dietas. Me recorrió un escalofrío al pensar en el cuerpo de esa chica solo en una sala sin nadie que lo velara ni se ocupara de ella porque al médico no le apetecía conducir. Al final fue la propia muerta la que tuvo que desplazarse hasta el lugar de trabajo del forense, quien pidió que le llevaran el cadáver cuando pudieran, total, no era más que «otro ahorcado». Se me clavó la frase: solo «otro ahorcado», nada más que eso. Pobre niña sola, su cuerpo helado sobre el frío aluminio, desnuda de vida, vestida de plástico. Pobre niña muerta al amanecer. ¿Quién eras? Nadie lo sabía. Nadie había denunciado tu desaparición, nadie podía abrazar tu ropa y buscar tu olor en tu camiseta celeste o en ese peto tejano. Ropa alegre para vestir un cuerpo triste. Pobre niña, tan sola frente al mar.

El forense contó que algo no cuadraba. Firmó un informe en el que dictaminó que la muerte había sido un suicidio, a pesar de que la joven no presentaba ningún arañazo por haber trepado descalza al árbol, ni en las manos ni en los pies. Pero no había ningún signo de violencia ni evidencias de que hubiera estado acompañada por alguien más. Pobre niña sola. El forense explicó que decidió embalsamar el cuerpo de la chica de Portbou porque nadie la había reclamado y temía que en algún momento necesitaran volver a buscar pruebas en ella. Una chica muerta e incorrupta en un nicho sin nombre. Eso acabó siendo. El forense se refería a ella, a la chica sin nombre, como «mi cadáver». Otro escalofrío. En las fotos de la joven ahorcada se la veía guapa y serena, como si estuviera dormida escuchando el mar. Pero no estaba dormida, y producía pesadumbre y miedo verla así. No me gustaría que tantos ojos vieran mi cadáver mientras acaban las judías verdes de la cena o rebañan el tarro de un yogur griego, casi indiferentes a mi soledad. Me dio rabia que la expusieran así al morbo de los vivos, como si fuera algo mío.

Y su cuerpo se perdió. Un día el forense reclamó «su» cadáver porque la ciencia había avanzado y querían hacerle pruebas de ADN. Abrieron el nicho y no había nada. Estaba vacío. Casi pude imaginarme a la chica embalsamada escapar de ese agujero para ir en busca de un abrazo de sus padres. Una zombi asustada y desesperada buscando consuelo. Su cuerpo incorrupto, su rostro dulce, vagando por los acantilados de la Costa Brava, extraviado en un pueblo que es una estación. ¿De dónde venías, chica perdida? ¿Adónde creías que ibas? Nadie del pueblo ni de las inmediaciones la reconoció. Quizá llegó en un tren y no pudo coger el que debería haberla devuelto a su hogar. Pero ¿eligió Portbou para morir o alguien la eligió para verla morir? Su ropa seguía guardada, pero su cuerpo ya no estaba. El forense la buscó en una especie de cripta en la que dejaban los cadáveres de esos nichos sin nombre al cabo de los años. El espacio era limitado y había que hacer sitio a los nuevos muertos solitarios. Pero tampoco la encontró allí. El misterio se hizo enorme, se convirtió en vacío, y el forense de rostro tosco y voz de fumador supo que se había equivocado. No pudo ahorcarse sola.

Recordé entonces que había habido un ahorcado en mi familia. Otro ahorcado. Mi abuela me contó su historia uno de esos días de té de sobremesa. Fueron las pastas árabes, tan dulces y pegajosas, las culpables de que después de tener el recuerdo ya no pudiera despegárselo de la boca. Empezó hablando de cuando era joven y vivía en Tetuán con su tía-madre. Desde niña siempre estuvo con ella. Se crio y vivió con la hermana de su madre, una mujer estricta, severa y sorda que no podía controlar su genio, ni sus pensamientos ni su ira. También con su tío, un hombre tranquilo y algo pusilánime que vivía a la sombra del carácter indomable de su esposa. Pero esa diferencia no podía revertir una cuestión de género: él era el hombre de la casa y él debía llevar el negocio y las finanzas de la familia. La mujer estaba para organizar un poco el día a día de la pensión, hacer las camas y la comida, y vigilar a los huéspedes. Pero el tío de mi abuela, que se llamaba Eugenio y era un hombre delgado y calvo con un bigotito finísimo sobre los labios, como una línea que subrayaba una eterna media sonrisa que no acababa de abrirse, y tenía la manía de caminar mirando el suelo, era demasiado bueno. Por suerte para él, su mujer no lo era. Tenía fama de mala, de arpía, de bruja, incluso de loca, pero él no tenía fama de nada, quizá un poco de honrado, pero tampoco mucho, porque se decía que su esposa escatimaba en las raciones de la comida y que cobraba un extra por la limpieza de la habitación cuando se suponía que estaba incluida en el precio del cuarto, y todo el mundo comentaba que él lo sabía y lo permitía. El bueno de Eugenio, contra la opinión de su amada Olvido, sumó un socio al negocio, un tal Jean-Luc, un francés desconocido pero muy bien vestido que había llegado a Tetuán proveniente de Tánger. Según aseguraba a cuantos querían escuchar su historia, era un hombre de negocios, socio accionista de un par de hoteles de la ciudad internacional. Eugenio siempre había sentido fascinación por la vida en esa ciudad, refugio de escritores y artistas, famosa por sus zonas de juergas y de excesos. Mil historias había oído contar sobre agentes espías que allí vivían. Se decía que Tánger era el hotel de los amantes de la buena vida. Tánger era para él como un potente imán que lo atraía, y Jean-Luc lo tuvo muy fácil para ganarse su confianza. En poco tiempo, Eugenio lo consideró su amigo y su socio, e imaginó cómo, gracias a su ayuda y su capital, la pensión Olvido se convertiría en uno de esos hoteles con salones elegantes enmoquetados que tanto admiraba. Daban igual las sospechas de la cada vez más desconfiada y quisquillosa Olvido y las trifulcas nocturnas con ella. Él era el hombre de la casa y él decidía cómo llevar el negocio. Eso era lo que le había indicado que tenía que hacer y decir su nuevo mejor amigo en alguna de las correrías nocturnas a las que lo llevó para sorpresa y enfado de su esposa, que no estaba para nada acostumbrada a que Eugenio saliera de noche. Había sido un hombre poco dado al vicio, ni siquiera iba al bar al que acudían casi todos los vecinos a jugar al dominó o a las cartas después de comer. Que entrara en algún local de mala nota le parecía una vergüenza y la obligaba a caminar por la calle con la mirada gacha para no enfrentar miradas burlonas o malintencionadas. Si lo llega a saber, no habría ido ese día a la carnicería, porque fue allí donde una vecina de la finca la abordó para contarle, con la mejor intención, según le dijo la mala pécora, que lo habían visto entrar con el francés en un antro del barrio de pecado.

A pesar de las advertencias de su esposa, Eugenio no lo vio venir, y cuando quiso darse cuenta Jean-Luc se había esfumado con el dinero que le había cedido para el proyecto de reforma y ampliación de la pensión, que era todo el que él y Olvido tenían ahorrado.

Por esa época, mi abuela tendría unos diez u once años y presenció muchas de las peleas en las que se enzarzaban.

«Ay, Lola, cómo le gritaba —me contó mi abuela—. Era una furia, mi tía. Le gritaba y le lanzaba cosas... Recuerdo un día que le dio con el canto del libro de cuentas en el párpado. Le abrió una brecha y se le inflamó el ojo. Pero mi tío no le contestaba, solo decía que le dejara a él, que era el hombre y que qué iba a saber ella de negocios y grandes hoteles. Sin embargo, mi tía era lista, era como un zorro que había aprendido a entrar en un gallinero. Era sigilosa y discreta y se llevaba lo que quería, daba igual que fuera a la mercería a encargar unos arreglos en los vestidos que yo heredaba o que tratara con un huésped, siempre se salía con la suya; además, olía el peligro y la oportunidad. Mi tía le gritaba que era un imbécil, que tenía al diablo en casa y que había sido él quien lo había dejado entrar. Pobrecito, mi tío, no veía nada de nada, estaba deslumbrado por Jean-Luc y el brillo de sus trajes blanquísimos, y nada de lo que mi tía dijera iba a superar sus invitaciones al casino y a los bares de la Medina. Ella se encabritaba, tendrías que haberla oído, lo llamaba de todo, le decía maldito perro judío, golfo. Le gritaba que era un idiota. Creo que la calle entera podía oír los insultos. Los vecinos seguro que la escuchaban. Mi tía hasta golpeaba el suelo con los tacones, de pura rabia, y no lo hundía porque vivían en la planta baja, que si no, habría hecho un boquete en medio del salón. Pero mi tío ni caso le hacía y no pasaba de contestarle con un "¡ay, Olvido!" lleno de hartura. Era tan cariñoso y bueno... Me acariciaba el pelo y me pellizcaba las mejillas cuando me veía; me llamaba "Sole, solecito mío". Me quería. Mucho. Lo sé. Como supe que nadie más me querría así. Ni mi tía, que en algún momento deseó ser madre, pero no supo, solo le salía la mala leche y el genio, era incapaz de sacar el amor. Siempre me he preguntado cómo es que mi tío se enamoró de ella. Era guapa, eso sí, pero tan rígida que no se dejaba abrazar ni sabía devolver un abrazo. Quizá mi madre me habría querido mejor que mi tía, aunque no pude llegar a saberlo porque no me crio ella, y cuando la rocé las dos éramos ya demasiado mayores para aprender a querernos. Tampoco sentí nunca que mi madre me amara. ¿Cómo iba a tenerme estima, la mujer, si me entregó a su hermana cuando yo era un bebé y me envió al otro lado del mar? Mi tío Eugenio, en cambio, solo sabía querer: a sus padres, a un hermano mayor que se murió en la guerra, a su mujer, a mí, a sus amigos, incluso al francés lo quiso mucho. Por eso no lo soportó, porque él no hacía nada que no sintiera de verdad, que no creyera. Y cuando se dio cuenta de su error, no pudo soportar la decepción. Creo que también le dio miedo la reacción de mi tía. Y la vergüenza, que antes la gente era muy cabrona y si podía te despellejaba viva por cualquier cosa, y arruinarse y perderlo todo por gilipollas era motivo más que suficiente para ser el centro de todos los chascarrillos durante un buen tiempo. Ay, Lola, parece que lo estoy viendo ahora. ¿Sabes?, no se lo he contado a nadie, ni a tu madre, te lo contaré a ti solo antes de irme de este mundo, me iré con un peso menos. Lo encontré yo. A mi tío. Me levanté una madrugada porque tenía mucha sed. Habíamos cenado embutidos y el jamón estaba como los perros. Iba a la cocina, pero vi una luz encendida en el sótano en el que estaba la despensa y bajé. Pensé que se había quedado encendida y mi intención era apagarla, pero cuando estaba en el último peldaño de la escalera vi sus piernas colgando. Ay, qué miedo pasé. Y qué amargura más profunda sentí. Era tan bueno... Fui corriendo hasta sus pies, pero no levanté la vista, no quería verle la cara para que la mueca de sufrimiento que pudiera tener no borrara esa medio sonrisa a punto de nacer que llevaba bajo el bigotillo. Le abracé los tobillos y vi que tenía los cordones de un zapato desatados. Hice el lazo y volví a mi habitación. Qué noche pasé. Qué miedo. No podía dejar de pensar que su fantasma iba a salirme de cualquier sombra. Me preguntaba si estaba bien allí abajo, tan solo. Lloré mucho, pero sin hacer ruido, no quería que mi tía se enterara por mí de lo que había pasado. Pensé que tendría un nuevo motivo para mirarme con rabia, así que pasé toda la noche asustada y limpiándome las lágrimas hasta que caí rendida. Lo siguiente que recuerdo fueron los gritos de mi tía. Lo insultaba, pobre tío Eugenio, ni muerto lo respetaba. Del disgusto se quedó sorda del todo, como una tapia. Si ya era difícil de trato, se agrió más, se volvió muy desconfiada y controladora. Ya ves, Lola, hasta un ahorcado tenemos en la familia, si da para un libro todo lo que he pasado, siempre te lo digo. Ya te contaré más otro día, que ahora no puedo. Pobrecito, mi tito. Me he puesto triste, hacía tiempo que no pensaba en cómo me llamaba, qué bonito era ese "Sole, solecito mío", mucho más bonito que Soledad. Nos quedamos solas, mi tía y yo. Ojalá pudiera olvidarme de esos días, qué malos, qué mal me lo hizo pasar. Me insultaba y me tiraba del pelo cada dos por tres, por cualquier cosa. Era una loca. La tristeza me quita las ganas de hablar. Ya otro día, si eso, sigo con otra historia, ¿eh? Cómete la pasta de pistacho, Lola. Es la más buena, no la dejes ahí».

Otro ahorcado más que sumar a las estadísticas que llevan a un forense a no ir al escenario de una muerte porque, total, se trataba de un ahorcado nada más. No hay nada especial en quitarse la vida.

Se llamaba Evi Anna Rauter. Los del programa de TV3 lo han descubierto treinta y dos años después de aparecer colgada del pino de Portbou. Están orgullosos de haber podido darle un nombre y descanso a su familia. La han localizado. Al final del programa aparece su hermana mayor, una mujer rubia y alta que ha viajado hasta Portbou para recorrer los últimos lugares que Evi pisó e intentar entender el porqué. Treinta y dos años sin saber qué había sido de ella, albergando una pequeña y secreta esperanza de que se hubiera fugado y estuviera viva en algún lugar, aunque Evi no era así, nunca se habría fugado. Tampoco quitado la vida. Le enseñan las fotos de su hermana colgando del árbol. No lo entiende. El día 2 de septiembre de 1990 estaba con ella en Florencia, y Evi estaba feliz, tenía planes. La conocía, tenían mucha confianza. Y el 3 de septiembre le dijo que se iba en tren a Siena a pasar el día. Pero no volvió. ¿Cómo pudo ir sola, sin sus gafas, que dejó olvidadas en la mesa del salón, hasta Cataluña, hasta Portbou? ¿Por qué? ¿Para matarse?

Sentí compasión por Evi Anna Rauter y por el tío de mi abuela. También por mí, que estaba sola viendo un programa de crímenes, y por primera vez en la vida se me pasó por la cabeza, rápida y cegadora como un fogonazo, la pregunta de cómo sería mejor morir, si ahorcada, por una sobredosis de pastillas o con la cabeza en el horno, como Sylvia Plath. Fue un fogonazo raro, sin luz. Luego pensé que mi horno es eléctrico y me eché a reír. Apuré el vino de la copa y apagué la tele.

Esa noche dormí mal. Soñé con un mirador que hay en Tossa de Mar que descubrí un día que fui a ese pueblo a pasar el día y comer un arroz. Se lo conoce como el Chalet de Bram. Lo excavó en la roca Abraham Canals, un indiano que regresó de Cuba sin haber hecho fortuna y que, añorado del océano que había descubierto en sus viajes a América, hizo ese mirador con sus propias manos. Alguien había colgado en la pared de roca una placa en la que podía leerse el lamento mal traducido al castellano de una madre que no quería olvidar a su hijo de nombre anglosajón. Soñé que la chica de Portbou estaba sentada en ese mirador. La veía desde un lateral y me parecía que observaba el horizonte, pero de repente me daba cuenta de que estaba mirando cómo se lanzaba al mar un chico joven. Grité en el sueño y ella se dio la vuelta. Me miró con esa expresión de paz que tenía en las fotos que vi en la tele y me dijo: «El chico ha mirado hacia abajo y ha oído la voz. ¿Tú la has escuchado alguna vez? Yo sí, cada vez que me asomaba a las ventanas, pero nunca se lo dije a nadie».

La montaña de Montserrat y el estucado de la pared

*Dame aliento, cuídame.
Clavelitos en tu pelo,
los tatuajes de tu piel,
hoy supura y supura
lo que ayer sabía a miel.
Yo maldigo a mi cordura.
Palomita, llévame.*

Guitarricadelafuente y Natalia Lacunza,
«Nana triste»

—¿Ya has quedado con el yogurín…? ¿Cómo? ¿No pensabas contarme nada, zorra mentirosa?

No tenía muy claro lo de contar a Mila mi última locura. Sentía que era demasiado incluso para ella.

Respondí a un mensaje de aquel chico en Tinder, y luego a otro y a otro. El guapo parecía simpático y buen conversador. Descubrí que la silueta del paisaje que le vi tatuada en una de las fotos de su perfil era la montaña de Montserrat, con la que decía sentir una especie de vínculo natural, espiritual, físico y a la que iba muchas veces para pasear o ir en bici. La tinta se había acumulado en la superficie de su piel y formaba una silueta abultada que reseguí con los dedos varias veces después de follar. Resultó no ser un imbécil. Resultó que sus ojos verdes de cerca eran como los de la serpiente de *El libro de la selva*, y después de la segunda copa de vino ya no tuve más voluntad que la que esos ojos me llevaban a tener. Después del sexo se volvieron aún más verdes. Me asombró esa transformación, nunca había visto unos ojos que cambiaran de color de una manera tan obvia. Los míos eran del mismo tono universal de marrón que tenía medio mundo, pero ese chico dulce podía cambiar de color de ojos siempre y cuando sintiera placer. Le había dado placer. Mi cuerpo le había reverdecido la mirada. Intenté no sonreír. Me mordí el labio y le pedí que fuera recogiendo sus cosas mientras yo salía de la cama para ponerme unas bragas y una camiseta. Me fui al cuarto de baño. ¿Cuántos pasos di? ¿Cuatro? Esa era la distancia entre mi cama y la taza del váter. Orinando fui consciente de la penuria que transmitía mi piso, y la imprudencia del deseo dio paso a la vergüenza. Me miré en el espejo y vi el rostro de una mujer cansada con las arrugas de las ojeras rellenadas por la cremosidad negra del rímel corrido. El maquillaje maltrecho no hacía sino acentuar lo que debía disimular. En mi cama había un joven con el vientre duro, la piel lisa y ese brillo en la mirada que va apagándose con la edad, y me sentí como la Blanche DuBois de Tennessee Williams. No me atreví a salir del aseo sin arreglar el estropicio. Me rocié el rostro con agua de avena de la marca de cosmética de Mercadona, volví a camuflarme las ojeras con corrector iluminador y me puse un rubor rosado en las mejillas que la vida ya no me permite sentir. Regresé a la habitación y Xavi ya se había vestido. Me tumbé y me besó rápido en los labios. Luego me hizo una broma sobre la firmeza de mis glúteos y dijo que tenía que marcharse. Me sentía tan usada y gastada a su lado...

Miré el estuco de las paredes, que me llevó a pensar en la celulitis de mis muslos, y le pedí perdón por lo poca cosa que era mi casa mientras notaba cómo esas paredes feas crujían y se agrietaban porque estaban cediendo al impulso de atraparme con la intención de asfixiarme.

Era la primera vez que follaba en más de un año y medio. Era la primera vez en mucho tiempo que follaba, y no era Jon el que me acariciaba la espalda hasta el escalofrío y me susurraba cuánto le gustaba estar dentro de mí. Era la primera vez que follaba, en realidad, porque yo siempre había sido más de hacer el amor, y entre la vergüenza y el vacío que sentí tras el sexo se me quedó un mal cuerpo que me hizo plantear que quizá no valía la pena todo ese desasosiego por un ratito de placer.

Cuando se lo expliqué, Mila estalló en una carcajada que provocó un instante de silencio en la bodega en la que habíamos quedado antes de la cena con las demás amigas del grupo.

—Serás patética... En vez de perdón tenías que haber pedido un bis al chaval, que con la edad que tiene está para repetir. ¿Cómo fue? Cuenta, cuenta. ¿Se hizo el dulce y romántico follador lento con la señora o dio rienda suelta a sus fantasías de empotrador de tonificados antebrazos que soportan el peso de una MILF mientras la penetra contra el armario de su habitación?

—¡Mila, por Dios!

—Eso significa que fue un empotrador, seguro.

—Solo diré que fue muy generoso.

—¡Oh, te lo comió! Se ha enamorado, fijo. ¿Cuándo volvéis a quedar?

—No hemos concretado nada. Nos despedimos con un «ya nos veremos» y cerré la puerta.

—Pues escríbele y queda con él ya. El chaval promete.

—Me lo pensaré. Ya he echado un polvo, que era el objetivo. No sé si hace falta insistir. Y no expliques nada a las demás en la cena. No hay nada que contar, ¿de acuerdo?

—A ver si lo entiendo: te has follado a un chaval de treinta y cinco años guapísimo que baja al pilón y te lo vas a guardar en secreto y no lo compartirás con tus amigas cuarentonas hartas de organizar menús semanales y de hacer carreras para llegar a las extraescolares. ¿Es eso?

—¡Ay, Mila! No digas nada y punto.

—Muy bien, como quieras. Pero yo habría fotografiado mis bragas mojadas y habría colgado las fotos en todas mis redes sociales con esta frase: EMPIEZA LA ESTACIÓN HÚMEDA.

—¡Qué burra eres! Por cierto, con la tontería de este chico no me has contado nada. ¿Cómo estás? ¿Cómo van las cosas en casa?

—¡Ay, Lola! Pues estoy pensando en pagar HBO además de Netflix, solo te diré eso.

—Míralo por el lado bueno. Yo aún tiro de la cuenta de Netflix de Jon y no puedo evitar preguntarme con quién coño estará viendo mi ex series como *You*, que no había querido ver conmigo ni muerto.

—El poder de la jodienda... Seguro que a ti te apetece subir a Montserrat y comer butifarra con patatas en algún restaurante de por allí y no sabes por qué... Me das envidia. Yo quiero volver a sentir ese pellizco de deseo, esas ganas de morder los labios a alguien. En fin... Ya casi ni me acuerdo de la sensación. Estoy cansada de estar para todos. Mi hijo pasa de mí, solo quiere jugar con su padre y con la consola. Y con la niña son todo problemas: no le interesa el colegio, está rebelde y contestona, y para colmo la lía cada vez que puede. Esta semana me llamaron del cole para decirme que la habían pillado fumando con un vapeador en el lavabo con otras como ella. Doce años tiene. Menuda época me espera. No sabes lo que te estás ahorrando.

—No, no lo sé.

—Ay, Lola, perdona.

No tengo hijos. Una de esas cosas que se me quedó por hacer. O a medio hacer. Un agujero negro en el centro de mi cuerpo que nos absorbió, primero a mí y luego a Jon. Nada del nosotros sobrevivió a Alba. Lo que tendría que haber sido luz se convirtió en noche cerrada. No tengo hijos, pero quise tenerlos. Al final quisimos. Pasaba el tiempo y nos íbamos poniendo excusas, las de siempre. Un día se trataba del trabajo de Jon; otro, de mis inseguridades. Cuando se nos acabaron las excusas, nos pusimos plazos. El último se cumplió tras unas vacaciones a Grecia. Y un día supe que había una vida dentro de mí. Me encontraba mal, tenía un retraso y fui a la farmacia del centro comercial que estaba cerca de donde trabajaba entonces. Compré un Predictor y fui allí mismo al aseo. No podía esperar para salir de dudas. Recuerdo el olor a desinfectante que apenas se imponía a la peste de los orines. Meé sobre el palo. Dos rayas. Embarazada. Pensé que había escogido un sitio de mierda, en sentido figurado y literal también, para confirmar el embarazo. Por un instante, se me pasó por la cabeza la idea de que lo había hecho fatal, que había ensuciado ese momento que debió ser especial.

Mi vientre fue hinchándose poco a poco. De una sensación burbujeante por las noches pasé a notar los puños o los pies de Alba empujando mi piel. Alba. Yo tenía treinta y nueve años y la esperanza nueva de ese pequeño amanecer que se estaba preparando a fuego lento en mi vientre. Vientre. Me parece tan hermosa y auténtica esa palabra, con esa V con forma de útero, de copa, de recipiente. Me llené por dentro de ilusión y vida. Tres, cuatro, seis, ocho meses de embarazo. Qué rápido pasaba el tiempo alrededor de mi cuerpo. Era curioso ese asincronismo entre el dentro y el fuera. Me cogí la baja. Solo importaba el dentro. Tumbarme y acariciarme la barriga, abrazarla y hablarle bajito para decirle que iba a quererla mucho, más que nadie, toda la vida. Pero fue nunca. Un día llegó el dolor. En la semana treinta y ocho. Contracciones. Me atravesaban los riñones con una navaja, justo como lo había descrito mi abuela. Sangre. Se adelantaba el parto. Llamé a Jon.

—Vete a urgencias —me dijo.

—No.

Le dije que no. Y lo esperé en el piso, así aproveché para ducharme y acabar de preparar la canastilla. Creía que no sabría, pero soportaba el dolor y prefería hacerlo en casa antes que en un box de hospital. Cuarenta minutos.

—Estoy llegando, ¿cómo vas?

—Bien. No tardes, cada vez duele más. Alba quiere salir ya.

En el hospital, me tumbaron y me hicieron el primer examen. Tengo grabada la cara de la comadrona cuando buscaba el latido fetal. He soñado con esa cara tantas noches...

—Cariño, algo no va bien —me susurró.

Ella ya lo sabía, pero no se atrevió a confesármelo, aunque ese «cariño» sonó tan profundamente triste y compasivo que yo también lo supe. Lo supe. Llegó el ginecólogo justo cuando empecé a tener unas contracciones horribles que me partían por la mitad sin descanso. «Contracciones tetánicas», me dijo que se llamaban, y me imaginé a un par de titanes pateándome la espalda. También me dijo que estaba sufriendo un desprendimiento de placenta y una hemorragia.

—Lo siento mucho, no hay latido, pero vas a tener que empujar y parir. Tu cuerpo está de parto y quiere acabar el trabajo aunque tu bebé ya no respire.

La comadrona se me subía encima y apretaba con fuerza mi vientre hinchado, me hacía daño.

—Empuja —me decía—. Venga, cariño, ya no queda nada.

Y yo lloraba y empujaba. Lloraba y empujaba. Después solo lloraba.

Parí una niña muerta de tres kilos doscientos gramos y cincuenta y un centímetros. Mi pequeña Alba no llegó a abrir los ojos a la luz blanca del paritorio. La duda de qué fue de su alma aún me asalta, de noche, cuando me despierto soliviantada sin motivo, sin recordar lo que estaba soñando y lo primero que ocupa mi mente es su nombre, Alba. A veces me imagino que sigue cerca de mí, o flotando en el techo de mi habitación mirándome con sus ojos de humo, o que continúa dentro de mi cuerpo, espíritu cálido y adormecido. Otras veces me imagino que se quedó en el hospital y que vaga de pasillo en pasillo, según se abran las puertas y la empujen las corrientes de aire, perdida entre salas de reanimación y quirófanos, sin entender por qué su madre no está allí con ella.

Cuando todo pasó, el ginecólogo me dijo durante una revisión que podríamos volver a intentarlo, que estaba sana, pero que si había ocurrido una vez era probable que el desprendimiento de placenta se repitiera, así que solo habría que hacer un seguimiento exhaustivo del embarazo e ir a urgencias lo más rápido posible al menor síntoma para evitar que el bebé se asfixiara. Abrí mucho los ojos. En ningún momento anterior me había dicho que Alba se había asfixiado. Nadie me lo había dicho. Se le escapó. Yo la había matado. Si no hubiera esperado a Jon, si hubiera cogido un taxi…

—No te culpes —me dijo el médico—. Es cuestión de pocos minutos. Tendrías que haber vivido frente al hospital para llegar a tiempo.

—No te culpes —me decía Jon—. Nadie lo hace. Todo el mundo está afectado. Todos saben lo duro que está siendo.

Yo bajaba los ojos, miraba cómo mi mano derecha apretaba fuerte la izquierda, cómo se retorcían, y asentía con la cabeza. Yo la había matado. Solo había espacio para ese pensamiento descomunal. No me cabía nada más que la culpa y el desconsuelo.

Jon deseaba intentarlo de nuevo. Había pasado ya un año. Me dijo que podíamos conseguirlo, tener un hijo. No. Le dije que no. No quería volver a pasar por lo mismo. No. Fue en ese instante cuando mi agujero empezó a devorarnos.

Ahora no tengo nada. Ni a Jon ni un hijo al que cuidar, al que besar por las noches, al que acariciar las palmas de las manos con la yema de mis dedos. No sé lo que me ahorro, solo sé lo que no tengo, y lo que sí tengo: la culpa y ese agujero negro en el centro de mi cuerpo que se lo traga todo. Aún hoy. Todavía.

Una pena te lleva a otra

> *You know I'm bad, I'm bad,*
> *come on, you know*
> *(bad, bad really, really bad).*
> *And the whole world has to*
> *answer right now*
> *Just to tell you once again,*
> *who's bad.*
>
> MICHAEL JACKSON,
> «Bad»

Mi madre me llamó el sábado por la mañana para preguntarme si quería visitar a mi abuela. Esa nueva situación, con mi abuela ingresada en un geriátrico cercano a mi piso, estaba favoreciendo que nos viéramos con más frecuencia, aunque en los ratos que estábamos juntas no habláramos mucho. Nunca me preguntaba cómo estaba por si acaso le respondía que mal. Yo tampoco le preguntaba nada. Y así, sin mucho que decirnos, íbamos dejando que pasara el tiempo. Seguía siendo una hija cuando estaba con ella, y eso era lo que necesitaba últimamente, a salvo, sin necesidad de explicar gran cosa, solo teniéndola a mi lado. Me dijo que en un rato mi tía y ella estarían en la residencia. Pensaban sacar a su madre de paseo aprovechando que hacía sol y tomarían un café en la plaza acostumbrada. Yo tenía una montaña de exámenes por corregir y sabía que no debería perder el tiempo, pero sentí esa necesidad de ser hija. Se me habían juntado la evaluación de segundo de ESO con la de primero de Bachillerato. Unos ciento veinte exámenes que leer, plagados de faltas de ortografía que menguan mi fe en el ser humano cuando me las encuentro en el nombre propio del alumno. Ahora los chavales se llamaban GonzaLEZ, GARcia, LUcia, Ines, Ivan. Cuando había un Ivan se me metía en la cabeza el estribillo de una canción, «Iván y vienen, Iván y vienen», y me pasaba un rato canturreando a la vez que iba redondeando espacios en blanco en los que debería haber una hache o una tilde, o uves que deberían ser bes. Las tildes están en extinción. Los alumnos solo las consideran molestas rayas que les hacen bajar la nota. La ortografía da igual. Da igual a los alumnos, a los padres, a algunos profesores, a los que subtitulan las series, a los periodistas, a los políticos, al mundo. No debe de ser muy importante, en realidad. ¿Qué más da estar tomando un café solo, sin leche, que un café solo, sin nadie que nos haga compañía, tristes y deprimidos, sin la posibilidad de explicar a alguien nuestro último fracaso amoroso, nuestra última decepción? Por lo que parece, debe de ser muy parecida esa soledad que siente el líquido oscuro como la noche enfriándose en la taza a la que siente el corazón del solitario, porque hasta la RAE las ha asimilado.

Al final me bebí el té rápido, tapé el bolígrafo de tinta roja y me puse el abrigo más largo que tenía porque no me apetecía cambiarme la ropa de estar por casa con la que me había vestido al levantarme para evitar la tentación de salir a la calle.

Mi madre me avisó por teléfono de que mi abuela estaba

más despistada que de costumbre. Cuando llegué, la vi triste, apagada. Me sonrió sin conocerme. Mi madre tuvo que decirle quién era yo. Sentí lástima por ella, lástima por esa desmemoria que la estaba convirtiendo en la cáscara de una nuez vacía.

—Ay, prenda, no te había conocido, es que estás cambiada. Te has hecho algo en el pelo, ¿no? ¿O no te has pintado? Creo que es eso, te veo pálida, tienes que ponerte colorete y pintalabios, aunque sea para ir a tirar la basura. Esos dientes tan bonitos destacarían más con los labios rojos como dos fresones. Yo nunca he salido de casa sin arreglar.

Miré su pelo sin teñir y cortado muy corto, como nunca lo había llevado, sus labios encogidos y arrugados, sus ojos velados por la edad, sus dedos, que se estaban volviendo puntiagudos, y sentí que necesitaba irme deprisa, ver a alguien, a Mila, a alguna amiga, para que confirmara mi existencia, para que me sacara de ese núcleo femenino que flotaba en una soledad compartida y aislante que amortiguaba la realidad. Pero era muy difícil quedar: los partidos de los niños, los planes con los padres del colegio, las comidas familiares, el trabajo. Sabía que no estaba sola, y no obstante me resultaba muy difícil no sentirme sola. Me vi reflejada en el aislamiento de mi abuela y me dio mucho miedo ser algún día una vieja solitaria. La vieja de los gatos.

Pregunté a mi madre por mi hermano, por qué no venía nunca a ver a su abuela. Estaba liado, me dijo. Resultaba que tenía una maratón dentro de poco, y los sábados era el mejor día para salir a entrenar desde bien temprano. Mi madre lo excusa desde niño, como cuando me tiraba de las coletas, o cuando me rompía alguna redacción que tenía que entregar en el colegio o cuando espantaba a los primeros chicos que se me acercaron. Según mi madre, todo lo hacía por un bien superior que yo no entendía, aunque a mí me parecía que lo que tenía era una misión en la vida: amargar a su hermana. Ahora el bien superior era una carrera importante. Olvidar que su abuela seguía viva no era más que un detalle, porque su hijo estaba preparando la maldita maratón de Barcelona por gusto, porque ahora le gustaba correr, como antes le había gustado jugar a squash y como parecía que empezaba a gustarle el pádel. Pero era un hombre, y los hombres pueden hacer cosas por un imperativo que nace del deseo, del capricho, mientras que las mujeres de la familia solo podemos atender obligaciones y desear que nos dejen en paz.

—Prenda, ¿estás bien? Hace tiempo que no veo a tu marido. ¿Está bien?

—Sí, abuelita, está bien, muy liado en el trabajo, ya sabes.

Asintió mirando las migas que le habían caído en el regazo y decía que esa era la excusa de todos los hombres, el trabajo. No me atrevía a recordarle que me había separado. No iba a hacerlo esa mañana.

—Hace frío. ¿Estamos en diciembre ya? No me gusta cuando se acerca diciembre. Lola, ¿no te acuerdas de mi hijo? Yo tenía un hijo, o dos, ya no lo recuerdo... Creo que eran dos. Uno alto y otro no tanto. El alto era divertido, pero ya he olvidado su voz. Tampoco recuerdo la voz del otro, pero sí su pelo, que era muy rizado, como de moro. No sé por qué no vienen a verme. Soy su madre, los parí igual que parí a mi Margarita y a mi Luz. Ellas sí que vienen. ¡Ah, Lola!, creo que me viene algo a la memoria. No quería, pero ahora que pienso... Pobre, mi Juan. ¿Tú lo conociste...? ¿Trece? ¿Tantos años tenías? Ay, qué pena, Lola.

Cuando mi abuela me cogió la mano para hablarme de su desgracia recordé el día del entierro de mi tío. Murió joven, con apenas veintisiete años. Desapareció sin haber hecho nada importante con su vida. Solo disfrutar. Se fue de golpe, tanto que mi hermano y yo nos dijimos que se había marchado de vacaciones para poder sobrellevar lo que no entendíamos y nadie iba a explicarnos. Todos se callaron. Era como si la muerte se hubiera llevado también las palabras. Cuando cerraban las puertas, de la cocina o de la habitación, mi hermano y yo nos acercábamos con cuidado de no hacer ruido para intentar captar las conversaciones de los mayores, pero ya no conversaban, solo nos llegaban susurros aislados y llantos. En el entierro nadie dijo nada. Era el primer funeral al que asistía, y me esperaba una escena similar a la de las películas que había visto, esas en las que un familiar o amigo cercano se pone al lado de una fotografía enorme del muerto y empieza a recitar una retahíla de virtudes y recuerdos. Solo habló el cura, que había hecho de la muerte parte de su oficio y pronunciaba oraciones fúnebres sobre hijos amorosos, hermanos queridos, padres amados y abuelos que eran pilares para los que estaban presentes, pero a los que no conocía, mientras los familiares se sonaban los mocos y se secaban las lágrimas con el mismo pañuelo de papel. Recuerdo cómo me enfadé, cómo me molestó que aquel cura de voz nasal y acento que no logré reconocer hablara de mi tío Juan sin ni siquiera saber qué cara tenía cuando aún había vida en su cuerpo. «Hijo querido», dijo. Recuerdo que me pasó por la cabeza un «y una mierda» enorme y estridente. Miré a mi abuelo. Estaba serio, sin más. Él no lo quería. No quería al hijo que no había podido doblegar, borrar, convertir en sombra. Me pregunté si se sentiría aliviado porque la muerte había hecho su trabajo. Ahora ese hijo que se había empeñado tanto en ser, en tener un cuerpo bello, grande y fuerte y en arrastrar a una espiral de deseo a cuantas chicas pudiera, se volvería recuerdo e iría adquiriendo esa invisibilidad tan ansiada. Incluso su madre olvidaría su sonrisa y esa posibilidad de vivir de otra manera que les brindó con su resistencia, sus portazos, sus gritos y su forma de desear sin medida.

Mi tío Juan emitía una luz tan fuerte que quemaba a los que se le acercaban mucho, sobre todo a las mujeres, como si fueran mariposas nocturnas atraídas por una bombilla. Era casi tan guapo como canalla, lo que lo predisponía a los líos, que no siempre eran de faldas. Llevaba el pelo corto porque lo tenía demasiado rizado y le crecía a lo afro, se peinaba con un peine negro de púas larguísimas que solo le he visto usar a él y tenía un corazón enorme y un cerebro mediano que tendía a la intermitencia. Cuando se apagaba, el cuerpo de mi tío se convertía en un tanque, en un lanzallamas, en una bomba que estallaba. Podía meterse en peleas, bajarse del coche para patear la puerta del de otro conductor que le había cerrado el paso, colarse en la casa de un vecino heroinómano y bastante perturbado para dejarle un mensaje de amenaza porque se había enterado de que el loco que allí vivía se había metido con mi abuela.

Mientras yo recordaba todas esas cosas y me convencía de que la hipocresía es la cualidad que nos convierte en adultos el cura seguía alabando las virtudes de mi tío Juan: «Señor, te encomendamos el alma de tu siervo Juan y te suplicamos, Cristo Jesús, Salvador del mundo. Reconócela, Señor, como criatura tuya; creada por ti, único Dios vivo y verdadero, porque no hay otro Dios fuera de ti. Llena, Señor, de alegría su alma en tu presencia y no te acuerdes de sus pecados pasados ni de los excesos a que la llevó el ímpetu o ardor de la concupiscencia. Porque, aunque haya pecado, jamás negó al Padre, ni al Hijo, ni al Espíritu Santo;

antes bien, creyó, fue celoso de la honra de Dios y adoró fielmente al Dios que lo hizo todo».

«¡Anda ya!», iba pensando yo conforme escuchaba a ese cura de algún lugar de Latinoamérica que estaba ocupándose del responso. «Ardor de la concupiscencia», ¿eso había dicho? Creí entender a qué se refería y me pareció increíble que hiciera una referencia de tan mal gusto en ese momento. Sin embargo, la palabra «concupiscencia» me llevó a recordar las muchas chicas que había alrededor de mi tío, y aunque no pude recuperar casi ningún nombre, sí muchas caras y una Vespa rosa. La conductora tenía la piel clara y el pelo negro y rizado. Cuando era pequeña nadie llevaba casco, y recuerdo su melena agitada por el viento al bajar con la moto la cuesta en la que vivía mi abuela. De entre todas, la recuerdo a ella porque mi tío la quería, y no quería a casi ninguna. Creo que lo suyo fue un amor sincero, pero sin mapa ni brújula, que acabó mal. Mi tío habló de ella hasta el final. Hablaba de ella, de su moto rosa, de su pelo suave y de cómo el sida la mató.

Estábamos a mediados de los años ochenta y del sida yo solo sabía que un actor muy guapo de las películas que le gustaban a mi madre había comparecido ante los medios para decir que era víctima de esa enfermedad nueva y que iba a morirse. Recuerdo que estábamos viendo la televisión y que mi padre soltó que eso le pasaba por maricón. Con esa cantidad de información y esas fuentes tan variadas y contrastadas no logré entender cómo pudo morir aquella novia de mi tío de sida si no era un maricón.

Tardé años en saber de la heroína y de cómo contribuyó a la desaparición de muchos jóvenes del barrio por culpa de las sobredosis o por haberse contagiado de sida con una jeringuilla infectada. Aún recuerdo el cuerpo plegado sobre sí mismo de un chico que se había muerto solo, sentado en el tranco que daba acceso a una casa particular que quedaba frente a la parada del autobús que me llevaba al colegio. Lo vi una mañana antes de que nadie hubiera avisado a una ambulancia. Creí que dormía, aunque a la hora de comer me enteré de la realidad. Lo había mirado fijamente sin saber que estaba ante un cadáver. El descubrimiento me impresionó y provocó un fogonazo que grabó la silueta de ese chico y el chándal azul y rojo que llevaba en mi mente como si fuera el negativo de una fotografía.

Mi tío Juan no se drogó nunca. Casi ni bebía. Su droga era el sexo, pero eso yo tampoco lo sabía. No podía ser fiel, por eso perdió a la chica de la Vespa rosa y quizá la vida. Sin embargo, nadie en mi familia decía nada al respecto desde hacía muchos años.

—¡Ay, Lola! ¿Recuerdas lo guapo que era tu tío? Las chicas se volvían locas al verlo. Cada día había un enjambre de mujercitas revoloteando cerca de casa. Se sabían su horario y cuando volvía del trabajo ahí estaban, esperándolo. Maldito olvido. No sé por qué he tenido que acordarme hoy de él, si ya no lo tenía en la cabeza. Ahora la pena me está reventando el pecho. Qué tontería llorar ahora, pero es que lo siento..., como si acabara de enterarme. Qué horror, Lola, qué horror más grande oír esas palabras: «Tu hijo ha muerto». ¡Muerto! Los hijos son vida, no muerte. No lo entendía. Qué dolor más grande, como si un obús me hubiera atravesado el corazón. ¿Cómo pasó? No me acuerdo. Solo recuerdo que se me murió. ¿Sabes?, no pudo despedirse, fue de golpe, eso lo recuerdo, porque luego venía a verme. A su madre. Me lo encontraba sentado en el sofá, muy triste y gris. Me miraba con los ojos también grises y me daba miedo, me cortaba el aliento. Tu abuelo no lo veía; no venía a verlo a él, venía a ver a su madre. No podía acariciarlo ni abrazarlo y me arañaba los muslos de desesperación, me volvía loca. Tu abuelo eso me decía, que estaba loca, que no hiciera caso, que Juan no estaba en el sofá, que estaba en un ataúd. Yo aullaba al imaginarme a mi Juan solito y a oscuras en el nicho. Le golpeaba el pecho y le gritaba: «¡Mentiroso!». «Viejo mentiroso», le decía. «Mi Juan está a mi lado, míralo, míralo, míralo». Pero solo yo lo veía, porque solo yo era su madre y mi desespero lo arrancaba de la muerte para que pudiera volver a verlo. ¿Qué le pasó, Lola? Si era tan joven y fuerte y guapo. Qué guapo era. Fue un accidente, ¿verdad? No quiso irse. Eso no. Eso es mentira. Lo dijeron, que se fue porque quiso, pero él no quería irse.

—Se resbaló —dijo mi madre, que llevaba un rato mirando el móvil sin decir ni una palabra mientras mi tía se había levantado a comprar un paquete de tabaco. Nunca hablaba de su hermano muerto con nadie. Si alguna vez intenté preguntarle por el accidente, evitó responderme.

—Es verdad, hija, ya me acuerdo —continuó mi abuela—. Pobrecito mío, solo en el fondo de un barranco, pobrecito mi niño solo. Y yo, mientras él se moría, quitando el polvo de las estanterías y yendo a por el pan. ¿Cómo puede ser eso? No debería ser posible. Una madre comprando pan y tomates mientras su hijo agoniza. Menos mal que no te puede pasar eso a ti, Lola, porque sigues sin hijos, ¿verdad? Mejor, solo traen disgustos y sufrimiento. No te puede pasar. A mí me pasó, y fíjate cómo es la vida que ya no me acuerdo. Se me olvida el dolor y el olor de su cuerpo recién salido de mi vientre. No me acuerdo. Mañana, si me preguntas, a lo mejor no sé ni quién es Juan, pero hoy sí lo sé y me duele. Mi niño de pólvora y fuego, mi estallido de vida que se reventó contra unas rocas.

Solo es lunes

Caminar cinco lunas más,
me creía morir.
Cualquier ser se puede arrastrar,
seguir como un reptil.

NACHO VEGAS,
«El don de la ternura»

Un lunes cualquiera sentí que era jueves y que el peso de los cinco días de la semana que tenía por delante iba a ser superior al que mi espalda podía soportar.

Un lunes cualquiera, a la hora del patio, una chavala de trece años que se llamaba Melania dio varios empujones, golpes y tirones de pelo a otra chica de su edad. Esa otra chica, de trece años también, se llamaba Clara y lloró en el colegio, lloró en la calle y lloró en casa porque le habían pegado. Pobrecita cría que había recibido golpes en ese lugar seguro que debería ser el colegio. Un lunes cualquiera, a la hora de comer, oí la voz angustiada de una madre preocupada por su hija porque podía estar siendo víctima de acoso y porque la veía en casa tan decaída, tan insegura, tan acomplejada que empezaba a sentir miedo y furia. Pobrecita Clara, pensé yo, y mi corazón de no madre se acompasó con el latido acelerado de esa mujer que sufría en su propio cuerpo el dolor de su hija.

Un lunes cualquiera, por la tarde, hablé con la pobre cría de trece años que tenía un pómulo ligeramente morado. Y lloró y dijo que estaba cansada de recibir comentarios sobre su aspecto y que ya no podía más.

Por dentro ardí de rabia, y entendí a la madre y sus rugidos de leona protectora. Odio a aquellos que abusan, que se burlan, que se creen mejores, que hieren a conciencia, y habría ido a por Melania y le habría gritado que quién se creía que era. Pero no pude hacerlo porque no estaba en clase ese día y no tuve que esforzarme en ser una adulta responsable y comedida.

Para mi sorpresa, sin embargo, unas chicas de último curso que comparten pasillo con mi segundo C de ESO se me acercaron a la hora del patio para contarme que la pobre chica que llora, Clara, es en realidad la que se burla y molesta, cada día desde hace varios cursos, de esa otra cría que nunca había dicho nada hasta entonces, callada, resignada y muda. Ese día, harta de ser víctima, Melania había estallado en tormenta y furia.

Solo era lunes, pero pesaba, como si en la mochila llevara todos los minutos de la semana, el hecho de tener que enfrentar como tutora a una madre doliente a una verdad que no es la que ve ni la que quiere ver. Su hija hace sufrir y disfruta con ello, y no solo disfruta, sino que emplea el resultado de sus abusos para causar más daño y para mostrar en casa una identidad que en el colegio no conocemos. Su hija son dos hijas, la que llora porque querría ser alta y morena como la luna y la que humilla a otra que es más frágil que ella, o simplemente diferente.

Yo soy solo una mujer sin hijo que estudió Filología y que ama la enseñanza, y aunque no soy diplomática, ni policía ni mejor que nadie, veo a los hijos de los demás más horas y en más situaciones cada día que sus padres. Solo era lunes y ya tenía que sentarme ante una madre amantísima y decirle que ese ser mentiroso y manipulador también es su hija. Ojalá los hijos fueran sencillos planos en dos dimensiones de aquellos sueños que proyectaron sus progenitores al engendrarlos, pero no lo son. Son complejos poliedros con muchas caras y algunas aristas que ni siquiera sus padres conocen.

Pensé en Dani. En su insatisfacción, en su soledad. Los intentos al respecto de que su madre aceptara escuchar las intenciones de su hijo en relación con sus estudios fueron fallidos. Su tutora me explicó que la madre se había mostrado intolerante e inflexible durante la reunión en la que le trasladó los intereses de Dani.

«Mi hijo está dotado para la ingeniería —le dijo— y no echará a perder su futuro dejándose influir por la panda de locas que lo rodean. Esas amigas lo están confundiendo. Si hubiera seguido siendo amigo de Óscar, no estaríamos hablando de nada de esto, pero vete tú a saber por qué se enfadaron esos dos, con lo amiguísimos que eran desde críos. Óscar va a ser ingeniero industrial, lo sé por su madre, que me contó que ya ha mirado universidades y todo. Y el tonto de mi Dani empeñado en leer novelas y ver películas en versión original. Si es que no sé de dónde ha salido con tanta tontería, pero no permitiré que se equivoque. Y espero que desde el colegio sepan orientarlo bien y no vayan a meterle pájaros en la cabeza».

Otra madre que no conoce a su hijo, que no sabe quién es, que ignora sus deseos, sus inquietudes, sus sueños. Otra madre que no cree que su hijo sea como otros lo ven.

—Imposible. No es cierto.

Seré la responsable de esa tristeza que la madre afirma

ver aunque en el centro jamás la hemos presenciado; más bien, Clara ha dado muestras de alegría, liderazgo y un poco de chabacanería, aunque eso me lo callo. Clara es un ser de luz. Ahora entiendo lo del nombre que le pusieron. «Imposible. Esa no es mi hija. Imposible». En dos años habrá acabado la enseñanza obligatoria, y a partir de ese momento esa mujer se quedará sola con esa luz que tendrá que evitar porque no cesará, porque se convertirá en rayo abrasador.

—Incompetente, mentirosa, irresponsable... Te denunciaremos. A ti y al colegio.

Solo era lunes, pero me pesaban los segundos como horas. Estaba deseando que se fuera, que dejara de insultarme y menospreciar mi trabajo. Había alargado mi horario para poder atenderla de urgencia, a pesar de los sesenta y dos exámenes por corregir, o pruebas evaluadoras, como es preferible llamarlos ahora, sobre el adjetivo y el texto descriptivo de primero de ESO que me esperaban sobre la mesa del comedor.

Era solo lunes.

—Si le pasa algo a mi hija, será culpa tuya. Hablaremos con el director.

Qué sencillo resulta rebotar la responsabilidad al otro. Qué difícil asumirla. Qué complejo mirar de frente a la verdad.

Solo era lunes.

Llegué a casa cuando estaba a punto de oscurecer. Las obras del edificio que tenía delante estaban terminando. Habían reformado una antigua casa señorial de origen indiano que funcionó como guardería hasta quebrar durante la pandemia y la habían convertido en un bloque de pisos sin alterar su fachada. Pisos amplios y caros, solo tres, uno por planta. Exclusividad a no menos de 490.000 euros en la calle en la que el Carmelo empieza a convertirse en Horta. Los operarios ya habían acabado de colocar las ventanas de aluminio y el césped artificial en el patio que iba a ser del futuro propietario del bajo. Cada día observaba durante un rato la evolución de las reformas. La casa abandonada de antes tenía por las noches un aspecto fantasmagórico con sus polvorientas cortinas de dibujos infantiles ondeando por las corrientes de aire que se colaban por el agujero de algún vidrio roto y con las pegatinas de Mickey Mouse, del Pato Donald y de Daisy a medio despegar en los cristales. El edificio que era ahora iba convirtiéndose en el futuro hogar de varias familias, que yo imaginaba invariablemente con mujeres embarazadas y bebés que empezaban a caminar, acarreando cajas llenas de juguetes, peluches, un triciclo, moldes para pasteles, manoplas para sacar del horno bizcochos con olor a canela y álbumes llenos de fotos de pasados felices. Envidiaba el patio, con su árbol enorme, que parecía un magnolio, y envidiaba el salón con uno de esos ventanales salientes con forma de medio hexágono. Envidiaba ese formar parte de algo más grande, de un presente y de un futuro compartido, de un camino trazado que solo había que transitar. En mi minúsculo piso me sentía como si hubiera ofendido a los dioses, como si hubiera cometido pecado de *hýbris* y me hubieran condenado a una caída sin fondo. Pero ¿qué había hecho? ¿No querer arriesgarme a ser madre o a no poder serlo? ¿Perder a una persona amada por egoísmo? ¿No ser capaz de hacer planes ni álbumes de fotos?

Ese patio me recordaba a la planta baja en la que pasé unos años con Jon. Era uno de los muchos pisos que habitamos juntos en nuestro peregrinaje en busca de un mejor alquiler en esa Barcelona en la que todo se estaba poniendo cada vez más feo y más caro. En aquel patio habíamos cocinado arroces al fuego de la leña que poníamos a arder en una barbacoa que iba requemándose domingo a domingo, habíamos tomado aperitivos tendidos en sendas tumbonas de madera de teca mientras éramos testigos de las fugas del gato blanco y hermosísimo de nuestros vecinos, que trepaba para darse un paseo por los tejados con otros gatos sin dueño y sobre el que inventábamos peleas con uñas y dientes por el amor de una gatita callejera de colores que a veces venía a buscarlo. Fueron también los días de los planes de futuro, del sexo en los momentos fértiles, de los gritos cada vez más frecuentes, de perder la costumbre de acariciarnos, de empezar a dormir mirando cada uno hacia un lado diferente de la cama, de comenzar a negarnos, de apostarlo todo al rojo de mi sangre.

Me aparté de la ventana porque me pareció ver a alguien mirándome fijamente desde una de las del edificio de enfrente, y me asusté. Pero era imposible, la finca estaba aún deshabitada. Había sido mi imaginación o un reflejo. De todos modos, bajé las persianas para no poder ver nada más y me senté en el sofá con un yogur griego de Mercadona y un plátano demasiado maduro. Me di una hora de respiro antes de coger el bolígrafo de tinta roja, entré en Netflix y me puse el primer capítulo de una serie documental sobre una chica desaparecida en el Vaticano en 1983.

Se llamaba Emanuela Orlandi y nunca se ha vuelto a saber de ella.

De golpe noté que me costaba respirar. Una idea estaba expandiéndose por mi interior, invadiéndolo todo: mi mente, mis pulmones y mi vientre.

«Yo tengo la culpa de todo, y si me pasa algo también será culpa mía».

Y solo era lunes.

Se me olvidó

*Se me olvidó que ya no estás,
que ya ni me recordarás,
y me volvió a sangrar la herida.*

Lolita de la Colina,
«Se me olvidó que te olvidé»
(interpretada por Bebo Valdés y Diego el Cigala)

Nunca he sabido hacer bien las cosas. Si tengo que escoger, siempre elegiré el peor camino, el momento más inadecuado, la opción menos ventajosa. Nunca he sabido identificar el instante oportuno para hablar o para dejar de hacerlo. Siempre he obedecido a ciertos impulsos que no acabo de comprender. Me nacen de una inseguridad que no me permite pensar con claridad. El día que contacté con Estrella Melgar lo hice siguiendo uno de esos impulsos.

Esa noche no tenía ganas de plantarme delante del televisor. Estaba inquieta, no podía estar sentada, me movía por casa sin saber qué hacer. Antes de que cerrara, bajé al badulaque del barrio solo por pasearme. No me hacía falta nada, pero entré, recorrí todos los pasillos y cogí un paquete de pipas y un par de cervezas frías. Una vez en casa, me acomodé en el sofá, y cuando iba a buscar en el menú de Netflix me asaltó el recuerdo del árbol genealógico que llevaba años olvidado en algún lugar. Lo busqué, y lo encontré todavía adjunto en un correo electrónico del Melgar argentino en la cuenta de Hotmail que hacía años que no abría. Repasé los nombres y la mirada se me detuvo en el nombre de Estrella, la hija del hermanastro de mi abuelo. Y recordé lo que él nos impuso: silencio. Ni una sola palabra más sobre el tema. Y así se hizo su voluntad. Hasta ahora.

Busqué a Estrella en internet, y la encontré con bastante facilidad. Estaba muy presente en las redes sociales y tenía activo un perfil en LinkedIn. Vi que había actividad reciente en Facebook y le escribí un mensaje privado en el que me presentaba y le contaba que estábamos más emparentadas de lo que podía esperarse.

A la mañana siguiente me sorprendió su respuesta. Me facilitó su correo electrónico, y nos cruzamos un par de emails en los que me presenté y le avancé que teníamos antepasados en común. Sospecho que creyó que me refería a algún pariente mucho más lejano que su propio abuelo, pero no me pareció oportuno concretar por email la distancia que había entre nuestra sangre. Me imagino que creyó que yo estaba chalada y que dudó de mis intenciones. Por lo que vi en las redes sociales, seguían siendo una familia de señoritos, adinerada y bien situada. Pero alguno de los datos que le di sobre el pasado marroquí de su familia debió de resultarle lo suficientemente convincente para aceptar una cita conmigo.

Quedamos en vernos aprovechando una visita que haría a mi ciudad por motivos de trabajo. Era responsable de marketing en una empresa de organización de eventos con sede en Madrid y de tanto en tanto venía a las oficinas de la delegación de Barcelona para reunirse con el personal que tenía a cargo. Me hizo un hueco en su agenda la mañana del sábado 2 de abril.

Nos vimos en una cafetería de Rambla de Catalunya, Mauri. Lugar céntrico y clásico. Subí esos dos escalones que, nada más entrar, te acercan a un aparador lleno de pastas y bombones artesanos. Todo tenía una pinta estupenda, pero no quería contar a esa mujer el secreto de la existencia de mi abuelo con los dientes negros del chocolate de la tarta Sacher que me estaba llamando a golosos gritos desde su lugar en la vitrina refrigerada. Se notaba que esos dulces estaban acostumbrados a tener que seducir a las señoras mayores que entran en el local con los kilos y el azúcar altos, hartas de comerse cosas que no les apetecen. Me encanta el contraste del amargor del chocolate negro con la acidez de las frambuesas, pero como no quería dar mala imagen me pedí el chocolate a la taza más caro a ese lado de la Diagonal: 4,70 euros una taza tirando a pequeña. Al menos quemaba lo suficiente para hacerme un agujero en la tráquea, justo la temperatura a la que prefiero las bebidas que han de tomarse calientes. Odio cuando me sirven tibias las bebidas. En realidad, odio la tibieza en general.

Me senté a una mesa situada en un rincón. Me encantan los rincones, como a los gatos. Hacen que me sienta segura, a la vez que acentúan mis ganas de lanzarme a los ojos de cualquiera que se me ponga delante a la menor sensación de amenaza. Entretuve la espera leyendo los titulares de un periódico del día anterior: «Las infantas Elena y Cristina acuden a Abu Dabi en compañía de sus hijos para visitar al rey emérito», «Rusia advierte a EE.UU. de que el envío de armas a Ucrania tendrá "consecuencias impredecibles"», «El cardenal Sandoval Íñiguez afirma que "la ideología de género es un instrumento de dominación mundial"».

Estaba tratando de limpiar una gota de chocolate que había caído sobre el mantel blanco cuando vi a Estrella entrar en el local. Me chocó que fuera tan rubia. Nadie en mi familia tiene el pelo claro, ni siquiera castaño, casi todos tenemos el pelo tan oscuro como el chocolate de la tarta Sacher que seguía atenta a mi deseo desde el aparador. La saludé con la mano para identificarme, a la señora rubia, no a la tarta. Estrella se acercó y me saludó a su vez, pero sin ofrecerme la mano o la mejilla, solo con un «hola». No parecía muy entusiasmada. Traía una expresión tan amarga en el rostro como el té negro sin azúcar que le sirvieron. Me dio miedo haberme equivocado. Quizá hubiera sido mejor no intentar atraer a mi abuelo hacia alguna zona de luz. Estaba a punto de privarlo de su invisibilidad, como también, probablemente, estaba a punto de sacar a la luz un secreto nada agradable del abuelo de esa mujer que era algo así como una prima mía, a pesar de no tener ni idea de mi existencia hasta hacía poco más de un mes. No esperé mucho. En cuanto me preguntó a través de quién o de qué había llegado a encontrar a ese antepasado común, le solté que fue gracias a Joaquín Melgar, el argentino, que me envió un árbol genealógico de la familia Melgar que se remontaba a principios de siglo xx.

—Yo también lo tengo —me dijo Estrella—, pero no sales tú ni salen tus padres, que deben de ser de mi edad.

Era el momento de soltar la bomba. Y lo hice. Le conté que no podíamos salir en ese árbol genealógico porque mi abuelo era hijo ilegítimo de su abuelo, el señorito Rafael, y que fueron los padres de este los que se quedaron con él y lo criaron después de que el señorito se casara con su abuela Mercedes y se instalaran en Barcelona en la década de 1930. Le conté que mi abuelo mantuvo el contacto con alguno de sus tíos paternos durante un tiempo, pero que, por culpa de algunas discusiones y del fin del protectorado, acabó distanciándose hasta perder del todo su relación con la familia Melgar. También le conté que su abuelo, el de Estrella, se había desentendido de ese hijo y que nunca se preocupó por su suerte. Intenté aclarar que mi familia no sabía absolutamente nada de la suya hasta que encontré por casualidad en internet a aquel pariente lejano argentino, que fue entonces cuando descubrí que mi abuelo tenía un hermano y más familia de la que no teníamos noticia.

Ladeó la cabeza como un perro cuando está atento a lo que se le dice y me pidió que me explicara. Le conté que su abuelo, antes de casarse con la estirada Mercedes, tuvo un hijo ilegítimo con una de las sirvientas de la casa, casi una cría. Le expliqué que ese niño le fue arrebatado a la madre por la que era su familia, pero no la mía aun siéndolo, y que lo criaron y educaron, aunque no lograron superar la vergüenza y acabaron por amargarle la vida. Le dije que su abuelo no quiso nunca ni mirar a la cara al niño y que no habían tenido ningún tipo de relación. Sin embargo, todos los miembros mayores de su familia sabían que mi abuelo existía. Estrella se agarró la barbilla con la mano derecha y se frotó el mentón en silencio. Traté de imaginar qué estaba pensando, y no pude.

—Es decir, que mi padre tuvo un hermano mayor —dijo Estrella—. Qué callado se lo tenían. No sabes la alegría que le dará cuando se lo cuente. Lleva mucho tiempo sintiéndose mal. Los hombres de la familia han ido desapareciendo y ahora solo está él. Su hermano pequeño murió de niño, cuando él tenía nueve años, y se crio con la aflicción de su madre pegada en el pelo, porque se lo acariciaba mientras lo abrazaba y lloraba y le decía que era lo único que le quedaba. Aún no lo ha superado, tampoco su madre lo superó. Vaya, tu abuelo va a ser el primer hombre que en vez de desaparecer aparece. Qué notición. No sé si estoy más emocionada que sorprendida, o al revés. Qué vidas, las de antes. Ya verás cuando se lo cuente.

No lo tenía yo muy claro.

Fue entonces cuando me contó algo que no me esperaba: el señorito Rafael se esfumó un buen día sin dejar rastro cuando tenía cuarenta y ocho años.

Su abuelo se casó con Mercedes Bernárdez, formó una familia y de repente desapareció. No dejó ninguna nota ni dio alguna explicación, tampoco levantó sospechas previas. Se fue, sin más, se evaporó. Lo buscaron la familia y la policía, pero nunca apareció. Buscaron una aguja en un pajar.

Otra familia con un vacío sin respuestas. O quizá la misma familia con una condena compartida. Después de tantos años desaparecido, debían de haberlo declarado muerto para arreglar papeles. Pensé en mi madre, que tuvo que visitar gestorías, abogados y notarías para demostrar que su padre estaba vivo y poder así reclamar sus documentos. Para seguir adelante, la familia de Estrella, en cambio, tuvo que firmar en unos impresos que su abuelo no podía estar vivo. Tuvieron que poner un punto final a una historia que no estaba acabada.

Le enseñé el árbol genealógico que llevaba impreso y lo revisamos. Añadimos con un bolígrafo de tinta azul a mi familia; sin embargo, no sentí ninguna emoción. Lo que me produjo ver el nombre del señorito Rafael junto al de Fadila y añadir una línea que acababa en el nombre de mi abuelo fue algo físico, sentí como si saliera a la superficie tras estar demasiado rato sumergida en el agua. Fue extraño. También fue raro que no le dijera en ese momento que mi abuelo estaba muerto.

A partir de entonces, Estrella y yo nos escribíamos a menudo e incluso nos llamábamos por teléfono. Me sorprendieron sus ganas de saber y de rendir cuentas.

Mi abuelo me había contado de la abuela de Estrella que no soportaba la idea de que su marido tuviera un bastardo revoloteando por la casa. Prefería no ir a las comidas familiares cuando sabía que el niño estaba allí y no en el internado. Sentí rabia cuando me explicó que Mercedes le rechazó el regalo que él había comprado con su abuela para su primer hijo, al que llamaron Javier. Recordaba la expresión que tenía cuando lo miró a la cara, entre indignación y asco. Mi abuelo niño lo sabía y estaba contento con la idea de tener un hermano, aunque fuera un medio hermano, pero Mercedes gritó a su suegra que se llevara al moro de allí y estampó contra el suelo el sonajero de plata que mi abuelo le había entregado. En mi imaginación, la abuela de Estrella era una verdadera arpía. Mi abuelo siempre recordó aquel sonajero y cómo estaba labrada la bola hueca que lo formaba, me describió unos agujeros en forma de lazo que se veían muy negros, como si escondieran un misterio dentro.

—Pobre de niño, el abuelito —le dije un día a mi abuela—. Qué vida más perra tuvo, entiendo su mal carácter.

Mi abuela me miró y me contestó que como espectadora era muy fácil perdonarle las cabronadas, los gritos, los golpes, pero no desde dentro.

—A mí, niña, tampoco me han querido mucho, ni mi madre, y no he pegado a nadie ni he sido una bruja. No lo entiendo y no le perdono el miedo. Yo no doy miedo. Ni pena, tampoco quiero dar pena, aunque sé que la doy un poco, pero he hecho lo que he podido. Él sí, él se escondió en ese rencor de niño abandonado. ¿Y qué arregló? Nada.

Corazón roto

Dame tiempo,
que no estoy en mi mejor momento.
Pero yo mejoro de a poquitos, sí.
Hoy estoy down, pero yo sé
que mañana será más bonito.

KAROL G,
«Mientras me curo del corazón»

Después de la charla de su madre con su tutora, Dani parecía más desesperanzado, casi resignado. No protestaba. Ni siquiera replicaba a los profesores a los que siempre traía por el camino de la amargura. Había pasado casi a la invisibilidad.

—Dani, ¿cómo vas? —le pregunté otro de esos días en los que podíamos alargar un poco el final de la clase mientras los demás alumnos salían hacia las diferentes optativas.

—Puf...

—Ya sé que tu madre está cerrada a la posibilidad de que estudies Humanidades.

—Está cerrada a la idea de que pueda ser yo mismo. Estoy muy harto.

—Pero no puedes fingir ser quien no eres.

—Llevo mucho tiempo haciéndolo. Creo que desde que

sé lo que no le gusta a mi madre. Lo deja muy claro. Con nueve años pedí a los Reyes entradas para ver un musical y me encontré debajo del puto árbol unas botas de fútbol que no había pedido.

—No seas injusto. Seguro que tu madre pensó que esas zapatillas te harían mucha ilusión.

—Y una mierda. Le hacía, a ella, mucha ilusión que jugara a fútbol como la mayoría de los niños. Decía que mi padre soñaba con llevarme a los partidos. A veces creo que se inventa los sueños de mi padre.

—¿Usaste aquellas botas?

—Y tanto, me apunté a la extraescolar de fútbol. Y resultó que no era malo, jajaja.

—No sabía que juegas a fútbol.

—Lo dejé en primero. Ella me permitió cambiarlo por ajedrez. Se lo propuse porque sabía que a mi padre le encantaba el ajedrez y que había participado en algunos torneos de joven. No pudo negarse.

—¿Ves como al final acepta los cambios?

—Solo los que considera... adecuados.

—Por cierto, ¿estás bien con tus amigos? Te veo algo apartado últimamente.

—Está todo bien. Soy yo... No tengo ganas de hacer planes.

—¿Y con Lidia?

—¿Qué pasa con Lidia?

—No sé, vuelve a estar con alguien, ¿no? —le pregunté para ver su reacción. Sabía que había empezado a salir con Óscar, su mejor amigo de la infancia y que ya no se hablaban. Quería saber si aquello podía tener algo que ver.

—Sí, con otro idiota de los suyos. Supongo que para vacaciones volverá llorando a buscarnos.

—¿No te molesta que desaparezca así?

—Ella sabrá. Es mayorcita.

Dani no me dejó pasar más allá. No mencionó a Óscar, y noté que se cerraba en banda. Algo en su mirada cambió. Ya no estaba conmigo, se había ido a algún lugar en el que se hallaba solo y presentí que no se encontraba a salvo. Quise decirle que podía confiar en mí, que podía contarme lo que lo angustiaba, pero no supe cómo hacerlo en ese momento en el que tuve claro que no estaba receptivo. Únicamente acerté a soltar una perogrullada.

—Sabes que puedes hablar conmigo cuando quieras, ¿verdad?

—Lo sé —fue lo último que me dijo antes de colgarse la mochila del hombro derecho y salir del aula poniéndose los auriculares casi sin despedirse, salvo por un gesto de su mentón, que se había ensanchado desde el inicio de curso, pero que aún era imberbe.

Me dejó con la sensación de haberme equivocado, de haber provocado el efecto contrario al deseado. Tuve la certeza de que no me había dicho lo que realmente le preocupaba. Por primera vez sentí que había algo más profundo en su tristeza que sus estudios.

Quizá vivía con un corazón roto y nadie lo sabía.

Cartas de amor

En mi sien a todas horas.
Pena mora, pena mora
que me quema a fuego lento
desde la noche a la aurora.

Quintero, León y Quiroga,
«Pena mora»
(interpretada por Juanito Valderrama)

Volví a quedar en la misma cafetería de Rambla de Catalunya con Estrella al cabo de un par de semanas. Me dijo que quería verme porque había hablado con sus padres y deseaba contarme cómo había ido la charla. Me explicó que su padre, Javier, se había emocionado al saber que tenía un hermano y que quería conocerlo. Me asusté. A ver cómo le presentaba yo ahora a mi abuelo. Estrella me contó que su padre reaccionó de un modo raro, como si ya supiera algo, y dijo que ahora entendía mucho mejor la desaparición de su propio padre, Rafael. Se explicó muchas cosas tras descubrir la existencia de un hermano ilegítimo. Entendió aquellas conversaciones apenas captadas desde detrás de las puertas en las que su padre hablaba de un niño perdido. No se refería a su hermano muerto, sino a ese niño al que había abandonado y por el que quizá había cargado durante todos esos años una culpa que le había ido amargando. Recordaba a su madre angustiada y desesperada durante los momentos siguientes a la desaparición. Decía a todo el mundo que no sabía qué lo había llevado a desvanecerse así, y no dio crédito a las sospechas de la policía, que quería hacerles creer que Rafael se había escondido en un convento y que los monjes le habían ofrecido amparo, y todo porque sabían, según la propia Mercedes les había comentado, que había salido de casa por la mañana con el fin de ir a misa.

No tenían ni una pista, pero sí muchas prisas. Buscaban una aguja en un pajar. Mercedes decía en voz alta que los remordimientos lo habían hecho desaparecer, pero solo se lo decía a sí misma cuando estaba sola, o cuando creía estarlo, porque Javier contó a su hija que la había oído musitar y maldecir, aunque no fue capaz de comprender todas las palabras que le nacían de la desesperación y de la impotencia, porque solo ella conocía su significado, solo ella sabía que lo había obligado a dejar atrás a un hijo. No contó nada de eso a la policía. «Los trapos sucios se lavan en casa, nada de tenderlos con los manchurrones expuestos como sábanas meadas», eso decía. Ella fue la que más entendió la desaparición, pero se calló.

Estrella me explicó que su padre creía que al abuelo le había pasado algo, un infarto en medio de un parque, un secuestro, una mala caída, pero no había indicios de violencia y la policía apostó por una huida voluntaria al convento.

Dio varios sorbos a su té humeante antes de seguir. Yo aproveché para pedirme un segundo cortado bien caliente y para mirar si tenía algún mensaje en el móvil. Treinta wasaps de trabajo, un par de Mila y una llamada perdida de mi madre. Sentí cómo me subía el nivel de ansiedad. Tenía que decirle ya la verdad. Pensé en pagar e irme corriendo a casa de mis padres, contarles todo y meterme en la cama hasta el día siguiente, pero Estrella comenzó de nuevo a hablar sobre su abuela Mercedes. Me explicó que su padre la había espiado en aquellos días desquiciados tras la desaparición de su abuelo y sabía que había rebuscado en todos los cajones de la casa mientras la policía interrogaba a vecinos, al quiosquero, a los compañeros de trabajo, incluso al niño. Buscaban algún odio, envidia o pasión, alguna deuda, amantes o vicios, mientras ella buscaba palabras y penas viejas. Creía que las encontraría contenidas, atadas con una cuerda fina que olía muy fuerte, como si su marido hubiera pretendido inmovilizarlas, controlarlas. Él ignoraba que ella había mandado hacer una copia de la llave de su secreter. Y durante toda la vida se dedicó a fingir un desinterés y un desdén que enmascaraban el miedo a la certeza que decidió obviar en todas las conversaciones que mantuvo con su marido, incluso en todas las discusiones que le hacían hervir la boca como un nido de serpientes y tenía que morderse la lengua para que no se le desenroscaran y salieran disparadas hacia la yugular de ese mentiroso que tenía delante. Estrella me confesó que no había sido totalmente sincera conmigo en nuestro encuentro anterior. Pensé: «Anda, mira, como yo». Me confesó que sabía más cosas del pasado de las que había reconocido. Me contó que su abuela Mercedes, ya vieja, le había confiado algún secreto, solo a ella, como que cada mes abría el mueble en el que su marido guardaba sus papeles y comprobaba que había un nuevo sobre escrito con letra de niña casi analfabeta y con uno de esos sellos en los que aparecían columnas, minaretes, moros sentados en el suelo y esa leyenda de PROTECTORADO ESPAÑOL que le golpeaba como una bofetada. Cada mes durante toda una vida. «Fadila», pensé. Rafael ordenaba los sobres cronológicamente. Todas las cartas estaban abiertas con más cuidado del que nunca había mostrado al tocarla a ella o al tocar a sus hijos. Una vez Mercedes cometió el error de leer una carta, era de las primeras. Sintió compasión por esa cría que parecía balbucir en vez de explicar sus miserias. Preguntaba por su hijo; nadie le hacía caso ni le contaba nada del niño. Era su hijo, de los dos, decía, y de la luna que los miró todo el rato mientras se amaron. Era un niño de luna y aceituna que ahora estaba perdido. Nadie podía quererlo como ella. Ningún Melgar lo querría con el corazón y las tripas, como ella hacía. Le hablaba de cómo su cuerpo de mujer salvaje notaba la ausencia en sus huecos, en el doblez de sus brazos, de sus rodillas, entre las piernas. Ella no sabía todas las palabras, le decía, ella no sabía casi nada, pero su cuerpo estaba sufriendo un duelo terrible al que no le hacían falta palabras. No le decía que lo quería, era mucho peor que eso. Le decía que todo su cuerpo lo añoraba, le hablaba del hijo de ese cuerpo moreno que se arañaba a sí mismo en el pozo en el que se amaron. Maldecía su nombre de español y su estirpe mentirosa y le pedía que la ayudara a recuperar a su niño de luna, al menos solo eso, porque con volver a ofrecerle sus pechos para que se los lamiera no contaba ya.

Eso le contó Mercedes una tarde en la que Estrella fue a hacerle una visita de las que de tanto en tanto le hacía para saber cómo estaba y para comer esos roscos de anís que solo su abuela preparaba como a ella le agradaban. Y siguió explicándole que después de la desaparición, cuando abrió el secreter, vio que las cartas no estaban. Rafael no había tenido un accidente. Supo que solo cabían dos posibilidades: o bien se había quitado la vida, o bien había huido de la familia que lo había mantenido alejado de la niña mora. Aunque le dolió, intuyó que seguía vivo y que se había ido lejos.

Revisó a conciencia el mueble y no halló indicios de una huida planeada: ni billetes, ni resguardos, ni nombres de hoteles, ni una carta en la que pudiera leer un «te espero» ni una nota de despedida. Si al menos tuviera eso... Pero no le dejó nada. Parecía castigarla por ser ella, su mujer, aun siendo la madre de sus hijos de verdad, no de bastardos de piel morena y nariz aquilina. Parecía ignorarla tan bestialmente a propósito. Juntos veinte años para no merecer ni una despedida. Ni ella, ni su hijo. Egoísta malcriado, seguía siendo el señorito. Pero ella no se merecía ese desprecio en forma de soledad, de abandono, de silencio. Que nadie supiera de esa mujerzuela, que todos creyeran que Rafael se ahogó en el río o que se metió a monje, que todos siguieran convencidos de que estaba muerto, perdido su cadáver en algún despeñadero. Pero que nadie se enterara del amor de la niña mora, a la que poseía a escondidas, que nadie supiera de sus ojos negros que parecían tener pólvora. Que nadie se enterara de que había sido ella, Mercedes Bernárdez, la que lo arrastró al otro lado del Estrecho y lo llevó a jurar ante Dios que iba a amarla en la salud y en la enfermedad hasta que la muerte los separara, sin considerar que, en realidad, no estaban unidos más que por los apellidos y el empeño de su padre, quien quería ver su nombre junto al de una de las familias más influyentes de Tetuán: Melgar Bernárdez.

Un libro de familia, un piso de cinco habitaciones y dos cuartos de baños en la calle Aribau, una casa en la Cerdanya, un coche grande, su hijo Antonio, su hijo Javier, pero nada de amor.

Cuando Antonio enfermó en 1935, no parecía afectado. Ella se desesperó, gritó, lloró, golpeó el pecho con los puños a su marido mientras le decía que ahí dentro tenía un corazón parado. Mercedes no entendía que su corazón se había endurecido tras dejar atrás a Fadila y no haber hecho nada después para impedir que los suyos le arrebataran a su hijo. ¿Quién era él, mezquino y cobarde, para afligirse por ese niño que se moría? Ella le gritaba que era su padre, ¡su padre!, y que tenía que enfadarse, llorar, intentar salvar a su hijo de la muerte segura a la que estaba destinado. Pero Rafael no hacía nada de eso. Se había resignado, había entendido que la enfermedad mortal de su hijo pequeño era un castigo. El destino se cobraba una vida por la felicidad de Fadila y de su niño de luna y aceituna. Vida por vida. Felicidad por felicidad. No lloró ni cuando el niño murió ni cuando los enterradores pusieron la lápida para cerrar el nicho. Ese momento le parecía el más triste de todo el ceremonial de la muerte. Ni velar al cadáver, ni la ausencia irreparable. Nada de eso se le antojaba tan aterrador como el momento en el que tapiaban al muerto y le quitaban la posibilidad de huir en la noche como un alma en pena, condenando a su alma a vivir entre muros, como el gato negro de Poe. Tampoco lloró cuando su mujer quiso dejarse morir de tristeza, ni cuando su otro hijo, Javier, le dijo que tenía miedo y que echaba tanto de menos a su hermano que se sentía desamparado y solo. No podía llorar. ¿Cómo iba a llorar si él había sido el causante de tantas lágrimas?

Aluciné con la historia de la desaparición y con la capacidad de narrar de Estrella. Me tocaba a mí y no debía quedarme callada, así que le solté la verdad como pude. Duelo de verdades.

—Estrella, lo siento, no sé por qué lo hice el otro día, pero yo tampoco fui sincera, no te dije que mi abuelo está muerto. En realidad, murió hace años. Pero mi vida ha dado un giro que me ha llevado a replantearme ciertas cosas y quizá por eso contacté contigo. Además, me dio rabia saber que mi abuelo no podría conocer a su hermano y quise alargar la ilusión un poco más. No había ninguna intención detrás de la omisión. Es tan absurdo que no te lo contara... Qué vergüenza. Perdona y pide perdón a tu padre de mi parte.

Estrella me miró con la cabeza ladeada y se agarró la barbilla con la mano.

—Vaya... Menuda decepción.

Un viaje en globo

I'm the ice cream man, honey,
I'll be good to you,
be good to you, be good to you, yeah.

Tom Waits,
«Ice Cream Man»

Estuve el resto del sábado corrigiendo, pasando las notas a Clickedu, evaluando las actitudes de los alumnos, calculando medias y escribiendo frases para acompañar con palabras los números que valoran el resultado. Los números cada vez importan menos. Eso pretende el sistema, que dejen de importar, que ya nadie sea un seis, ni un nueve ni un cuatro. Yo fui un ocho y medio que peleaba por ser un diez porque quería recibir un abrazo o una frase de aprobación de un padre que no consideraba extraordinarios los notables altos y que, por tanto, no me felicitaba nunca cuando le entregaba el boletín de notas. Los números ordenan, nos ponen en un lugar, y podemos estar conformes o no con él, pero nos sitúan y nos dan un punto de partida. Ahora parece que los alumnos no tienen que ir a ningún lugar, parece que no tienen la posibilidad de un destino, como si la certeza de la lejanía de la meta fuera capaz de desmoronar sus ilusiones y tuviéramos la obligación de ponerles un velo que los proteja de esa revelación. Ahora parece que con desear ser ingeniero, abogado o físico ya vale. «Serás lo que tú quieras» es el nuevo mantra tanto en los hogares como en las escuelas. Pero no vale, el deseo de ser algo solo sirve para averiguar cuán amargo es no llegar a serlo cuando se crece. Alguien tendría que explicar a los chavales que el deseo por sí solo no sirve, que duele a la larga, que lo que vale es esforzarse, pelearse por los sueños, hacerse un escudo protector con el barro de las decepciones.

Cerré el ordenador y miré el móvil. Las siete. Silencio. Mis amigas estarían con sus familias, el pecho de Jon estaría soportando el peso de la cabeza de su nueva pareja mientras veían una serie horrible de Netflix y yo estaba sola. Me la imaginaba rubia. Opuesta. Una rubia lánguida de pelo fino y lacio con la cara larga, los brazos largos y las piernas largas. Una especie de hada protectora muy blanca y bella que le ofrecía compartir su fortuna, ser su amante, su compañera y la madre de sus hijos.

Recordé leyendas sobre las hadas que había leído de niña y que contaban que se relacionaban con los humanos porque deseaban engendrar un hijo de un hombre, pero que para lograrlo él debía olvidar otros amores y no podía ver jamás del todo desnuda al hada. Me los imaginé haciendo el amor en el sofá, aburridos del capítulo de la serie de mierda que el hada lánguida estaba obligando a ver a Jon. Él con los calcetines aún puestos y ella con una camiseta de tirantes. No soporté la imagen en mi cabeza, no iba a permitir que arrinconara el recuerdo de aquellas tardes nuestras viendo *Breaking Bad*, compartiendo un porro y un paquete de Donettes de chocolate. Abrí Tinder. Tenía varios mensajes sin responder. No pensaba hacerlo. Volví a mirar el perfil de Xavi solo para ver esos ojos verdes. Qué ojos. Le escribí: «Tengo una botella de vino tinto sin abrir. ¿Te apetece una copa?».

No creí que fuera a contestar, pero no tardó en responder con una afirmación y en pedirme que le recordara el piso. Entresuelo segunda. Quedamos a las ocho y media. Salté del sofá, me metí en la ducha, me puse crema por todo el cuerpo y un conjunto de ropa interior negro que me hacía sentir atractiva si no pensaba demasiado en mi expresión cansada, mis ojeras, mi barriga flácida y mis piernas rechonchas. Me vestí con unos tejanos y una camiseta lencera, me puse el abrigo y salí corriendo a comprar una botella de vino tinto porque en realidad no tenía ninguna en casa. Fui directamente a la bodega, pero me la encontré cerrada. Maldije mi suerte y recordé que mi padre decía que las mentiras tienen las patitas muy cortas y no van muy lejos. Mi padre odia las mentiras, aunque tolera de maravilla las medias verdades, las omisiones y los silencios. Nuestra relación está basada en lo no dicho.

Necesitaba encontrar un vino medio bueno, pero solo me quedaba la opción del supermercado y en sus estanterías iba a costarme encontrarlo. Habría Enate, Sangre de Toro, algún ribera áspero y las botellas de Blanc Pescador siempre en la parte alta, como si nadie las quisiera. Al final encontré un Montsant con una bonita etiqueta en la que aparecía un globo aerostático. Una Nit en Globus, se llamaba. Garnacha, cariñena y syrah. «Vino fresco, redondo, intenso y directo —leí en la etiqueta, y esa primera parte de la descripción me recordó a Xavi. Seguí leyendo—: Fruta negra madura, ciruelas, pasas. Entrada amable, denotando madurez». A esa segunda parte de la descripción le faltaba solo mi nombre: Lola. «Fruta negra madura», esa era yo. «Amplio y goloso, con un final cálido y largo», era la última parte del texto, y bien podría referirse a lo que fuera que estaba empezando con un chico casi diez años más joven que yo. Tenía ganas de ver a Xavi y eso, viniendo de mí, cabía considerarlo un principio. «Final cálido y largo», continué leyendo en la etiqueta. Ojalá hubiera sido así el final con Jon, pensé, y no esa fractura irreparable de edificio colapsado por un terremoto que se nos veía a simple vista. Dondequiera que fuéramos, desde el seísmo, aparecíamos con nuestras grietas a ojos de todos, provocando en cuantos teníamos cerca la necesidad de guardar una distancia de seguridad por miedo a acabar convertidos en espectadores del derrumbe y quedar sepultados bajo nuestras ruinas. Mis padres dejaron de invitarnos a comer, los amigos ya no podían citarse con nosotros los viernes por la tarde ni el domingo para hacer el aperitivo, sus hijos les servían de excusa. Nos quedamos solos, sin un bebé caliente que arropar y aguantando el equilibrio, hasta que se nos desprendió la fachada y ya solo fueron visibles la distancia y la desgracia, como en esos edificios semiderruidos de las ciudades en los que todavía pueden verse los azulejos del cuarto de baño o la cocina y algún póster medio despegado de la pared que se mantiene en pie de una antigua habitación. Así nos quedamos, y creo que vernos resultaba un espectáculo triste y por eso todos nos evitaban. A nadie le gusta ver la tristeza ajena tan de cerca. Por si se pega.

Diez euros costaba el vino. Un euro por año. Un pequeño lujo con un buen nombre para la ocasión. Lo compré. También cogí la mitad de un queso de tetilla, una cuña de manchego curado y un paquete de membrillo. Cuando entré en la portería, uno de los muchos chicos paquistaníes que vivían en el bajo primera salía del piso con su bicicleta y con la mochila de Glovo. Me pareció que la vida tendía al sarcasmo. Su noche en globo no se parecía a la que yo esperaba vivir. Era el único que saludaba y aguantaba la puerta del vestíbulo si me veía llegar cargada. Los demás evitaban el contacto visual y procuraban encerrarse rápido de su piso. Su conducta y mis prejuicios me hacían pensar que ocultaban algo.

Cuando entré en casa la vi. Estaba justo en medio del salón, muy quieta y muy negra. Un escalofrío me recorrió la espalda y se me puso la piel de gallina. Hacía semanas que no veía ninguna cucaracha, ni viva ni muerta, en el portal. Inocente de mí, creí que la comunidad había tomado alguna medida para acabar con ellas, pero por lo visto había sido solo una tregua. Quizá era simplemente el frío de diciembre, que las obligaba a guarecerse en espacios cálidos e inaccesibles como el cuarto de los contadores y salían poco. Pero ¿qué narices hacía esa en mi casa si mi salón estaba helado? Llevaba desde noviembre luchando contra el frío con mantas suaves de esas que venden baratas en IKEA en forma de rulo. Aunque mi piel de gallina no se debía al biruji que hacía, sino a la repugnancia que me había provocado la visión de ese bicho inmundo. No podía verlas sin sentir miedo y asco. Intenté moverme silenciosamente; sin embargo, la bolsa de plástico no compartía mis intenciones. Abrí las puertas del armario bajo el fregadero de la cocina y detrás de varios botes de productos de limpieza encontré el insecticida. Miré el reloj: las ocho y cuarto de la tarde. Tenía un cuarto de hora para acabar con una pequeña vida despreciable. Esa idea me hizo pensar en mi vida, y me compadecí de mí misma.

Cuando Xavi llamó al interfono, la casa aún olía a insecticida y yo estaba histérica porque no había visto el cadáver del bicho, que se había refugiado debajo del mueble y, por mucho que me esforzara en imaginármelo agonizando panza arriba, no podía dejar de pensar en que iba a llenar de huevos todos los escondrijos que pillara para vengarse y joderme. Me peiné un poco y me puse colorete antes de que Xavi llegara a mi puerta. Llevaba una camiseta verde militar con una franja beige a la altura del pecho y el pelo húmedo, como si se hubiera duchado hacía poco rato. Me contó que estaba en el gimnasio cuando le envié el mensaje, así que sí, venía recién duchadito. Nos sentamos en el sofá y empezamos a justificarnos por no tener planes un sábado por la noche. Cuando estaba explicándome que sus dos mejores amigos habían quedado con sus respectivas parejas, la vi salir de debajo del mueble. Me quise morir. Un chico que era demasiado joven y demasiado guapo para sentarse en mi sofá barato de IKEA y para soportar la visión del gotelé de las paredes estaba a punto de contemplar mi negra desdicha en forma de insecto dictióptero, nocturno y corredor, de largas antenas. Intenté evitar que mirara hacia el suelo. Me acerqué mucho, para que me mirara solo a mí. Le sonreía sin escucharle porque únicamente podía prestar atención a los movimientos del bicho, al que controlaba por el rabillo del ojo. Quería que desapareciera, pero a la vez temía el momento en el que se escondiera debajo de otro mueble. Xavi me besó. Abrí mucho los ojos. Había creído que mi proximidad se debía a mi deseo, pero en ese momento lo que deseaba era quedarme sola en mi sofá, llorando. Lo aparté de un empujón y le pedí perdón.

—No puedo besarte porque hay una cucaracha en el suelo que está haciéndome sentir mísera y asqueada a la vez, y son dos emociones que no pueden convivir con mis ganas de lamerte el cuello.

Le pedí de nuevo perdón y me fui corriendo a por el insecticida. Xavi se rio, se levantó y la aplastó de un pisotón.

—Ya está —dijo—. Ya puedes lamerme el cuello.

El vino tenía un color rojo picota con reflejos rojizos, brillante. «En nariz es fresco y ofrece aromas de frutas rojas y negras junto con notas florales, notas especiadas y fondo mineral. En boca presenta una buena entrada, fresco, sabroso con carácter, frutal. Buena acidez y taninos bien integrados. Final agradable y persistente», recordé haber leído en la etiqueta.

Quedamos en volver a vernos.

Casi hasta el final

Mis plumas, mis plumas están cansadas.
Y haz que mi corazón baile.
¡Ah-ay, loca! ¡Ah-ay, loca!
Loca, loquita, loca y así es mi boca.

Sílvia Pérez Cruz,
«Loca»

Una mañana de lunes no pude salir de casa. Noté una presión enorme en el pecho y me faltaba el aire, me sentía como si un oso pardo se me hubiera sentado encima.

Intenté salir. Me colgué del hombro la mochila, cogí las llaves y el móvil, y abrí la puerta. Cuando mis pies sobrepasaron el dintel, creí que iba a vomitar sobre el felpudo desgastado que daba la bienvenida a mi humilde morada la tostada con aceite de oliva virgen y pavo bajo en grasa que había engullido sin ganas hacía diez minutos. Estaba paralizada. La idea de caminar hasta el colegio me congelaba las piernas. Tenía que ir, no podía dejar a los chavales tirados casi al final del curso. Ya no quedaba nada, en menos de dos meses nos habríamos dicho adiós y saldríamos disparados cada uno en una dirección para disfrutar de las vacaciones.

Casi lo tenía.

«Casi lo tenemos» y «Esto ya está hecho» eran las frases que más se oían en las reuniones de coordinación de los profesores desde la vuelta de las vacaciones de Semana Santa. También se oía una pregunta: «¿Qué vamos a hacer con los alumnos hasta el 21 de junio, si a principio de ese mes ya saben las notas?».

Era imposible dar clase. Todos los profesores lo sabemos. Sabemos que las últimas semanas son una locura por culpa del calor en las aulas, del hartazgo de los adolescentes que no quieren hacer ya nada, del cansancio acumulado por los docentes a lo largo del curso y de la falta de responsabilidad y exigencia, que ya no están de moda, ni se las espera ni se las busca en el currículum que publica un departamento de Educación que parece denostar el conocimiento.

«No pienso aguantar más las faltas de respeto de los de segundo C», eso pensé el viernes anterior. Clara, que desde la pelea con Melania se había convertido en una niñata envalentonada por el nefasto apoyo de sus padres, no me hizo ni caso cuando le pedí que bajara al patio porque no podía estar en el aula a la hora del recreo un día que la descubrí escondida allí a las once y diez.

«Ya lo sé y no pienso moverme». Me lo dijo sin mirarme a la cara, perdida la mirada en la pantalla de su móvil, en un hilo interminable que entrelazaba vídeos de TikTok. Me sentí sin fuerzas para imponerme, para requisarle el móvil y abrirle una incidencia en el sistema informático, para comentárselo a la dirección. ¿De qué serviría enfrentarme a una situación en la que volvería a ser ofrecida en sacrificio? La dirección no me apoyó cuando la madre de Clara fue a inspección y denunció al centro y también a mí por cómo se había gestionado el asunto del acoso a Melania. Me dejó indefensa ante el cuestionamiento y agobiada por el seguimiento del protocolo de *bullying* que el centro tuvo que poner en marcha tras la denuncia.

Me encerré en el lavabo y me hinché de llorar. Y cuando digo que me hinché es que me hinché literalmente: se me inflaron los párpados y los labios sensiblemente, como siempre que lloro desde la desesperanza y el desespero. Cuando lloro así, mi llanto podría compararse a la apertura de las compuertas de un pantano por la necesidad de vaciar el caudal que amenaza con desbordarse. Una vez controlado el nivel, cierro las compuertas y el líquido que me llenaba como si mi cuerpo fuera uno de esos colchones de agua de las películas americanas deja de brotar de mis ojos aunque provoca olas en mi interior. Me lavé la cara con agua fría e intenté disimular como pude el motivo de mi aspecto. Fingí estornudar varias veces y sonarme los mocos con un trozo de papel higiénico que, previsora, había cogido del aseo al dirigirme a la clase siguiente. Un chaval me preguntó si estaba bien. «Sí, sí, claro, es la alergia», le contesté, y seguí dibujando en la pizarra las líneas que unían un complemento predicativo con el verbo aunque se refiriera directamente al sujeto. Les escribí el ejemplo más claro y paradigmático que se me ocurrió: «La profesora escribe congestionada en la pizarra una oración simple».

—¿Lo veis? «Congestionada» es una característica, un estado en el que se encuentra la profesora. Si hubiera escrito «La profesora congestionada escribe en la pizarra», lo que tendríamos sería un adjetivo con función de complemento del nombre, pero en el ejemplo está después del verbo, es un adjetivo situado en el predicado que aclara un «¿cómo?» pero que por concordar con el número y el género del sujeto no es un complemento circunstancial, sino otro tipo de complemento, el predicativo. «La profesora escribe congestionada», pero: «Los profesores escriben congestionados». ¿Lo veis...? ¿Lo entendéis?

Silencio.

Desesperación disimulada.

Ojos líquidos a punto de brotar de nuevo como dos fuentes.

No les interesa. Les dicen desde todos los ángulos que no es importante aprender, que todo está en internet, que lo que prima es la utilidad, que mi tarea es inútil, que mis maneras están desfasadas, que lo que importa es que adquieran competencias, que sepan crear una app o programar un robot, pero ¿cómo lo harán si no tienen los conocimientos necesarios para poder hacerlo, si no saben con qué intención tienen que moverse? Son recipientes vacíos, huecos y frágiles que se romperán ante el primer golpe contra la realidad en cuanto salgan a un mundo al que no le vale con la actitud y el deseo.

—Venga, haced el análisis sintáctico de las oraciones que tenéis colgadas en Classroom y las corregimos.

Me senté y me escondí tras la pantalla del ordenador.

Tregua.

Había tenido muy mala suerte con esa clase. Era un grupo indomable que había decidido no hacer nada y para conseguirlo tenía que dinamitar cada uno de mis intentos de explicar un poco de sintaxis, lo que necesitaban para empezar con buen pie tercero de ESO, para comprender un poco los engranajes de su propia lengua, con la que se comunicaban, con la que tendrían que hacerse entender, transmitir dudas, deseos, decir «Te quiero», que no es lo mismo que decir «Te amo», o «Te deseo» o «Te estimo». Pero no les importaban esos matices. Qué más daban. No había manera. Gritaban, volaban estuches cuando me daba la vuelta, se levantaban en medio de las explicaciones, se tiraban al suelo. Era insoportable. Y no había logrado reconducir a los dos o tres líderes negativos que había en ese grupo, con Clara como cabecilla de cada una de las revueltas. Se sabía intocable. Tenía la certeza de que sus padres y el sistema la estaban protegiendo, que me hundiría si yo me equivocaba. Ni siquiera me estaba permitido hablar con ella como tutora, lo tenía prohibido desde la denuncia de la familia, así que me resultaba imposible acercarme a ella sin provocar el estallido de varias minas. Las demás familias tampoco estaban por la labor, y cada incidencia, cada aviso, cada sanción era rebatido, discutido por los grupos de padres y madres de WhatsApp, peleado, negado, hasta el punto de desautorizar totalmente al centro y a los profesores ante la mirada burlona de los alumnos que se sabían pequeños Nerones empoderados, a punto de prender la llama que iba a quemarme como si yo fuera el territorio que destruir.

No pude ir a trabajar. Llamé a un taxi y pedí al conductor que me llevara a urgencias. Allí me dijeron que estaba sufriendo un ataque de ansiedad y una crisis de pánico. Me daba miedo caminar por las calles del barrio en el que vivía, que era el mismo en el que estaba el centro. De vuelta del médico, con un papel de diagnóstico entre las páginas de un libro, me costaba avanzar, mover las piernas, como si llevara un niño pequeño agarrado a mis tobillos al que tenía que arrastrar por el suelo a cada paso que daba.

Una vez en casa, envié un mail al centro. Unos días de baja. La recomendación era salir de los grupos de WhatsApp, cerrar y no volver a abrir el correo electrónico, no corregir ni preparar actividades para los alumnos en mi ausencia, aunque se esperara eso de mí. El médico me aconsejó que desapareciera durante un tiempo, que me centrara en mí, en lo que fuera que me hiciera sentir bien.

«¿Qué me hace sentir bien?». Se me cruzó la pregunta mientras me hablaba de la necesidad de medicarme, y me distraje. Algo dijo sobre las dudas de los pacientes ante los antidepresivos y ansiolíticos. Me preguntó si dudaría en tomarme unas pastillas para la tiroides si tuviera algún problema en esa glándula que solía fallar más a las mujeres. ¿Estaba intentando que me rindiera a los encantos de las drogas? Me parecieron demasiadas preguntas en ese momento, y aún seguía retumbando en mi cabeza la primera. «¿Qué me hace sentir bien? ¿Qué voy a hacer sin nada que hacer si estoy de baja? ¿Leer?».

El médico de urgencias me recomendó también caminar mucho, mejor cerca del mar o de la montaña, y al final me recetó las alabadas pastillas, aunque no sabía si me las iba a tomar.

Diazepam. Me las compré por si acaso. Noventa céntimos. Aluciné con el precio. Me dio vergüenza pagar con tarjeta. Me esperaba al menos unos seis o siete euros. Solo noventa céntimos por unas pastillas que te anestesian hasta el punto de adormecerte, de hacerte olvidar el motivo por el cual habías ido al médico. El sistema casi nos regalaba la anestesia, la inconsciencia y el olvido, pensé.

Pero yo no quería ser un zombi sin voluntad que aceptaba su malestar y lo dejaba ahí, metidito entre sus costillas, mientras se quedaba sin aire cada vez que se le pasaba el efecto de la droga y se acordaba de lo que casi había olvidado. Temía verme así.

Para intentar evitarlo, pregunté a una amiga por su psicóloga, de la que me había hablado maravillas desde que empezó a hacer terapia, hacía ya unos dos años, para intentar superar su miedo extremo a que le arrancaran el corazón y lo devoraran, como le pasó a Guillem de Cabestany, el trovador que fue descubierto por el marido de su bella dama sin merced. Según cuenta la leyenda, el celoso esposo sirvió de cena a su esposa ese corazón enamorado cocinado en salsa. Eso sí, mi amiga seguía soltera y sin compromiso, refugiada del daño en una soledad forzada que la hacía sentir segura, como si estuviera dentro de una de esas habitaciones acolchadas reservadas para las locas.

Setenta euros costaba cada visita con la psicóloga de mi amiga. Concerté una cita, respondí a todas sus preguntas tan sinceramente como pude y, al acabar su valoración, me recomendó una visita semanal dado mi alto nivel de ansiedad.

«Si no te tratas ahora irás a peor y no podrás afrontar de manera natural las diferentes situaciones que la vida irá poniéndote delante —me dijo—. Necesitas reconducir tus emociones y tus pensamientos. Si te hieres, si boicoteas tus propios sentimientos, tu cerebro te atacará hasta que pierdas el control. Ya ha empezado a hacerlo, y necesitamos tiempo para ganar la batalla».

¿Otro combate en mi cuerpo? Este estaba librándose en mi cabeza. Tenía dos frentes abiertos: uno en el norte y otro en el sur. ¿Se podría considerar que dos batallas ya hacían una guerra? Mi cuerpo como campo de batalla de una contienda entre el cerebro y la sangre.

Setenta euros a la semana... No podía pagarlos, así que salí llorando de la consulta porque había descubierto que tenía un motivo más para sentir que me ahogaba y que arrastraba niños invisibles por el suelo.

Ese día, al meterme en la cama tuve que tomarme un diazepam porque estaba convencida de que no conseguiría conciliar el sueño. No podía sacarme de la cabeza un miedo nuevo: si me dormía, el oso pardo iba a poner su inmenso culo sobre mi pecho y me asfixiaría esa misma noche.

La pastilla me hizo efecto rápido, pero tuve una pesadilla de la que no pude salir con un grito; estaba demasiado dormida. Soñé que se desencadenaba una tormenta terrible y que los truenos y los relámpagos estaban cada vez más cerca de la casa en la que me encontraba, que era antigua y de piedra y tenía unos ventanales alargados de madera que yo no lograba cerrar por culpa del viento. Empujaba con todas mis fuerzas y gritaba a alguien que estaba junto a mí pero que permanecía invisible que me ayudara a cerrarlas. Ese alguien no lo hacía y no aparecía en el plano. Era una presencia que, escondida en el punto ciego de mi ojo, observaba de qué manera fracasaba yo. Estaba convencida de que si no lo conseguía, las corrientes de aire atraerían los rayos hasta mi ventana y me harían arder como una bruja en su pira. Gritaba desesperada que eso era lo que iba a pasar, que los relámpagos me quemarían, porque mi abuela me lo había enseñado así: los rayos siguen al aire y van a donde este los lleve, por eso hay que temer las corrientes y las ventanas abiertas los días de tormentas eléctricas.

Me costó despertarme. Oía la alarma del móvil a lo lejos, pero era más fuerte el ruido de los truenos y el balido de las ovejas que empezaron a pasar volando, arrastradas por el viento, por delante de la ventana que llevaba toda la noche intentando cerrar.

Por fin conseguí abrir los ojos y apagar la alarma. Me notaba el pulso acelerado. Aún sentía el viento en la piel. Miré hacia el otro lado de la cama y vi al oso sentado. «Ya está —pensé—, se acabó la pesadilla, ya estoy despierta».

Miel, té y hierbabuena

Por el camino verde,
camino verde que va a la ermita
desde que tú te fuiste
lloran de pena las margaritas.

CARMELO LARREA,
«Camino verde»
(interpretada por Los Panchos)

«A mi padre le gustaría conoceros. A tu abuela, a sus hijas y a ti. Sois familia, afirma».

«Del dicho al hecho hay un trecho», fue lo que se me pasó por la cabeza cuando Estrella me dijo esa frase por teléfono. También me vino a la memoria el principio de Anna Karénina: «Todas las familias felices se parecen unas a otras, cada familia desdichada lo es a su manera». No podíamos parecernos, era imposible, porque la infelicidad había ido haciéndonos diferentes según pasaba el tiempo, y de eso estaba segura. Lo que me inquietaba era la posibilidad de que ellos creyeran que nos parecíamos, que habíamos compartido ese tipo de felicidad cotidiana que pone a la familia dentro de un marco similar.

Estrella me llamó una tarde y me contó que a su padre le había producido una fuerte impresión saber que ese hermano recién descubierto ya estaba muerto cuando a él le nació la ilusión de su existencia. Me dijo que sentía el dolor de la pérdida como si lo hubiera conocido. Yo no entendía cómo podía sentir eso sin haber perdido nada. No me parecía adecuado que un desconocido sintiera más que yo el vacío dejado por mi abuelo.

Tuve que explicar a Estrella que mi familia no sabía aún que habíamos hablado. También le conté que hacía años que los habíamos localizado, pero que mi abuelo nos prohibió contactar con ese hermano encontrado, aunque esa posibilidad me había quemado en las manos durante años. No le transmití exactamente sus palabras textuales: «Por encima de mi cadáver os pondréis en contacto con la descendencia de ese cabrón. Maldito él y malditos todos». Le conté que era yo la que intentaba entender, saber, buscar mi punto de partida, porque estaba perdiendo de vista mi destino y necesitaba un anclaje, y estaba segura de que me ayudaría mucho averiguar el origen de mi origen. Luego le hablé de la soledad de mi abuelo, de su resentimiento, de cómo se enteró de que los Melgar se lo habían arrebatado a su madre, del internado de curas en el que lo metieron. Odiaba a los curas desde entonces, a los curas y todo lo relacionado con la Iglesia. Le pegaron, lo maltrataron y algunas veces había insinuado cosas más graves al referirse a uno de «los grajos», como él los llamaba, al que le gustaba que lo visitaran los alumnos más jóvenes en su despacho. Cuando sobrevoló el estrecho de Gibraltar dejó atrás ese pasado doloroso y a los Melgar, para siempre.

Respetamos su deseo hasta que se murió.

Pero yo había querido hacer mi voluntad y no la suya.

Estrella y yo quedamos en que volvería a llamarla después de preguntar a las mujeres de mi familia si querían conocer a los Melgar.

Me dijeron que sí. Fue más fácil de lo que creía. Mi tía y mi madre estaban entusiasmadas con la idea de verlos. Les parecía excitante tener más información del lugar del que procedían y sentían curiosidad por saber si seguían siendo ricos. Se preguntaban si serían elegantes o unos horteras. Para mi madre no había nada peor que un hortera. Bueno, sí, tener dinero y ser un hortera. Eso era imperdonable. Si podías comprar buena ropa y zapatos caros, era un pecado no ser elegante. Mi abuela no se opuso, pero les recordó en voz alta que su padre no lo habría ni querido ni permitido. «Menos mal que está muerto», soltó mi tía aplastando entre el pulgar y el índice una colilla de Nobel.

Quedamos en casa de mi madre un viernes de mediados de junio por la tarde, a la hora del café. Hacía solo unos días que se hablaba en los medios de los cientos de muertos por las lluvias torrenciales que estaban anegando Pakistán, pero mi madre estaba tan nerviosa por la visita que ni siquiera quiso charlar un rato sobre las desgracias, como siempre hacía cuando pasaban cosas así en el mundo. Se lamentaba y le gustaba compartir la zozobra que sentía conmigo o con mi hermano. Se ponía en la piel de esa pobre gente. Usaba esa expresión, «esa pobre gente», como si nosotros no estuviéramos en el mismo saco de desgraciados y desfavorecidos. Me producía una rabia que intentaba no expresar el hecho de ver cómo el espectáculo televisivo de unos cuantos muertos bajo los escombros de una casa o arrastrados por el lodo la hacía sentir mejor en su sofá del primer mundo. Aliviada, afortunada, despreocupada, como si esas calamidades no pudieran pasarle a ella, a nosotros. Pero era mentira.

Durante varios días seguidos, mi madre estuvo limpiando la casa: cristales, espejos, suelo, superficies... Todo relucía. Compró unos cojines nuevos y unas flores frescas de color blanco y amarillo, margaritas y alstroemerias, sus preferidas. Decía que traían alegría y que eran las únicas que no le hacían pensar en los muertos, pero solo durante dos o tres días, porque luego desprendían un aroma a cementerio que se le metía muy hondo y la ponía triste sin casi darse cuenta. Entonces había que tirarlas y abrir las ventanas de par en par para que se fuera ese olor a muerte. Quedó con mi tía para ir a la pastelería egipcia de la calle Córcega a la que recurrían cuando querían comprar buenas pastas de té árabes, y volvieron de allí con una bandeja enorme llena de baklavas de diferentes frutos secos, chebakias de miel, kunefes elaborados con esa deliciosa pasta hilada que me encantaba romper a pequeños mordiscos y briwats de queso fresco. Por supuesto, llegaron oliendo a hierbabuena. Deseé que a mi recién encontrado tío abuelo y a mi prima segunda les gustaran esas pastas, porque sabía que si no cogían varias mi madre iba a sufrir una gran decepción, seguida de un ataque de inseguridad durante el que se cuestionaría la idoneidad de ofrecer esas delicadezas exóticas a gente desconocida, por mucho origen común que compartieran, y ese ataque la mantendría en un mutismo que, a ojos de los demás, podría parecer un alarde de engreimiento y aspereza. Yo identificaba rápidamente ese estado, porque había heredado esa reacción ante las situaciones incómodas, y me hacía sufrir que le pasara durante el encuentro, puesto que ni mi madre ni yo logramos salir por nosotras mismas de ese aislamiento esquivo. O cambia la situación o regalamos hasta el final nuestra imagen de mujeres desabridas y glaciales. También me preocupaba la presencia de mi abuela, a la que habían decidido sacar de la residencia durante la visita para que conociera a aquellos Melgar. Pero mi abuela daba claras muestras de esa demencia que la mantenía en un limbo extraño entre sus días de juventud y la muerte, y no sabía yo si iba a ser buena idea exponerla a todo ese pasado hecho carne.

Llegó la fecha acordada. Cuando subí a casa, mi madre tenía el salón tan ordenado y preparado que parecía falso, un plató de grabación de una comedia de situación de la televisión. Mi tía estaba sentada en una de las butacas fumando, con un cenicero de cristal tallado en la mano, y mi abuela, sentada en un extremo del sofá, miraba una revista de cotilleos. Le comenté a mi madre que no pasaría nada si cuando llegasen los invitados se daban cuenta de que en el piso vivía gente. No tenía por qué parecer una habitación de hotel. Ni me contestó. Estaba nerviosa. Se había apartado el pelo de la cara con el dorso de la mano en un par de ocasiones a pesar de que lo llevaba recogido, y ese era su gesto delator. Me pidió que dejara de incordiar y que ayudara a sacar de la cocina las bandejas con las pastas. Cuando las coloqué sobre la mesa baja de delante del sofá, mi abuela empezó a hablarme sobre lo que había leído en la revista.

—Lola, que la vieja pelleja no se casa. Muy enamorados, dice que están. Anda que no. Enamorado de la retahíla de títulos y fincas que tiene la vieja fea.

A mi abuela le encantaba criticar a las famosas. Era su mayor afición después de cuidar plantas. No sabía hacer ganchillo, ni tejer bufandas de lana ni leer apenas porque no pudo ir al colegio, pero pasar páginas de papel cuché humedeciéndose el índice en la lengua se le daba fenomenal. Cuando hojeaba las revistas, hablaba sola y soltaba bilis entre sus murmullos y, si tenía ocasión, te hacía cómplice de su inquina. No me gustan las revistas del corazón, me produce rechazo ese exceso de sonrisas blanquísimas, de modelos y toreros, de aristócratas y vividores que ofrecen su felicidad y su riqueza como espectáculo principalmente para mujeres hartas y aburridas de su vida. Y a las demás mujeres, las que no tienen millones, ni palacios ni cuadros de Goya en las paredes, ni siquiera un marido que las mire con ganas, ¿qué les queda? Pues ese desprecio y esa manera de despellejar con saña por pura envidia y encono.

Llamaron al interfono. Mi madre dio un respingo, mi tía apagó el quinto cigarrillo de la tarde y manoteó en el aire para hacer desaparecer el humo, y mi abuela guardó la revista y se alisó la falda con las palmas de sus manos. Oímos cómo salían del ascensor y escuchamos los pasos que dieron por el pasillo hasta llegar ante nuestra puerta. Hubo un instante de silencio; tanto ellos como nosotros estábamos expectantes, separados por una puerta hueca de contrachapado. Sonó el timbre, que fue como una pequeña explosión controlada. Me resultaba sencillo imaginar los nervios de mi madre, los de mi tía Luz y, sobre todo, los de mi abuela. El que estaba al otro lado era el hermano del que fue su marido. Mi madre abrió la puerta y los recibió con una amplia sonrisa pintada de rojo oscuro. Nos repartimos besos, saludos y frases más o menos esperables sobre las ganas de vernos y las expectativas hasta llegar al salón. Javier y Estrella se sentaron en el sofá y nosotras nos repartimos entre la butaca y las sillas de la mesa.

Mi abuela no sonreía y los miraba con los ojos achinados mientras se humedecía el índice en la lengua y lo restregaba contra el pulgar. Mi madre preparó un té verde con hierbabuena y sacó la tetera de alpaca que había sido de mi abuelo en una bandeja acompañada de unos vasos de cristal tallado que tenían el ribete dorado. Estrella y Javier agradecieron el té y alabaron el aspecto delicioso de las pastas. Todo eran formalismos que nos ayudaban a no quedarnos colgados en la sospecha de que el encuentro fuera al final absurdo, hasta que mi abuela soltó de golpe lo que llevaba varios minutos pensando.

—¡Ay, Luz, ay, Margarita, qué impresión tengo! Usted... ¡Es mi Rafa! ¡Hijas, que ha vuelto!

Le recordamos que no, que era su hermano Javier, que hoy venía a casa a conocernos, pero ella nos miraba raro y no nos daba la razón, solo se chupaba la punta del dedo índice.

Realmente Javier se parecía mucho a mi abuelo, más de lo que yo esperaba. La misma frente, la misma mandíbula y los mismos ojos miopes, aunque los de mi abuelo eran más moros, con aquel color caramelo y aquellas pestañas tan negras.

—Qué impresión. Es que hasta se mueve igual. Mira, Lola, mira... Haga eso otra vez, por favor.

Javier repitió el gesto para mi abuela. Se quitó las gafas para poder leer de cerca la fecha escrita en el dorso de una fotografía que mi madre le enseñaba y me pareció estar ante una copia algo mal hecha de mi abuelo, como uno de esos retratos a carboncillo que se asemejaban mucho al original, pero no tanto por culpa de un par de milímetros de más o de menos entre los ojos o entre la nariz y la boca.

Después de mirar y comentar las pocas fotografías antiguas que mi abuela conservaba en las que figuraba el padre de mi abuelo, su abuelo y alguno de sus tíos en Tetuán, Estrella y Javier se ensombrecieron. Era como si la nostalgia y el secreto descubierto les hubieran dinamitado el recuerdo familiar que habían compartido de ese Rafael Melgar que Javier había conocido: su padre. Pero ahora resultaba que esa identidad construida a lo largo de los años no servía, por falsa e incompleta. Tenían los fragmentos de ese recuerdo roto desparramados por la mesa baja de casa de mi madre, mezclados con fotos viejas, migas de hojaldre y datos nuevos que no conocían. Se habían dado cuenta de que tenían que volver a formar una imagen con todos los trozos.

Fue en ese momento cuando Javier empezó a hablar de su padre, de su carácter difícil. Otro hombre violento, pensé. Buscaba el silencio, que parecía esconder en el estudio y al que acudía con la excusa de las cuentas de la empresa. Javier confesó sentirse poco querido durante su infancia porque mientras su madre estaba demasiado triste para hacerle caso, su padre evitaba pasar ratos a solas con él y le prohibía entrar en el estudio cuando se encerraba allí. Creció convencido de que su padre prefería al hermano muerto y que ese era el motivo de sus silencios. Contó que un día oyó a sus padres discutir sobre el niño que no estaba. Su madre gritó como nunca había gritado palabras que tenían que ver con ese otro hijo. Su padre quería volver a verlo, su madre lo llamaba loco y egoísta, le recordaba que no podía verlo de nuevo y que tenía que olvidarse de una vez por todas de él. «Me resulta imposible no pensar en él», decía su padre, y Javier en ese momento dio por perdida la batalla del amor de sus progenitores contra un hermano muerto, sin saber que el verdadero fantasma no era Antonio, sino ese niño de gafas de culo de botella y pantalones cortos que posaba junto a un coche negro de faros redondos en la foto que sostenía ahora frente a nosotras entre el índice y corazón de la mano derecha y que había sobrevivido como un espectro hasta ser de verdad sombra.

Declarado muerto

> *I'll be seeing you*
> *in every lovely summer's day,*
> *in everything that's light and gay*
> *I'll always think of you that way.*
> *I'll find you in the morning sun*
> *and when the night is new*
> *I'll be looking at the moon,*
> *but I'll be seeing you.*
>
> S. Fain e I. Kahal,
> «I'll Be Seeing You»
> (interpretada por Billie Holiday)

Mientras daba sonoros sorbos al té caliente, Javier nos contó que su padre había sido declarado muerto en 1966 tras diez años en paradero desconocido. Con el tiempo, había acabado aceptando una de las hipótesis que se barajaron durante la investigación. El suicidio. Javier afirmaba que su padre desapareció porque quiso, no había pruebas de que hubiera sucedido otra cosa. Lo que resultó terrible para la familia fue no encontrar el cuerpo; sin cuerpo se convirtió en misterio, en hipótesis, en esperanza infinita. Nos dijo que su madre, Mercedes, no quería ni oír hablar de esa posibilidad y que una y otra vez comentaba a quien se prestara a escucharla que no podía haberlos querido tan poco.

—Se negaba a entenderme. Por mucho que intentaba explicárselo, no había manera. Le decía que el suicidio no tiene que ver con cuánto quieres a los que te rodean, sino con cuánto te quieres a ti mismo, con cuánto te duele el presente y con cuánto te duele el futuro que no existe, pero que asusta como un fantasma agazapado bajo la cama que intenta agarrarte de los tobillos cada noche antes de irte a dormir. Pero mi madre no podía aceptar esa salida, me mandaba callar y me espetaba que yo no tenía ni idea de quién era mi padre, que yo no sabía quién había sido cuando todo el mundo lo llamaba «el señorito». Pero nunca conseguí que me contara a qué se refería. Y ahora ya da igual, hace mucho que no puede ser otra cosa que un fantasma bajo nuestra cama. Vete a saber si sus huesos están en el fondo de un barranco en Collserola —dijo Javier.

No tenía ni idea de lo que acababa de decir.

Todas las mujeres de mi familia enmudecimos. Ni Estrella ni Javier sabían lo que le pasó a mi tío. Demasiada casualidad. No podía ser verdad. Algo se escapaba a la lógica. ¿Qué probabilidad había de que dos hombres de la misma familia hubieran muerto de la misma manera sin ni siquiera conocerse? Mi abuela se echó a llorar y dijo que no, que lo de suicidarse no podía ser. Que cómo iba a ser eso. Y lo decía por su hijo. Mi tía se le acercó e intentó calmarla. Le ofreció una pasta de las que más le gustaban y le susurró algo al oído, quizá que no, que no se tiró, sino que las rocas estaban resbaladizas por el rocío de la mañana. Algo así le diría, una de esas frases que habían aprendido a susurrarle cuando se desesperaba ante la sospecha de que su hijo la matara por dentro a cosa hecha. «No, mamá —le contestaba mi madre—, no fue eso», y siempre decía «eso», como si se refiriera a una cosa indeterminada y extraña que, por no tener, no tenía ni nombre. Hacía lo mismo cuando yo dejaba mis bragas manchadas con los bordes de sangre oscura y reseca en el barreño de la ropa sucia. «¿Ya te ha venido "eso"?», me preguntaba, y le quitaba así a nuestra condición de mujer su esencia de cosmos, de universo o de tierra y la convertía en algo vil y ominoso. Lo conseguía empleando un insignificante demostrativo neutro. Tenía una gran habilidad para neutralizar ideas e incluso personas con su manera voluntariamente imprecisa de usar el lenguaje.

Con una voz de repente débil que me hizo suponer que nunca ganaba las discusiones que trataran sobre ese tema, Estrella dijo que ella no creía que el suicidio fuera la respuesta correcta. Su imaginación y su amor por las novelas de misterio con un toque romántico y las películas de serie B que ayudan a conciliar el sueño a la hora de la siesta, según comentó su padre, la habían llevado a plantearse la hipótesis de la huida: su abuelo había huido de un destino que le hacía sufrir por la culpa y el arrepentimiento en busca de un amor de juventud. Cada vez estaba más segura de que algo así había pasado, en especial desde que habían averiguado que mantuvo ese hijo en secreto y una relación epistolar con la madre de ese niño que su abuela Mercedes fingió ignorar.

Me pareció la posibilidad más novelesca y la más improbable de las dos propuestas porque creo que es más fácil quitarse la vida que cambiarla por otra diferente, aunque bien es cierto que muchas veces sentimos la necesidad de escondernos.

Estrella y su padre siguieron discutiendo un rato, pero solo conjeturaban, porque hacía muchos años que habían dejado de buscar y que el señorito Rafael se había convertido en palabras, en un tema de conversación indoloro que surgía a menudo en las reuniones familiares.

Me vino a la cabeza un reportaje que vi sobre una tal Brenda Heist, una mujer de Pennsylvania que un día desapareció sin dejar rastro después de sacar del congelador un táper con lo que iba a ser la cena del día, de planchar la ropa para la mañana siguiente y de llevar a sus dos hijos al colegio. La policía no la localizó jamás y su marido luchó mucho, primero por demostrar que no era un asesino, luego por recuperar a la madre de sus hijos y al final de la esperanza por darla legalmente por muerta. Al cabo de un tiempo quiso volver a casarse, cobrar el seguro de vida de la mujer convertida en espectro y ser capaz de dejar ir ese lastre que lo mantenía sujeto al pasado. Lo consiguió. Un juez declaró muerta a Brenda Heist, y su marido pudo moverse hacia delante en esa vida que volvía a ser solo de él. Y lo fue durante once años, hasta el día en que una figura pavorosa apareció como una estantigua ante su puerta y desde allí le pedía permiso para cruzar de nuevo el umbral de la que fue su casa con una voz mucho más rota y áspera de la que el hombre recordaba: «Hola, soy yo, he vuelto, déjame entrar». El marido no reconocía a la que fue su mujer en esa cara envejecida y demacrada, en ese cuerpo consumido. Solo había estado muerta en la mente y los corazones de los que una vez la habían querido, pero su cuerpo huido seguía vivo en otro lugar lejano, un sitio oscuro en el que ninguna persona de las que habían conocido a Brenda pudo ver cómo se lastimaba, primero poco a poco, más tarde con una prisa enfermiza por llegar a donde otros creían que ya estaba. No pudieron ver cómo dejaba de ser ella, cómo Brenda desaparecía y se convertía en una especie de zombi de pelo enratonado y mejillas hundidas a causa de las mellas que el consumo de alcohol y drogas le había provocado.

Ni los hijos ni el marido quisieron recuperar a la que fue su madre y esposa. La preferían muerta. Ya la habían enterrado en un funeral con un ataúd vacío que decidieron llenar de dudas e incertidumbre. Las dejaron ahí dentro, sepultadas bajo dos metros de tierra. Lloraron cada aniversario de la desaparición durante varios años. Fueron pasando el duelo y aprendieron a convivir con el vacío. Y no querían volver atrás. No lo llenarían con el cuerpo gastado de ese fantasma que ya no conocían y que, sobre todo, ya no necesitaban. La Brenda mujer y madre estaba muerta. Punto. Su ausencia formaba parte de lo que ellos habían llegado a ser, y ya era tarde para replantearse sus identidades. Brenda tuvo que esfumarse, como si su presencia repentina hubiera sido cosa de un encantamiento y se le negara la posibilidad de contemplar su vida futura. Expulsada de ese espacio que un día fue hogar, enviada de vuelta a ese lugar en el que eligió ser otra, en el que no tenía ni ayer ni mañana.

Me imaginé al padre de mi abuelo así, siendo otro durante el resto de su vida, oculto en una celda de un monasterio o vagando entre mendigos borrachos. Sin embargo, enseguida regresé a la idea del suicidio como la más rápida y efectiva vía de desaparición.

—No está claro, papá. No sabemos lo que pasó —insistió Estrella—. Y los que pudieron tener alguna información ya están muertos. Seguro que la abuela sabía mucho más de lo que explicó. Lo de las cartas se lo guardó bien guardado hasta que me lo contó a mí cuando el secreto le pesaba ya. Tú no tenías ni idea. —Después de un segundo de silencio miró a mi madre y a mi tía, y les dijo—: Quizá vuestro padre supo algo y ha sido el último en marcharse con la verdad.

Eso sí que no lo había pensado yo. Las palabras de Estrella se quedaron dentro de mi cabeza, resonando como las vibraciones de un diapasón. Recordé a mi abuelo en su empeño por no ser nadie, pensé en todas las preguntas que no le hacíamos sobre su juventud porque, a fuerza de repetirlo mil veces, mi abuela nos había enseñado que del pasado de su marido no se hablaba. También recordé aquella vez en la que, durante una sobremesa, me dijo: «Tú, Lola, un día contarás mi historia».

Pero se marchó sin romper ese silencio que lo mantuvo a salvo y a mí la vida me fue alejando del sueño que tenía de niña de escribir historias. El tiempo pasó más rápido de lo previsto, y no fui capaz de entender esa necesidad que tenía de niña de escuchar a los mayores y de leer hasta los tomos de la enciclopedia que mi padre había comprado a un chico repeinado que llamó al timbre un sábado por la mañana porque le supo mal por el chaval. Tenía un deseo que no entendía y al que no podía poner nombre porque nadie en mi familia había sentido algo así antes que yo. No lo sabía, pero lo que yo quería era escribir. Necesitaba libros, bolígrafos y plumas estilográficas como otros niños necesitaban muñecas o balones. Escribía un diario, poemas cursis, secuestraba a las Barbie que me regalaban a pesar de que no me gustaban demasiado, solo para inventarme historias de investigaciones y rescates, e incluso me dieron algún que otro premio en primaria y luego, ya con casi veinte años, gané tres certámenes seguidos de un concurso literario que convocaba el distrito. Pero no supe qué hacer con ese deseo sin nombre y tan poco cercano a mi mundo de máquinas de coser, olor a grasa de motor y callejones umbríos de un barrio construido a trompicones en las laderas de una montaña pelada. Los años pasaron tan rápido que casi ni tuve tiempo de plantearme si valía o si podía escribir, y cuando quise darme cuenta estaba frente a un grupo de treinta adolescentes intentando explicarles la diferencia entre los tiempos verbales perfectos e imperfectos, misión imposible porque los alumnos son demasiado jóvenes para entender que si bien hay veces en que lo pasado está acabado y su tiempo está muerto, hay otras en que lo sucedido ocurre en un tiempo que no ha cesado todavía y que, por tanto, cabe la posibilidad de que todo cambie.

En aquel primer encuentro en casa de mi madre, las dos ramas de la familia se intercambiaron los teléfonos y empezaron a llamarse y escribirse de vez en cuando. Pero cuando pasaron la última página del último de los álbumes antiguos que guardaban fotografías de cartón amarillento y de bordes ondulantes, cuando se acabaron los temas comunes de conversación y los intentos por aclarar los misterios familiares, noté que se habían agotado las excusas para verse y sentirse parte de una misma historia. Ese sentimiento era una ilusión, no tenían una historia común. Una vida se había desarrollado y expandido al margen de la que podía haber sido su familia, pero que nunca lo fue. Mi madre y mi tía no eran como ellos, su pelo rizado y oscuro, su nariz aquilina, sus ojos profundos les recordaban que eran hijas de un tropiezo, de una flaqueza, y que no eran iguales a ellos. No eran unas Melgar como los otros, no eran rubias y livianas, ellas arrastraban los pies al caminar porque cargaban con la vergüenza y la culpa. Todavía después de tanto tiempo y de tantas vidas. Obviamente, no verbalizaron algo así, pero les noté esa condescendencia en el trato de los que se creen por encima.

Decidí no insistir mucho en el contacto y escribir solo a Estrella. Alguna vez.

Tatuaje

Y ante dos copas de aguardiente
sobre el manchado mostrador,
él fue contándome entre dientes
la vieja historia de su amor:
Mira mi brazo tatuado
con este nombre de mujer,
es el recuerdo del pasado
que nunca más ha de volver.
Ella me quiso y me ha olvidado,
en cambio, yo no la olvidé.

Quiroga y León,
«Tatuaje»
(interpretada por Concha Piquer)

«¡Ay, Lola! ¿Qué te has hecho? ¡Qué cosa más horrible! ¿No sabes que las mujeres no se hacen esas cosas? Ni que fueras un marinero. Ahora también me dirás que fumas». Mi abuela descubrió el tatuaje en mi antebrazo un día que la visité en la residencia porque hacía un día precioso de principios de mayo y llevaba las mangas de la gabardina beige remangadas y encajadas en el pliegue de los brazos.

Me había llevado tiempo decidirme, pero al final lo hice, a mis casi cuarenta y cuatro años. YA NO SERÁ, YA NO. YA

NO SOY MÁS QUE YO PARA SIEMPRE, podía leer en mi brazo quien me miraba de frente. Era un fragmento de uno de los poemas de amor más tristes del mundo, «Ya no», de Idea Vilariño, en el que reflexionaba sobre el fin de su relación, que no de su amor, con el escritor Juan Carlos Onetti. Una historia que duró para siempre, pero que no pudo ser nunca. Ella estaba convencida de que él no la quería. Onetti creía que lo que ella sentía por él era una especie de obnubilación intelectual, a pesar de todas las palabras de amor que Idea fue escribiendo a lo largo de los años y que lanzaba como migas tiradas al borde de un camino con la esperanza de que ayudaran al escritor a llegar hasta ella, aun sabiendo que él era todo lo que no debía amar. Se quisieron y se odiaron a partes iguales. No les importaba estar con otras personas, ocupar lugares muy distantes. Como si tuvieran atados los corazones, seguían pensando el uno en el otro. Y no les importó no ser felices en la vida que cada uno escogió al margen de ese amor perro y bestia. Así se refería Idea a Onetti.

«Ya no soy más que yo para siempre», decía Idea en su poema. Ser tan solo uno mismo para toda la eternidad. Ser solo uno. Perder a ese otro que sientes como parte de ti, al que estás ligado por ese cordón rojo atado a los meñiques que se ha ido retorciendo, desgastando y deshilachando hasta mantener dos cuerpos unidos tan solo por una hebra que no acaba de romperse porque no se puede romper, porque así lo decidieron los dioses que unieron esas dos almas para siempre.

Cuando me separé, hice buscar a mis alumnos de primero de Bachillerato la leyenda japonesa del hilo rojo y escribir un cuento basado en ella. Ninguno de ellos la conocía. Al menos ese día les enseñé algo. Los cuentos eran muy irregulares. Me llamaron la atención unos cuantos que no tenían personalidad, eran bonitos pero demasiado correctos. Pregunté a ChatGPT si había redactado esos textos, y me contestó que sí. Yo había invertido unos diez minutos por relato entre leerlos, valorarlos, marcar y corregir las faltas de ortografía y de sintaxis y escribir algún comentario de ánimo, de propuesta de mejora, alguna felicitación; en total tardé unos quinientos minutos, más de ocho horas, en revisar y puntuar una sola de las tareas de uno solo de los grupos que llevaba ese año. Ocho horas fuera del horario escolar. Alguno de los alumnos había invertido menos de veinte segundos en entrar en esa aplicación de inteligencia artificial y teclear: «Escribe un cuento basado en la leyenda del hilo rojo japonesa», y, en poco más de medio minuto —hice la prueba—, había obtenido una respuesta como la que sigue:

Había una vez en el Japón antiguo una joven llamada Yumi. Era una chica inteligente, amable y trabajadora, y aun así se sentía sola. Vivía en una aldea donde todos se conocían desde hacía años, pero nunca había encontrado a alguien que realmente la comprendiera.

Un día, mientras caminaba por el bosque cercano, Yumi encontró a un anciano que estaba sentado en un árbol. El anciano llevaba una bola de hilo rojo en sus manos, y Yumi se acercó para preguntarle qué estaba haciendo. El anciano le explicó que era el hilo rojo del destino y que estaba en busca de la otra persona conectada con su hilo.

Yumi estaba fascinada con la historia, y el anciano le dijo que ella también tenía su propio hilo rojo. La joven no podía creer lo que oía, pero decidió confiar en el anciano y dejarse guiar por el hilo. El anciano le entregó la bola de hilo rojo y le pidió que lo siguiera.

Así fue como Yumi comenzó su viaje, siguiendo el hilo rojo que llevaba en sus manos. Caminó durante días, atravesando montañas, ríos y valles hasta que llegó a un pequeño pueblo. Allí, en el mercado, se encontró con un joven llamado Kenji. Y para su sorpresa, el hilo rojo de Yumi estaba conectado con el de Kenji.

Los dos jóvenes se miraron y, de repente, sintieron que algo mágico los unía. El hilo rojo se estiró y se acortó varias veces, hasta que finalmente se formó un lazo. Yumi y Kenji se sonrieron, sabiendo que estaban destinados a estar juntos.

Y aunque la leyenda decía que el hilo rojo no puede ser roto, ellos decidieron atar sus hilos para asegurarse de estar juntos. Y así fue, vivieron felices para siempre, unidos por el hilo rojo del destino.

Preciosa historia sin alma.

Ahora, a mi trabajo de corrección tenía que sumar el de detective y el de perito lingüista para poder intuir como sospechoso ese y otros relatos, porque ya ningún chaval empieza una historia con «Había una vez» y, también, porque los conozco y sé que, por ejemplo, ese chico pasota y espabilado que quiere ser bombero pero no estudiar demasiado que firmaba el texto nunca emplearía la palabra «aldea», ni la construcción pasiva «puede ser roto» ni el tiempo verbal «estuvieran», ni habría puesto comas para aislar los conectores o los adverbios de inicio de frase. ChatGPT me confirmó que sí había redactado esa historia, y pensé si poner o no un cero a ese alumno, porque por primera vez desde que me dedicaba a la docencia sentí que, en vez de una cifra, era un agujero. Nada tenía sentido, ese cero era un pozo en el que se abocaba la desidia de los chavales, su poco interés, mis esfuerzos, mis esperanzas. Todo era en balde. Podía ponerle un diez. El texto cumplía con todos los requisitos de la rúbrica de corrección para valorarlo con la nota más alta: excelente. Podría ponerle ese número en rojo y escribir debajo lo que me contestó ChatGPT a la pregunta que le hice como si estuviera intentando dialogar con un colega con el que no compartía criterio: «¿Qué te parece que un alumno de bachillerato te pida que le escribas un cuento que es una de sus tareas escolares obligatorias?».

La inteligencia artificial me respondió: «Como modelo de lenguaje, no tengo una opinión ni emociones. Estoy aquí para ayudar a los usuarios con sus preguntas y proporcionar información y recursos relevantes. En cuanto a la solicitud específica de un alumno de bachillerato que me pida que escriba un cuento como tarea escolar, no es ético ni apropiado que yo lo haga por él, ya que la tarea se supone que es una oportunidad para que el estudiante desarrolle su propia creatividad y sus habilidades de escritura. Sin embargo, estaré encantado de proporcionarle consejos y sugerencias sobre cómo abordar la tarea y cómo mejorar sus habilidades de escritura».

Me estaba mintiendo una máquina, me estaba diciendo que no era ético el uso que el estudiante quería hacer y que solo lo ayudaría a mejorar su escritura, cuando te ofrecía la historia completa sin más. Yo había hecho la prueba. Me deprimía la sospecha de que el uso de esta inteligencia artificial me llevara a ver en las aulas cada vez más estupidez natural.

Decidí hacer lo que se esperaba de mí: poner un cero y charlar con ChatGPT porque estaba harta de perder el tiempo en corregir textos que no habían escrito los alumnos. De la conversación saqué en claro que esa inteligencia artificial no tiene pensamientos ni emociones, pero que considera que la leyenda del hilo rojo es hermosa aunque no verificable y que hay personas, dependiendo de sus creencias, que sí confían en la existencia de su alma gemela, aunque otras piensan que todo depende de sus acciones. Al final tuve que servirme una copa de vino y brindar por los avances de la ciencia y la tecnología, así como por la muerte de la literatura en las aulas.

Nunca había ido a la residencia a ver a mi abuela. Desde niña, me daban miedo los viejos. Y los animales enfermos. En realidad, todo lo que estaba cercano a la muerte. Recuerdo que dejé de querer a una gata de colores que tuve de pequeña en cuanto se puso tan malita que no podía ni subirse sola a su cojín. Ya no la acariciaba ni la dejaba dormir en mi regazo. Mi madre me llamaba egoísta y desalmada. Y como tal me sentí hasta que he ido comprendiendo que prefiero alejarme del ser que va a morir antes de que muera, y reconozco que es así por miedo, para protegerme, como si avanzara el duelo, el dolor y el olvido.

Nunca besé a mi bisabuela. Recuerdo a mi padre insistiendo cada domingo de arroz con gambas y pollo y partida de remigio en casa de mi abuela Pilar para que le diera un beso al llegar. Me escondía detrás de mi abuelo Manuel, que era el único que parecía entenderme y decía a su hijo que parara, que me dejara en paz, que no había que forzar a los niños a besar a los viejos. Me daba miedo esa mujer enjuta, menuda, vestida de negro y con el pelo gris recogido en un pequeño rodete en la nuca y una toquilla de lana sobre los hombros, aunque hiciera calor. Entonces no podía saberlo, pero cuando las descubrí en la clase de Latín de bachillerato me di cuenta de que mi bisabuela Rocío parecía una de las tres parcas, quizá la que los romanos llamaban Nona, porque siempre estaba sola en su butaca, tejiendo bufandas de lana interminables ya que no sabía hacer jerséis.

Ese sábado luché contra el pavor que me producía estar tan cerca de todos esos ancianos. Me daba miedo entrar en la residencia, me imaginaba a la Muerte vagando por esos pasillos lúgubres, tocando con el filo de su guadaña las puertas de las habitaciones, eligiendo al pito, pito, gorgorito en qué habitación entraría por la noche, porque los moribundos se apagan de noche. Mi lucha tenía solo un motivo: hablar con mi abuela sin que ni mi madre ni mi tía estuvieran presentes e intentar ser testigo de cómo se perdía en sus divagaciones. Quería que me contara cosas del pasado.

Qué triste era todo allí. El suelo oscuro, moteado y mate, los desconchones de las paredes, los zócalos golpeados, los pies oxidados de esa especie de percheros en los que cuelgan el suero u otras medicinas de administración intravenosa, las sillas de ruedas con agujero para encajar la bacinilla aparcadas en medio de una sala en la que había un televisor encendido que nadie miraba, las habitaciones compartidas, las enfermeras latinas o africanas que por cuatro duros atendían durante jornadas de doce horas a las abuelas a las que llamaban «guapa» o «cariño». Mujeres solas cuidando a mujeres solas que un día fueron madres y dedicaron su vida a cuidar a los demás, pero que ahora no pueden ser cuidadas por aquellos a los que alimentaron con su propio cuerpo. Cuando vi a una señora a la que parecía pesarle más de la cuenta la cabeza, que mantenía inclinada sobre su pecho, lloriquear como una niña sin que nadie se preocupara por ella, deseé morirme de un ataque al corazón como mi abuelo en cuanto empezara a envejecer. Los pueblos escandinavos tienen un nombre para referirse a ciertos precipicios:

ättestupa. A estos acantilados, cuentan sus leyendas, acudían aquellos que se consideraban demasiado viejos para seguir viviendo y se arrojaban al mar. O eran arrojados. Pero ¿cómo sabe uno que ha llegado el momento de asomarse a ese abismo?

Mi abuela se puso contenta al verme y me riñó porque no la había avisado y no había podido arreglar bien la casa ni hacerme para comer unos huevos fritos con patatas y pimientos verdes. Aún recordaba que ese era mi plato de emergencia favorito. La comida que preparaba cuando mis padres se presentaban con nosotros sin previo aviso en su casa o si una visita de mañana se alargaba más de lo previsto. No llevaba la dentadura postiza puesta. Le pregunté por sus dientes, pero no sabía a qué me refería. Se señalaba la boca con el índice y se encogía de hombros.

—Siempre los he tenido muy majos, los dientes —me contestó casi chillando—. Los chicos me decían que tenía una sonrisa muy bonita, no como esa de ahí, que los tiene amarillentos y con dos palas enormes... Parece un castor, la vieja.

Se refería a la compañera de habitación que le había tocado en suerte, una señora casi ciega que no podía moverse de la cama sin ayuda. Pero sorda no era, porque volvió el rostro y dedicó a mi abuela una peineta enérgica con el dedo corazón artrítico de la mano derecha. Le pedí perdón y corrí la cortina que las separaba de esa manera tan poco privada y digna.

Le enseñé unas fotografías antiguas que había pedido prestadas a mi madre. Pretendía usarlas para espolear sus recuerdos, pero mi abuela no estaba en un buen día. Miraba esos instantes congelados y no acertaba a reconocer a los que aparecían en ellos, como si sus siluetas estuvieran borrosas. En una aparecía mi abuelo de muchacho con el grupo del colegio de curas en el que estuvo interno, pero la imagen no despertó nada en mi abuela. Le mostré otra en la que salía el señorito Rafael; no sabía quién era, me preguntó si era un actor. Tampoco reconoció a su cuñado, que pasaba un brazo por encima de los hombros de mi abuelo en otra foto, los dos posando abrazados y sonrientes. Sin embargo, cuando le enseñé una en la que estaba ella de joven con su hermana, las dos rodeadas de niños, de todos los hijos, sí que reaccionó.

—¡Ay, la Angustias! Qué guapa era, la maldita. Mírala... Me acuerdo de ese día. Recién parida estaba en la foto, con los otros cinco niños agarrados de sus faldas, y ella con esos pómulos y esos labios de actriz de Hollywood. Yo fui guapilla y delgadita, pero tu tita Angustias era otra cosa. Pobre, qué vida también. El cabrero se la llevó una noche y ya los dieron por casados en el pueblo. Eso iba así entonces. No había dinero para nada, ni para pagar al cura. Se la llevó una noche, y cuando volvieron al amanecer, mi hermana ya llevaba en el vientre el que sería su primer hijo. Solo tuvo niños, con lo que le habría gustado a ella una niña para llamarla Beatriz, que decía que era nombre de princesa y no de mujer destinada a vivir amargada en un pueblucho. El pequeñajo raquítico que tienes al lado era tu primo favorito, el Fernando.

—Abuelita, la de la foto no soy yo, yo soy tu nieta Lola. Esa es mi madre.

—¿Sí...? Pues eso, que el niño era el único bueno. Los demás eran demonios y os pegaban a ti y a tu hermana.
—Seguía en su mundo, y desistí de traerla de vuelta a la realidad. Tal vez ese lugar al que se la llevaba su mente era menos triste que el real—. Pero eran la única familia que

teníamos. Tu padre no tenía a nadie. A nadie. Desde que nos fuimos de Tetuán solo me tenía a mí, así que a veces íbamos a verlos al pueblo. Pocas, porque entonces no se podía viajar. No había dinero para lujos.

Le enseñé otra foto en la que aparecía mi abuelo con mi madre, que debía de tener un año y medio o dos, de pie en el suelo con uno de esos vestidos que dejaban a la vista las braguitas con el pañal y los muslos regordetes. Estaban en una especie de descampado, y en la imagen aparecían otros hombres jóvenes. Mi abuela se la acercó a los ojos.

—Anda, mírate, qué guapa eras de pequeña. Es que eras una muñequita. Y más dispuesta que todas las cosas. Tan chiquitilla, y ya andabas y salías de casa sola para ir a buscar a tu padre a la presa. En el tiempo de esta fotografía vivíamos en una de las casitas que habían construido para los trabajadores que estaban levantando la presa. Tu padre era el capataz. Eras el juguete de todos. Ese fue el último trabajo que tuvo en Marruecos. Me gustaba esa casita de planta baja con ventanas delante y atrás. La luz le entraba a chorros, y yo la tenía muy bonita con mis macetas en la puerta. Qué disgusto sentí al dejarla. Cuatro perras nos dieron por los armarios, el catre, el mueble del comedor y la mesa con sus cuatro sillas. Fue allí la primera vez que vio a su madre. Vino a conocerte. Un día me encontré una fátima en la puerta y resulta que era tu abuela. No la había visto nunca. Me preguntó por Rafael. Yo no sabía para qué buscaba una mora a mi marido, pero te envié a la presa a avisarlo y cuando la descubrió en la puerta se le cambió la cara. Nunca había visto una expresión así, no sé decirte si era de alegría, de tristeza, de rabia, de consuelo, de espanto, de odio o de miedo. O de todo junto. Su madre niña pasaba de ser una idea en su cabeza a la mujer endurecida por la vida que tenía delante, sin besos, ni abrazos ni tiempo compartido. Tu abuelo tuvo que rellenar el hueco de golpe con la mujer que se presentó sin aviso. Creo que le dolió, aunque no me hablaba de lo que se le pasaba por dentro. Fadila era alta y todavía era guapa, con una pose altiva y una mirada intensa perfilada de kohl. Podría haber sido la princesa de un sultán si no hubiera nacido donde le tocó. Abrazó a tu padre, luego te cogió en brazos y lloró. Después de ese día vino a vernos varias veces más, pero no faltaba tanto para que lo de la independencia nos complicara la cosa a los españoles y para que saliéramos huyendo de allí con prisas, con una mano delante y otra detrás, porque la situación estaba poniéndose fea, así que tampoco tuvieron tiempo de crear el vínculo que les faltaba. Fadila no me contaba mucho, pero me decía que su Rafa era hijo del amor, que aún amaba al señorito Rafael y que sabía que él no la había olvidado porque lo notaba aquí, y cuando decía eso se llevaba las dos manos al pecho y parecía que se estrujaba el corazón. «Lo noto, sigue atado a mí», decía.

Un email

Desgraciadamente soy un ser inteligente
y la parte más salvaje se murió,
por eso algunas veces
cuando nada te obedece
suelo resultar algo dañado.

Iván Ferreiro,
«Paraísos perdidos»

A finales de la segunda semana de mi baja por ansiedad recibí un correo que sí leí porque en el asunto figuraba el nombre de Dani. El email era de su tutora.

> Hola a todos:
> Os informo de que el alumno de primero de Bachillerato Daniel F. M. se incorporará el lunes después de su ausencia de estos últimos días.
> Como ya os comenté durante el claustro, el alumno ha faltado por un problema relacionado con su salud mental y su estado emocional.
> El departamento de Orientación está valorando la conveniencia de adaptar algunos contenidos de cara a los exámenes finales para procurar que estos días en los que Daniel ha faltado a clase no afecten a sus resultados. En breve os informaremos de las medidas acordadas.

> Por favor, facilitadle los materiales que necesite para ponerse al día.
> Muchas gracias.
> Seguimos.

No sabía si serviría de algo, pero escribí tanto a la tutora de Dani como al propio chico.

Su tutora me contestó enseguida. Me explicó que Dani había ingerido una dosis tremenda de las pastillas que su madre tomaba para dormir y que tuvieron que hacerle un lavado de estómago de urgencia. Se lo quedaron unos días en Sant Joan de Déu para ver cómo evolucionaba. Me contó que su madre estaba fatal. No se había recuperado de la impresión. Aún le temblaban las manos y le rechinaban los dientes por haber creído que se le moría el hijo, igual que se le murió el marido. Estaba muy nerviosa, se lo había dicho varias veces por teléfono a la tutora, eso y que no entendía por qué lo había hecho Dani, si no le pasaba nada malo, si lo tenía todo, si ella siempre lo había cuidado, protegido y amado.

Lo quería, sí, pero se había olvidado de escucharlo.

Dani no me contestó ni el jueves ni el viernes. Me sentí responsable. Recordé las palabras de la madre de Clara: «Si le pasa algo a mi hija, será culpa tuya». Culpa mía.

Si le pasaba algo a Dani sería culpa mía. Yo lo conocía de una manera distinta a como lo conocía esa madre que no aceptaba ningún pliegue en la superficie lisa del hijo perfecto que había proyectado desde que lo mecía en la cuna. Yo sabía que había algo que le pesaba, que lo obligaba a esconderse bajo su capucha, refugiado en su música, en sus libros, en sus silencios. No sabía qué era, pero sentí que debía tratar de ayudarlo.

Llamé al CAP la tarde del viernes para pedir el alta voluntaria.

Vermut negro

*Después de tanto caminar
aquí me quiero consolar
y ser de nuevo niño, ay, por ti.
Mammy, Mammy, Mammy Blue,
oh, Mammy Blue.*

Hubert Giraud,
«Mammy Blue»
(interpretada por José Mercé)

—¡Qué diazepam, ni diazepam! Un par de vasos de vermut negro para desayunar son el mejor ansiolítico. Después de bebérmelos, ya puedo afrontar el fin de semana. Partido de fútbol del niño el sábado a las once de la mañana en Vic y torneo de baloncesto de la niña a las doce y media en un colegio cercano al parque Güell. Y como no somos magos, Lola, pues tenemos que dividirnos para llegar a todo. Ni comemos juntos muchos días. Uno se queda con los padres del fútbol; el otro, con los del básquet. Y lo peor de todo es que me parece bien. Un rato a la mitad de carga. Se agradece. Antes de la comida me tomo un par más de vasitos de vermut y ya puedo llegar al primer plato animada. Sé que la gente cree que soy divertida y alegre, pero no tienen ni idea de que he de ir como una cuba para parecer feliz. ¿Qué opinas de esto, Lola? Es una mierda, ¿a que sí? Y ahora, además, no sé qué va a ser de mí, ¿cómo haré frente a todo eso sin poder beber? ¿Te acuerdas de cuando salíamos de jóvenes? Solo bebía en las cenas con amigas y nunca me pasaba de la raya. Ahora, en cambio... ¿Qué voy a hacer, Lola? Sin los vasos de vermut, no me veo capaz de soportarlo.

Había quedado con Mila para merendar, y no me esperaba encontrarla así. No entendía el motivo de su nerviosismo y temía que se debiera a un problema de salud. Le pregunté si el médico le había detectado algo, si le había prohibido beber por estar contraindicado con alguna medicación que tuviera que tomar o con alguna enfermedad descubierta en uno de esos chequeos rutinarios que te hacen en la empresa. Pero ese no era el motivo.

—¡Ay, Lola! Que me he quedado preñada. Ahora mismo, mientras hablamos, me está creciendo un alien aquí dentro —dijo tocándose con ambas manos el vientre.

—¿No tenéis cuidado, Mila?

—¿Cuidado? Pues ya ves tú. La culpa la tiene el vermut. Un día me achispé demasiado y cuando llegamos al piso estaba cachonda perdida, como una gata en celo, y como los niños no estaban porque se quedaban en casa de unos amigos, pues nos pusimos a follar como adolescentes. El imbécil de Jordi acabó dentro y ni me enteré, estaba tan borracha... Y me quedé dormida. Al día siguiente casi ni me acordaba de lo que habíamos hecho y no pensé que pudiera pasar esto... Y ahora estoy preñada.

Mila se echó a llorar en medio del bar donde habíamos quedado. Recordé el día que me habló de su deseo de dinamitar su vida y tirarla por tierra como si fuera un castillo de naipes, y me di cuenta de que, aunque procuraba no contarme sus miserias, había ido a peor. Había construido su vida siguiendo los planos de una existencia deseable según los baremos del éxito social. Esa hoja de ruta que incluía casa propia; hijos, a poder ser la parejita mínimo; un marido funcional; plantas de interior sanas; un perro que moviera la cola de alegría al verla llegar; un buen coche con tapicería de piel; varias extraescolares para los hijos, idealmente una de ellas de instrumento musical, mejor violín que guitarra; y el pelo perfecto, bien peinado, brillante y sin canas. Mila se propuso cumplir todos esos requisitos de la «vida estupenda» y lo consiguió. Y lo hizo con nota. Hasta tuvo niños rubios con ojos claros a pesar de que ni ella ni Jordi tenían el pelo así. «Lo han sacado de mi abuela por parte de padre —decía—, que era rubia y tenía los ojos azules». Pero una vez alcanzado el objetivo, ¿qué había después? ¿Qué tocaba desear? Faltaba algo, aunque no sabía lo que era. Una noche de charla frente a una copa de vino le dije que entre todos los elementos de la ecuación que daba como resultado la vida perfecta no había mencionado ni una sola vez la felicidad. «La felicidad se da por sentada», me respondió. Yo no lo podía comprender. Aun así, imaginé que se refería a que la felicidad no era una variable real, sino la ilusión proyectada hacia los demás de la idea más o menos universal de felicidad. Y la verdad era que eso lo había conseguido con creces; verla a ella rodeada de los suyos producía la misma sensación de alegría, calidez y familia que yo sentía de niña durante una de aquella sesiones caseras y entrañables en las que con un Super Cinexin se proyectaban sobre la pared de una habitación películas en las que Goofy y Pluto me hacían reír a carcajadas.

Supuse que a sus ojos yo solo emanaba desolación y tristeza, como cuando ves una de esas cintas de super-8 en las que aparecen sin voz y con un movimiento un tanto raro familiares felices y contentos, justo antes de que la vida se les torciera o se les acabara.

También debía de proyectar mucho fracaso. Yo no poseía nada de todo aquello que debía tener.

Dar la felicidad por sentada. Me parecía una imagen casi de cuadro surrealista: una figura de rostro deformado por una sonrisa fija sentada en un rincón de una sala oscura, mirándote, atenta a tus movimientos. Me hizo pensar en uno de esos cuadros de Maruja Mallo en los que la pintora española retrataba la alegría popular de las verbenas. En concreto en *Kermés*. Lo había tenido durante un tiempo como fondo de pantalla del ordenador. Me gustaba ese batiburrillo de personajes sagrados y profanos, reales e irreales, que tenían que sonreír porque estaban en una feria. En primer plano aparece una mujer morena sentada que sonríe y coge a dos personajes extraños, un hombre joven con un capirote que le da apariencia de loco y otro que lleva una máscara que tiene pintadas una boca y unas cejas de espanto. Esta figura está unida en una diagonal imaginaria a otro monigote de color gris azulado, que funciona casi como punto de fuga, de gran tamaño y muy desproporcionado, cuya sonrisa es la de un monstruo enajenado.

Esa era para mí la alegría que se daba por sentada: una sonrisa falsa pintada en el rostro, una careta siniestra.

—No quiero más hijos, Lola. No lo quiero. ¿Me imaginas de nuevo con un bebé colgado de la teta y cambiando pañales? No puedo hacerlo. Es que ni pensarlo puedo.

—¿Jordi lo sabe ya? —le pregunté.

—No. Ni de coña. No tengo ganas de contarle nada, solo de arañarle la cara, y lo estoy rehuyendo todo lo que puedo. Primero necesito calmarme.

Pero Mila no se calmó ni llegó a decir nunca a su marido

que se había quedado embarazada. Me pidió ayuda y buscamos juntas una clínica en Barcelona en la que pudieran practicarle un aborto. No fue cómodo para mí. Pensaba en su facilidad para engendrar vida, en sus anteriores embarazos y partos sin complicaciones, y me dolía recordar la imperfección de mi cuerpo flácido de mujer que ha parido sin llegar a tener el consuelo del calor de una piel nueva y de terciopelo. Me dolía, pero sabía que Mila necesitaba que la ayudara.

Elegimos una clínica en la zona alta de Barcelona que tenía buenas reseñas en Google. Me pareció increíble que las mujeres escribieran sobre lo bien que les habían practicado un aborto y publicaran una descripción de la experiencia que lo mismo podía servir para contar su grado de satisfacción al salir de una peluquería o lo riquísimas que estaban las hamburguesas del último restaurante de moda de la calle Enric Granados.

«Son muy buenos profesionales», decía una tal Conchi.

«No sentí nada de dolor. En diez minutos ya estaba lista, y ni me enteré. La recomiendo». Una tal Laura nos recomendaba una clínica para abortar como si fuera un tratamiento anticelulítico.

Pero lo que más me removió por dentro fue el entusiasmo de una mujer llamada Judith: «¡Genial! ¡Totalmente indoloro! ¡Muy crack, la ginecóloga! Le doy cinco estrellas».

Nunca habría escrito ni una letra en internet con mi cuenta de Gmail, con mi cara en una pequeña circunferencia anticipándose a mis palabras, no por vergüenza, ni por arrepentimiento ni por miedo a ser juzgada, o sí, un poco por todo eso, pero sobre todo no lo habría hecho porque no entendía la necesidad de compartir con una masa tan indefinida y abstracta como la que hay al otro lado de una pantalla algo tan íntimo y privado como una herida que decides, por los motivos que sean, autoinfligirte. Al menos así era como yo entendía un aborto: una cicatriz.

Cuando llegó el día de la cita, acompañé a Mila, que apareció con los labios pintados de rojo y el pelo recogido en un moño hecho de cualquier manera con una goma de pelo. Estaba nerviosa. Me enseñó los quinientos euros en efectivo y me preguntó si creía que era una zorra egoísta. Le respondí que creía que estaba haciendo lo que debía para evitar ser una infeliz y para mí eso era lo correcto, lo que debía hacer.

—Querrás decir más infeliz... Soy una cabrona, Lola. Jordi no sabe nada. No sabe que voy a deshacerme de un hijo que es de los dos. Nunca se lo contaré. Ni a él ni a los niños.

—Pues tú sabrás, Mila. Es cosa tuya. Es tu cuerpo y es tu vida. Y son tus secretos. Todos tenemos secretos, y está bien que así sea. Yo los tengo, Jordi también los tendrá. Hasta tus hijos, que ya empiezan a ser mayores, seguro que tienen secretos. No le des más vueltas.

Mila salió algo pálida y un poco mareada por la sedación. Al verme, se recolocó bien la tira del bolso, se tocó el moño y se echó a llorar.

—Ya está, Lola, ya no tengo nada aquí... —Se cogió la barriga mientras lo decía—. Ya estoy vacía. Me siento muy vacía, como si el ginecólogo me hubiera hecho sin querer un agujero por dentro. No veas lo feo que era el carnicero. Gordo y con un bigote enorme medio gris y medio amarillento. Cuando se sentó en el taburete de ruedas dejé de verle la cara, pero temí que fuera a hacerme cosquillas entre las piernas con ese mostacho. Noté que la piel se me ponía alerta, como anticipándose al escalofrío. Quizá me las hizo, pero no me enteré porque a partir de ahí ya no recuerdo nada. ¿Y si lo ha hecho mal, Lola? Siento como si me faltara carne dentro.

Yo sabía que esa sensación era la que producía que se te escapara una pequeña vida del cuerpo, y, aunque provocada de manera voluntaria en su caso, pensé que lo que a Mila le pasaba era que estaba viviendo una pérdida, pequeña y sin nombre, pero que la acompañaría para siempre.

—¿Sería un niño o una niña? Qué más da, ¿verdad? Ahora ya no es mío, ni de nadie. Ya ha dejado de ser, se ha convertido en esta náusea que siento y en este vacío. Me cago en la puta, Lola, te juro que no vuelvo a probar el vermut.

¿Para qué vamos a hablar de cosas que ya no existen?

¿Para qué vamos a hablar
de cosas que ya no existen?
No sé para qué volviste,
ya ves, es mejor no hablar.
Qué pena me da
saber que al final
de este amor
ya no queda nada,
solo una pobre canción
da vueltas por mi guitarra.

Daniel Toro,
«Zamba para olvidar»

«¿Para qué vamos a hablar de cosas que ya no existen? No me queda mucho tiempo, Lola, y no quiero perderlo así, poniéndome triste».

Mi abuela Soledad no quería hablar. Cerró la boca un día de finales de mayo y ya casi no volvió a abrirla más que para beber agua, tomarse su café con leche, reírse de los viejos feos que veía en su paseo matutino con sus hijas, darse golpes con la uña del dedo índice en los dientes como para constatar que ahí estaban, y para comer, aunque para esto último cada vez menos y con menos ganas.

Mi madre sabía que le quedaba poco de ser hija y estaba inquieta. Yo la miraba y me preguntaba cómo se sentiría. ¿Abocada al borde del desamparo? ¿Se convierte uno en huérfano más allá de los sesenta años? Según la definición de la palabra recogida en el diccionario de la RAE, este adjetivo solo puede aplicarse a los menores de edad. Y tiene tanto peso y es tan grave que se convierte en sustantivo en la mayoría de las oraciones, deja de ser un adorno, un complemento, para adquirir toda la entidad del nombre que designa con su existencia una realidad. «Ser huérfano es eso: no hay nadie por delante, uno es el siguiente de la línea», escribió Juan Gabriel Vásquez en su libro *El ruido de las cosas al caer*.

Más allá de esa edad primera no existe la palabra que defina ese mismo desvalimiento y abandono en el que te deja la muerte de la madre. Esa pena ya no toca. Toca ser un adulto funcional preparado para gestionar el papeleo que conlleva la muerte, vender o alquilar las propiedades, si las hay, quedar con el notario para la lectura del testamento, decidir si la madre muerta se convertirá en cenizas que se llevará el viento u ocupará un espacio en una pared en el que irá descomponiéndose en la más absoluta oscuridad, y demás flecos que cuelgan del manto de la tercera de las hermanas, de la tercera parca, la que cortaba el hilo de la vida y recibía el nombre romano de Morta, a quien los griegos llamaban Átropos.

Pero a mis cuarenta y cuatro años yo aún necesitaba ir a casa de mis padres para sentarme en el sofá y taparme con su manta gris de tacto de peluche suave, y dormirme tranquila como si todas las preocupaciones que me susurran al oído por las noches y perturban mi sueño y me provocan marcadas ojeras por las mañanas no pudieran cruzar el umbral de la casa de mi madre sin su permiso. Las intenciones del propietario de subir el alquiler, mis números rojos, el hartazgo, el paso del tiempo se quedaban colgando del dintel de su hogar; mi madre nunca dejaría entrar en su piso a esos vampiros invisibles que pretendían chuparme la sangre.

¿Cómo sería eso de dejar de ser hija? No estaba preparada para imaginármelo en esos días en los que mis padres me salvaban de la soledad, la culpa y el desconcierto con un plato de lentejas con morcilla de cebolla y una partida de cartas sobre la mesa del comedor. Nunca ganaba, me daba igual, en esas derrotas encadenaba puntos por mi amor a las figuras de la baraja y conseguía bajar el volumen de esas voces que tenía en la cabeza y que me susurraban, cada vez con más frecuencia y con más potencia, que mi vida no significaba nada, que no había conseguido nada y que la nada era lo que me esperaba. Oscuridad: un agujero formado por el choque entre mi soledad y mi precariedad. Esas voces me hablaban desde el fondo de un precipicio y me esperaban, pacientes, encaramadas al quicio de la puerta de la casa de mi madre.

¿Qué pasaría cuando ella no estuviera para dar con la puerta en las narices y cerrar todos los cerrojos de su puerta blindada en verano, por si acaso los ladrones, a todas esas ideas que me animaban a cruzar en rojo?

Yo no quería saber qué era eso de dejar de ser hija.

Mi madre lo sabría pronto. Me dijo que lo temía.

«¿Para qué vamos a hablar de cosas que ya no existen?».

Me resultó curioso que mi abuela me dijera justamente esa frase y no otra parecida. La mañana del día anterior había caminado desde mi casa hasta el barrio de Gracia. Allí me había sentado en una terraza de la plaza de la Virreina para tomar una caña y unas aceitunas aliñadas mientras leía un rato un libro que me tenía absorbida, uno de Maggie O'Farrell en el que fabulaba sobre cómo podría haber sido la vida de la mujer de Shakespeare. O'Farrell tiene una habilidad envidiable para narrar el pasado, para describir cosas que solo ella ve, que dejaron de existir hace siglos, para insuflar vida a un cuerpo hecho de palabras. Mientras leía, dos chicos morenos con el pelo largo se colocaron en medio de la plaza y se pusieron a cantar. Empezaron con «Alfonsina y el mar», luego siguieron con «Ojalá» de Silvio Rodríguez y después el cantante empezó a entonar una letra que yo no conocía, pero que me produjo un sentimiento de nostalgia bestial. En esa canción, el chico lanzaba al aire de un mediodía de principios de junio precisamente esa pregunta. Me la apunté a lápiz en una de las primeras páginas blancas del libro *Hamnet*. Concluido su recital, después de ir captando la atención de los que estábamos sentados a las mesas de los bares y de recibir aplausos al acabar cada canción, el cantante se acercó para pedir una aportación voluntaria a su auditorio improvisado. Nunca había visto que un artista callejero llevara uno, pero este tenía un datáfono por si te pillaba sin efectivo y querías darle algo de dinero con la tarjeta. Cuando se aproximó a mí, estaba paralizada y no llevaba suelto encima, ni una sola moneda. Estuve tentada de ofrecerle mi tarjeta de crédito, pero estaba emocionada y no fui capaz de reaccionar. Le ofrecí una sonrisa forzada, un gracias y un no. El chico no se rindió a la primera. Me preguntó si no quería un abrazo, y abrió los suyos de par en par y se quedó plantado delante de mí mientras el resto de las personas sentadas en la terraza nos miraba. Me fijé en cómo se le marcaban los músculos del pecho bajo la camiseta blanca de algodón. ¿Por qué lo hizo? ¿Intuyó mi desamparo? ¿Era solo una broma que hacía a menudo? ¿Reparó en mis ojos y sintió lástima por mí? Sí que quería un abrazo, pero no me atreví a moverme. Me bloqueaba ante la posibilidad de contacto físico con un extraño. Estuve a punto de decirle que no sabía cómo se hacía. No sabía abrazar, no conservaba el recuerdo de un abrazo en mi infancia ni en mi juventud, en casa no nos tocábamos. Jon tampoco sabía. También él se había criado en una familia de lobos, preparados para enseñar los dientes y morder las nucas de los débiles. Ninguno de los dos sabía acariciar ni abrazar sin causar heridas con las garras. El cantante estuvo con los brazos abiertos al menos cuatro o cinco segundos que me parecieron un tiempo eterno. Lo miré a los ojos y creo que vio una plegaria en los míos, que se inundaron sin control. Le di de nuevo las gracias. «Gracias por ese espacio que me ofreces. No sé qué hacer con él ni creo que pueda explicarte ahora todos los porqués», pensé. Pero estaba muda. Solo sonreí y bajé la cabeza para refugiar mi mirada en el interior del bolso en el que mis manos buscaban la tarjeta de crédito en el billetero para pagar la consumición y salir corriendo de allí.

Ahora era mi abuela la que lanzaba esa pregunta: «¿Para qué?». Pues porque necesito saber de dónde me viene esta insatisfacción, esta parálisis, esa voz profunda que me llama, esa curiosidad morbosa que me nace en las alturas y me obliga a mirar hacia abajo cuando me asomo a las ventanas, los balcones o las barandillas. Me armé de valor y le hice la pregunta a mi madre. Sabía que de ese tema no se hablaba, era un tabú para el que no habíamos inventado ningún eufemismo. Para ella era como una bola de pelo en medio de su garganta. Mientras no pensaba en ella podía hacer vida normal, pero en cuanto la llevaban a reparar en su existencia se ahogaba, se asfixiaba hasta el punto de tener que pedir ayuda para seguir respirando. Volvía de urgencias con un ventolín y una caja de unas pastillas que guardaba lejos de nuestro alcance porque decía que eran peligrosas y podían mantenernos en un sueño profundo durante cien años, como le había pasado a la Bella Durmiente. Yo le respondía que Aurora no había ingerido ninguna pastilla peligrosa, sino que se había pinchado con el huso de una rueca hechizada. Mi madre se reía y me decía que cuando fuera más mayor ya entendería que las historias cuentan lo que quieren contar sin mencionarlo, que lo importante está escondido entre las líneas. «Eso hacen los buenos escritores —afirmaba—, esconder su verdad detrás de las palabras que escogen. Ya te darás cuenta de lo que le pasa a la princesa, pero aún no te toca averiguarlo». Alguna vez, cuando mi hermano y yo éramos jóvenes y vivíamos aún en casa de nuestros padres, habíamos visto cómo nuestra madre intentaba sacarse esa bola y sufría unos espasmos terribles mientras su cuerpo se esforzaba en regurgitar esa masa enmarañada de confusión, culpa e incredulidad atascada en su tráquea, pero nunca acababa de expulsarla. Me recordaba, encorvada y abrazándose a sí misma, a una gata que necesitara vomitar esa bola de pelo compacta que se había provocado de tanto lamerse sus heridas. Le salían unos lamentos guturales, se le saltaban las lágrimas y se irritaba la laringe, pero esa bola de malestar seguía encajada en el mismo punto entre su boca y su corazón.

No confiaba en la posibilidad de una conversación, pero ese día, paseando por las calles del barrio de camino a una oficina de la Seguridad Social en la que mi madre tenía una cita para solucionar un asunto de papeles de algo relacionado con mi abuela a la que decidí acompañarla porque tenía día de libre disposición en el colegio, después de oír mi pregunta, inesperadamente empezó a hablar.

—Nadie sabe lo que pasó, solo tu tío Juan lo sabe y no puede contarlo ya. Pero la investigación de la policía se cerró rápido. El oficial que llevaba el caso nos citó en la comisaría; fuimos tu abuelo y yo. Nos compartieron las conclusiones de su informe. Nos dijeron que todas las evidencias recogidas, que todas las pesquisas, que todos los testimonios apuntaban en una única dirección: el suicidio. No había indicios de la intervención de terceros, resultaba poco probable que se hubiera despeñado de manera accidental dado el difícil acceso hasta el borde del barranco en cuyo fondo apareció su cuerpo. Nos explicaron que en el informe se recogía esta hipótesis y nos destacaron las declaraciones de un amigo de mi tío que les contó lo triste que estaba desde la muerte de su última novia, María, que había muerto de manera trágica poco antes. Ese hombre, que ni mi abuelo ni yo conocíamos, sabía más de mi tío Juan que nosotros. Sabía de sus visitas constantes a la tumba de la chica de la Vespa rosa, de su sentimiento de culpa por haberle roto el corazón al engañarla y de sus ideas obsesivas en torno al destino feliz que podría haber alcanzado, si no lo hubiera truncado su mala sangre.

»Su mala sangre —prosiguió mi madre—, la que mi padre no pudo cambiar. Lo vi llorar por primera y última vez en mi vida cuando escuchó esas palabras, que eran las que, durante los años de infancia y juventud de sus hijos, lo habían llevado a su furia y su violencia, a su intento de domarnos como si fuéramos caballos salvajes. A veces le dolían las manos de pegarnos. Se miraba las palmas enrojecidas y abría y cerraba los puños un par de veces, gesto que normalmente significaba que estaba recobrando la calma. Juan no lloraba como Pedro, que se acobardaba en cuanto rugía mi padre, sino que lo miraba a los ojos con los suyos muy abiertos y con los labios apretados, y no salía ni un sonido de su cuerpo. Solo se oía el restallido del cinturón, el ruido de la carne al recibir el golpe. Juan se estuvo quieto unos años, hasta que un día arrancó el cinturón de la mano a su padre y le cruzó la cara con él. Ese día tampoco despegó los labios. Tu abuelo, incrédulo, tapándose con una mano la herida que le sangraba en la mejilla, podía ver las aletas de su nariz corta y ancha abriéndose y estrechándose. Juan lo miró con los ojos más abiertos que nunca, casi desorbitados. Parecían gritar una sola cosa: "¡Se acabó!".

Ese día mi abuelo supo que Juan no era un caballo, sino un león que había logrado romper los barrotes de su jaula. Ahora se sabía libre, y sentía cómo su corazón bombeaba fuerte y repartía su sangre salvaje por todos los rincones de su cuerpo musculoso y elástico. Su mala sangre lo calentaba y lo preparaba para su fuga, para enfrentarse a la vida a dentelladas.

—Tu abuelo bajó la mirada para disimular su llanto y musitó para sí: «Es mi culpa. No pude salvarlo». Lo repitió tres veces. Luego sacó un pañuelo de tela del bolsillo de su chaqueta, se frotó la nariz, lo guardó y se levantó de la silla. Tendió la mano al policía, le dio las gracias y salimos de allí. Una vez en la calle, me obligó a prometer que no contaría ni una palabra de lo que sabía a nadie, ni a mi madre. Para los demás, mi hermano se había caído por accidente. Y punto. Eso hizo, puso un punto final a la historia y nos privó del relato, de la verdad. A veces me pregunto si realmente creía que doblegándonos nos estaba alejando de un destino terrible que nos aguardaba. Quizá pensaba que si nos metía el miedo en las venas, si nos dejaba sin voluntad, la mala sangre no tendría la fuerza suficiente para imponerse y no nos atreveríamos a obedecer su llamada, que nos quería atraer a lugares que nos habían enseñado a evitar a toda costa. Nunca se lo he contado a nadie... hasta hoy. Ahora tú guardarás mi secreto —me dijo mi madre, y sentí un gusto amargo al tragar saliva con dificultad, como si me dolieran las anginas.

Eso es lo malo de saber la verdad, que a veces se te queda atragantada y se convierte en un peso que acarrear, como una condena de los dioses.

La mujer árbol

Dios te salve, María,
llena eres de gracia,
el Señor es contigo.
Bendita tú eres entre todas las mujeres
y bendito es el fruto de tu vientre, Jesús.
Santa María, madre de Dios,
ruega por nosotros, pecadores,
ahora y en la hora de nuestra muerte.
Amén.

Recuerdo la primera vez que oí rezar el avemaría a las monjas y las alumnas del colegio al que acababa de llegar a mis nueve años.

Escuché sobrecogida aquellas palabras repetidas a coro por todas las niñas y vi a esa madre eterna. La vi de verdad, vi una mujer hermosa, de rostro plácido, flotando sobre todas nosotras. Creí que estaba volviéndome loca y que esa Virgen María resplandeciente era el principio y el fin de mi aventura en esa nueva escuela de niñas de uniforme porque iban a llevarme a un manicomio y ahí me dejarían durante años.

La expresión «fruto de tu vientre» se quedó dentro de mí, rebotando, hasta llegarme al estómago. Me agarré la barriga y pensé en esa mujer árbol que puede dar frutos como naranjas o melocotones. Frutos dulces y aromáticos. Una mujer árbol que estará con nosotros hasta la muerte. Vida y muerte, todo en ella, en ese vientre que da frutos. Me pregunté si mi barriga también podría dar frutos. Si la barriga de todas esas niñas produciría también frutos. Si éramos pequeños esquejes aún jóvenes. Miré a la monja. Sabía, porque mi madre me lo había contado así, que las monjas eran mujeres feas que no habían tenido nunca novio y que se casaban con Dios para servirle hasta su muerte. Y que eran hábiles para hacer muchas cosas, de todo, en especial con las manos, cosas como bordar, cocinar dulces deliciosos y pegar pellizcos a las alumnas rebeldes o distraídas. Mi madre me había dicho también que eran un poco rácanas, sobre todo con la calefacción. «Aunque quizá ahora ya no —había puntualizado— porque la gente ya no es tan mala como cuando yo era una niña y la pobreza nos volvía ruines y crueles».

Aquella monja que rezaba se llamaba Lluïsa y era gorda y bigotuda. Sabía que su vientre no había dado frutos, porque mi madre me había contado también que las monjas no tenían hijos: al no casarse con un hombre de carne y hueso no podían parir. Pero sor Lluïsa tenía la barriga muy abultada, redonda y ancha como la de una embarazada, así que pensé que quizá tenía todos los frutos almacenados ahí dentro y no había podido sacarlos nunca por lo de ser monja. Una panza enorme preñada de albaricoques y nísperos.

Se decía que de Dios solo se embarazó María, la mujer árbol que velaba por nosotros, pecadores, desde las alturas, flotando en el aire sin caer a plomo sobre todos los mortales. Era una madre universal, eterna. Un árbol de mil años o una enredadera inmensa que abrazaba con sus ramas y sus hojas a todas las otras mujeres, a las que hacía fértiles como la tierra de los campos.

Cuando podía, me escapaba de la ruta que teníamos marcada para ir a clase por los pasillos de la casa en la que estaba el colegio: primero, un tramo de escalera con escalones grises, brillantes y redondeados en sus bordes por los pasos antiguos enfundados en zapatos azul oscuro o negros de otras niñas, ya mujeres o ancianas o muertas; a continuación, un giro a la derecha; después, todo recto por un corredor de feas losetas marrones en el que la luz era de colores porque entraba por unos cristales emplomados con forma de rombos y teñidos de azul, rojo, lila, amarillo y verde; hasta llegar al final del pasillo, donde se abría una puerta de madera recubierta cien veces con pintura primero blanca y luego azul, lo sabía porque cada desconchón parecía una pequeña nube flotando en un cielo despejado.

Cuando podía, me escabullía antes de encarar el pasillo porque allí se escondía una capilla en la que había una figura grande de la Virgen iluminada con luces indirectas. El manto era celeste; la túnica, blanca; el pelo, castaño claro, y los ojos eran azules, aunque no se le veían mucho porque tenía los párpados entornados, como si tuviera sueño o conjuntivitis. Allí olía siempre a flores, mucho, tanto como para marearte si llevaban más de tres días en los jarrones. Las monjas procuraban que la Virgen estuviera rodeada de flores blancas frescas todos los días del año. En invierno había ciclámenes, amarilis, crisantemos y las más fragantes de todas, las camelias, cuyo aroma penetrante me provocaba náuseas; había lirios, ranúnculos y margaritas en primavera, y begonias, clavelinas, hibiscos y ramitas de jazmín en verano. La mujer vegetal no me miraba, pero yo la observaba y le hablaba sin palabras, con el pensamiento: «María, yo también quiero ser árbol y que mi vientre dé frutos jugosos que huelan a verano». Eso le pedí a esa figura hecha con un tronco seco tallado y cubierto de pintura casi una vez por semana durante cuatro años, hasta que llegó el momento de irme de allí, de irnos todas, porque nos habíamos convertido en mujercitas, en niñas que sangraban cada mes y que sentían las contracciones dolorosas de su útero con sorpresa. Tocaba hacerse mayor, colgar el uniforme en una percha y empezar el instituto.

Cuando llegaba la sangre, mi madre me daba una pastilla Saldeva, me ofrecía una bolsa de goma llena de agua caliente y me decía que no era nada, que era normal, que sería así cada mes, que a ella también le dolía, aunque menos que cuando era tan joven como yo entonces. Escuchando a las otras crías, descubrí que ese dolor era el eco del movimiento de mi vientre, que se retorcía para expulsar las semillas que no iban a dar fruto esa vez. Cada mes, en mi cuerpo se libraba una batalla entre la vida y la muerte. Entre el principio y el fin, e invariablemente ganaba el fin.

Hoy soy la cepa de una vid retorcida y reseca por dentro. Una mujer que quería ser árbol, pero que no lo consiguió. Una mujer sin hijo, con un vientre muerto.

Nos estamos acabando. Los hijos de ese hombre sin interés, de ese hombre invisible que fue mi abuelo, cada vez somos menos. Mi familia está extinguiéndose, como si su deseo de invisibilidad nos hubiera condenado a dejar de ser. Como si su manera de no amar, de domesticar, de borrar se hubiera metido en nuestra sangre a través de su simiente. La memoria de su inexistencia convertida en herencia, en una muesca en el código genético de sus descendientes: no saber querer, temer no ser capaz de amar las vidas que vendrán. Decidir ofrecer la sangre cada mes como un sacrificio. Dejar el campo muerto, yermo, sin árboles frutales, sin vida, solo tierra y polvo.

Soy una mujer sin hijo, como mi tía Luz, que tampoco pudo ser madre. Su cuerpo expulsaba los embriones una y otra vez, hasta cuatro, como si fueran una amenaza, como si tuviera que defenderse de ellos. Los atacaba hasta acabar con ese principio de vida que licuaba y convertía en una hemorragia que la pillaba en cualquier situación y lugar. En un taxi, la primera vez; en el trabajo, la segunda; leyendo en un banco del parque, la tercera, y en medio de una boda, la cuarta. Recordaba que la sangre le dibujó una flor más en el vestido verde estampado con rosas rojas y hojas que había escogido para la ocasión, como si toda ella hubiera sido una planta trepadora. Cuando le preguntaban, contaba lo mismo: notaba ese batido caliente entre las piernas, empapándole las bragas, y lloraba pero solo por dentro, porque nadie entiende ese dolor. «"No es nada, un retraso, una regla con más coágulos, una nueva posibilidad", todo eso te dicen, así que mejor es callarse y no explicarlo, porque habría mandado a la mierda a mucha gente», eso me contó.

Después de aquella boda con final en urgencias, mi tía Luz paró y pintó un cuadro enorme lleno de manchas rojas y negras que colgó sobre el sofá. Empezó a pintar el día que decidió no intentarlo más, y llenó las paredes de su casa y las de sus amigos y familiares con esos cuadros plagados de cuajos.

Mi hermano tiene una novia, pero no han tenido hijos. No todavía. Ella es joven y hermosa. Parece un cerezo a punto de reventar en flores. Quizá sí tendrán niños. Un ramillete. Aunque él es egoísta, caprichoso y cobarde, como todos los pocos hombres de la familia. De momento va primero él. Puede que ella lo aplaque, lo envuelva con sus ramas y sus hojas, lo embriague con el aroma de sus pezones rosados y suaves como pétalos de flores, y lo obligue a responder a la llamada de su vientre hasta que lo fecunde con esos deseos que no serán de él, sino de su mujer árbol.

Ojalá. Si ha de seguir la estirpe de mi abuelo, que sea a través de otras mujeres que no guarden en la memoria de sus genes el abandono, la melancolía, la rabia, la violencia y ese amor venenoso que él enseñó a sus hijos, ese amor que imagino con forma de serpiente que se enrosca en el cuerpo de los hijos hasta asfixiarlos.

Creo que he hecho bien. No quiero ser nunca ese reptil constrictor que se ciñe en torno al cuerpo tierno de una niña que crecerá odiándome por no ser mejor madre. Una niña. Alba habría sido mi niña. Esa niña.

Dani

Hay gente que odia y gente que quiere,
en este mundo hay mucha gente,
pero, pero, pero
no hay nadie como tú,
no hay nadie como tú, mi amor.

Calle 13,
«No hay nadie como tú»

La luz que entraba por la única ventana abierta del aula formaba una diagonal que dividía el espacio en dos mitades, una iluminada, la otra en sombra. Los adolescentes tienen algo de vampiros, prefieren siempre las persianas bajadas y las penumbras. Dani estaba sentado en un pupitre que quedaba en medio de las dos zonas, justo al lado de Luna, quien parecía querer entretenerlo y dibujaba con un lápiz una ola que seguía la línea que marcaba el haz de luz y de la que sobresalía una sirena bizca con las tetas respingonas al aire. Luna le daba golpecitos con el codo y se reía mientras Dani, sin mucha convicción, estiraba un poco hacia arriba la comisura izquierda de sus labios.

Me acerqué y pedí a Luna que dejara la mesa limpia al acabar la clase. Asintió y me preguntó si creía que debía poner Bellas Artes como primera opción después de la selectividad el curso siguiente. Luna dibujaba muy bien, se notaba el poder de la genética, pero lo suyo eran las palabras. Lo tenía tan claro que las demás opciones solo le servían para bromear, como cuando decía que haría ADE en ESADE, pero que antes tenía que comprarse camisas azules y pantalones de vestir de pierna *palazzo*.

Dani no levantó la vista, rehuía mi mirada. Yo estaba nerviosa. No sabía cómo debía afrontar esa clase. La primera tras incorporarme de la baja y la segunda para Dani tras su regreso. El profesor de Biología me había comentado durante el intercambio que parecía que el grupo estaba calmado y que Dani procuraba pasar desapercibido, cosa que agradeció. Me dijo que él había hecho como si nada y todo había ido bien.

Yo no quería hacer como si nada. No había vuelto para explicar la diferencia entre un verbo inergativo y otro inacusativo escribiendo mucho en la pizarra, manchándome la mano de rotulador verde, de espaldas a aquel puñado de alumnos que debían de estar tan incómodos como los adultos que no sabían qué hacer con el olor a tristeza, con el tufo a muerte, con la peste a desgracia que les hacía arrugar la nariz y aguantar la respiración durante los cincuenta minutos que se veían obligados a dar clase en esa atmósfera densa y cargada que fingían ignorar.

Aproveché la cercanía y pedí a Dani que, por favor, no se marchara al acabar la clase. Asintió con la cabeza mientras se pasaba la mano derecha por el pelo en un gesto que pretendía ser escondite. Luna me miró con ojos fijos y suplicantes, con ese mirar desconcertado que a veces tienen aquellos que ven cómo alguien cercano, pero no tan querido como para enloquecer de desesperación, se atraganta y empieza a asfixiarse. Me miró como si pudiera parar el mundo solo con la mirada. Deseé tener ese superpoder y ser capaz de recomponer lo que estaba mal en Dani mientras lo tenía inmóvil delante, sin que pudiera resistirse a mi capacidad de calmarlo, de consolarlo, de curarle las heridas.

—A ver, ¿lo entendéis? No todos los verbos son intransitivos de la misma manera. Hay verbos intransitivos que tienen un sujeto que hace la acción, que puede decidir empezar o acabar de realizar esa acción, como por ejemplo «aplaudir» o «nadar», pero otras acciones no son realizadas de manera voluntaria, sino que suceden a ese sujeto, es un sujeto paciente, como por ejemplo «nacer» o «morir»; uno no decide nacer, es algo que te sucede, igual que morir...

¿Cómo podía ser tan idiota? Fue acabar de poner el ejemplo y sentirme inoportuna e imbécil... Bocazas. Miré a Dani, que me observaba sin pestañear. No pude leer su expresión, su mirada parecía vacía de significado. Lamenté haber escogido ese verbo precisamente, pero ya me había equivocado. Ningún alumno preguntó nada. Se generó un silencio turbador que nadie se atrevió a romper con una duda. Comprendí que todos sabían lo que le había pasado a Dani.

Al acabar la hora, le pedí que me esperara en uno de los bancos que estaban fuera del edificio de bachillerato mientras dejaba mi bolsa y mi portátil en la sala de profesores. Estaba nerviosa. No tenía ni idea de qué debía decir ni sabía qué era conveniente callar. Respiré hondo un par de veces antes de salir. Dani estaba sentado mirando el móvil, aunque lo guardó nada más notar mi presencia.

Me senté a su lado y le pedí perdón por lo desafortunado de mi comentario durante la explicación. No me contestó, no quiso liberarme de mi pequeña culpa, y se limitó a encogerse de hombros.

—Dani... No sé qué decir, la verdad... ¿Cómo te encuentras?

—Hecho polvo y asqueado. No quería venir.

—Me lo imagino.

—No estoy seguro.

—Sé que no puedo ponerme en tu lugar.

—No importa. Gracias por preguntar.

—Pero ¿qué pasó para que hicieras algo así?

La dificultad de nombrar lo que nos da miedo o nos azora. Alzar un muro con pequeñas piezas huecas. «Algo así». Dos palabras imprecisas para señalar, pero guardando la distancia.

—No sé... Todo apesta.

—Dani, algo debe de haber.

—No te jode... ¿Tú qué crees, que lo hice porque me puse nervioso al no saber qué elegir en Netflix después de buscar en el menú durante dos horas qué ver?

—¿Es por la universidad? No debes angustiarte. Tienes mucho tiempo por delante.

—Me importa una mierda la universidad.

—¿Entonces...? ¿Qué es lo que te importa hasta ese punto?

—¿No puedes imaginártelo?

Dani estaba poniéndome a prueba. No iba a ser fácil. Claro que podía imaginarme motivos para no seguir adelante. Es más, tenía una lista larguísima escrita en una libreta. Conservaba una de esas listas de pros y contras. La psicóloga me aconsejó que la hiciera, que pusiera las cosas buenas en una columna y las malas en otra para poder descubrir así que cada día había algo bueno que apuntar. Debía focalizarme en lo positivo, me dijo. Pero mi lista era deprimente. En una columna había mil motivos variados para dejar que el oso me aplastara el pecho hasta dejar de respirar, hasta oír el crujido de mis costillas; en la otra había distintos tipos de hamburguesas, un restaurante japonés nuevo al que quería ir, una serie que Xavi me había recomendado, el salmorejo, la ensalada de tomate Kumato con pepino, la tarta de queso al horno, la Nutella, el chocolate blanco, el pan con aceite y sal, y las cañas de crema de la panadería de debajo de casa. Si no dejaba que el oso me matara, iban a matarme el colesterol y el aburrimiento.

—Dani, no sé lo que tienes dentro, pero si hubiera de apostar por algo, sería por tu corazón. ¿Te han hecho daño? ¿Ha sido Lidia?

—¡Tú tampoco te enteras de nada!

Error. Me sentí igual que cuando de niña jugaba a hundir la flota sin tener ni la más remota idea de dónde estaban los barcos escondidos de mi hermano y oía la señal sonora que indicaba que el misil había caído al agua.

—Qué bien lo he hecho —continuó Dani—. Nadie sabe nada. Nadie me conoce. ¡Ni yo mismo sé quién coño soy! ¡No tengo ni puta idea de quién soy, Lola! —Y soltó una carcajada desquiciada que me asustó y me hizo decir lo primero que sonara adecuado aunque sabía que eran palabras baúl, casi vacías de significado.

—Dani, lo siento. Solo deseo que sepas que estoy aquí, que quiero ayudarte, que espero poder hacerlo. Lamento no saber qué te pasa.

—Joder, Lola. No es por Lidia... Es por Óscar.

—¿Qué ha pasado? ¿Qué pasa con él? ¿Os habéis peleado? ¿Se ha metido contigo?

—Coño, Lola, ¡que soy gay...! MA-RI-CÓN, como diría mi madre. Soy un puto maricón de mierda. No soy el chico deportista que se folla a la rubia y que irá a la universidad vestido con polos de colores neutros y que con los años dará un par de nietos a su madre. No soy ese. No soy el que mi madre lleva años obligándome a ser con sus «tu padre esto, tu padre aquello». Ojalá no se hubiera muerto y, con su ausencia, no estuviera forzándome a ser la proyección de su sombra. Y ya no puedo más. No quiero. Me niego a que mi vida sea una mentira, Lola.

Se le quebró la voz y procuró sin éxito contener las lágrimas.

—No tiene por qué serlo, Dani. Tu madre te quiere, seguro que lo aceptará —dije suponiendo un amor que yo no había podido sentir nunca, que seguramente no era capaz de entender del todo.

—Sí, igual que acepta que no deseo ser ingeniero. Lo mismo.

—Es diferente. Y debe de estar asustada. Necesita entender lo que ha pasado… Si le cuentas cómo te sientes, si le explicas lo que has estado reprimiendo, podrá entender tu desesperación.

—Mi desesperación no le interesa. Además, no puedo decepcionarla.

—¿Prefieres matarte tú y matarla a ella de pena a decepcionarla?

—Preferiría desaparecer y no tener que pensar en nada de esto.

—¿Qué te dicen tus amigos? ¿Lo saben?

—Qué va. Nadie lo sabe… Quizá Luna se huela algo. Es lista, la tía… Bueno, Óscar lo sabe. Un día le confesé que me gustaba. Éramos tan amigos, compartimos muchas cosas. Tantos momentos… Desde críos. Podíamos estar estirados en su cama jugando una partida en la Play o mirando el móvil casi sin hablar, rozándonos los brazos o las piernas, y estar tan bien. Sentí que con él podía ser yo mismo y, poco a poco, fui dándome cuenta de que lo que sentía por él era algo diferente a la amistad. Era una sensación casi física, me dolía. Le miraba la tableta cuando se quitaba la camiseta y me entraban ganas de tocarlo, como cuando fui al Vaticano con mi madre y vi la escultura de Antínoo y no pude evitar alargar la mano y acariciarlo. Se lo confesé a Óscar una tarde después del entreno, después de controlar la turbación que me provocaba tenerlo al alcance de mi mano, casi desnudo, como Antínoo... Dejó de hablarme. Lo último que me dijo fue que no le contaría lo mío a nadie. Como si mi amor por él fuera algo asqueroso de lo que avergonzarse. Creo que se calló más por él que por mí. Supongo que pensó que si lo explicaba, después de tantos años de ser vistos juntos a todas horas, en todos los sitios, provocaría que los demás imbéciles del instituto sospecharan que quizá también él fuera gay. Y eso no podía ser, claro. Él, el guaperas al que las chicas ofrecían su Insta, el futbolista que había fichado por el Europa. Imposible. Mejor darme de lado.

—Y ahora, verlo con Lidia te ha hecho daño. ¿Es eso? ¿Ha sido el detonante de lo que ha pasado?

—Me da rabia reconocerlo, pero sí... Creo que sí.

—Dani, tienes que hablar con tu madre. Tienes que permitirte ser tú mismo.

—No soy capaz de hacerlo. No puedo mirarla a la cara y matarle todos los sueños que tiene en la cabeza.

—Son sus expectativas. Tú has de tener tus propios sueños. ¿Quieres que te ayude? ¿Quieres que hable con ella?

Dani me miró y asintió con la cabeza mientras volvía a pasarse la mano derecha por el pelo en un gesto que era escondite y refugio.

Ahora ya sabía qué era más que la tristeza.

Tengo algo que contarte

> *Should I stay or should I go now?*
> *If I go there will be trouble,*
> *and if I stay it will be double.*
>
> The Clash,
> «Should I Stay or Should I Go»

Fuimos al cine. Qué raro se me hizo ver una película con la mascarilla puesta al lado del chico al que no iba a poder besar durante 133 minutos, si respetaba las medidas sanitarias.

Escogimos la precuela de Cruella de Vil. Qué maravillosa aparecía en la pantalla Emma Stone, con esos ojos enormes que no le caben en la cara. La película me resultó inesperadamente atractiva. Qué gran duelo de actrices. Emma Stone y Emma Thompson: una malvada y genial, la otra malvada y cruel. Una hija y una madre. El peso de la herencia, bastante determinismo, el egoísmo que se relaciona con esa genialidad, la genialidad ligada a la necesidad de eliminar cualquier dique o compuerta que frene la capacidad otorgada como un don envenenado, porque siempre topará contra algún límite, y si este no se rompe provocará el nacimiento de la frustración. La frustración que empuja hacia la bilis, la soledad y la amargura. No dejaba de ser la historia de una relación maternofilial, de cómo un mal querer puede derivar en un mal vivir, de cómo una madre y su ausencia condenan a una hija a llenar con un cedazo un pozo sin fondo: su corazón.

Xavi no fue más allá de la música y el atrezo llamativo. Le gustó, lo entretuvo, más de lo que se esperaba porque tenía en mente los *101 dálmatas* de dibujos animados y no esperaba mucho. La banda sonora me sorprendió: música buena de los años setenta. La que a mi padre le gustaba y nos ponía en un tocadiscos Pioneer. Me lo imaginé con sus vinilos, sus jerséis ajustados y su pelo largo cortado a lo paje disfrutando de su juventud en un guateque. Me pregunté si ese padre joven y feliz había existido alguna vez. No lo sabía. Nunca se lo había preguntado. Quizá entendí mejor que nunca lo que Mila decía al respecto de la felicidad, que se da por sentada. Es lo que había hecho yo con mi padre de veinte años: vislumbrar que era feliz porque era joven y sabía divertirse y escuchar la mejor música que se ha hecho nunca, como nos aseguraba. Pero en realidad no tengo ni idea de lo que pensaba o sentía entonces. Tampoco ahora. Nunca hemos hablado sobre nosotros. Ni sobre nada que importe.

Fue un alivio poder tomar luego una copa de vino y charlar sin tener que llevar la mascarilla puesta. Xavi me habló sobre su profesión; era diseñador gráfico y trabajaba como autónomo, aunque casi todo lo hacía para dos empresas: una editorial que externalizaba parte de la faena del departamento de Diseño y una cadena de tiendas de ropa. Pero no lograba prestarle verdadera atención. No me importaba lo que me decía. Me venía a la cabeza una y otra vez como un eco un wasap que había recibido minutos antes de salir de casa. Era de Jon:

> Tengo algo que contarte
> Podemos vernos luego?

Tuve que responderle que ya tenía planes, pero que me dijera a qué hora le venía bien quedar al día siguiente.

Hasta la una del mediodía del domingo no podríamos vernos. Eran demasiadas horas de incertidumbre. Mi cabeza no lograría mantenerse ocupada en otro asunto que no fuera el cálculo de probabilidades. Se me pasaron por detrás de la frente ideas más o menos positivas, como que Jon quería compartir con su antigua compañera de vida, persona de mayor confianza y apoyo incondicional en cualquier decisión una promoción en su trabajo o consultarme una oferta laboral atractiva, o quizá se tratara de algo más trivial pero que creía que debía comunicarme, como una mudanza. Aunque no todo eran hipótesis sobre el trabajo o la vivienda; también se me ocurrió que pudiera estar enfermo, y me angustié. No podía imaginarme a mí misma de ninguna otra manera: sería una exmujer abnegada que atendería al hombre al que había amado durante sus últimos meses en la tierra. Sin embargo, me forcé a tener presente que la realidad acostumbra a ser más prosaica y que, probablemente, lo que quería era decirme que había dado de baja la suscripción a Netflix y pedirme que le devolviera la parte proporcional de lo que había pagado desde la separación, tanto de Netflix como de un seguro de salud que compartíamos y que seguía domiciliado en su cuenta bancaria. Deseé en lo más profundo de mi ser que, si me había escrito después de varios meses sin hablarnos, no fuera por algo relacionado con el dinero. Prefería que estuviera muriéndose y que necesitara de mi consuelo.

Me tomé cuatro copas de vino. Quería emborronar mi

mente y dejar de oír la voz de Jon en mi cabeza pronunciando esas palabras cada vez más rápido: «Tengo algo que contarte, tengoalgoquecontarte, TENGOALGOQUECONTARTE».

—¿Qué?

—Nada, solo te preguntaba que si preferías de postre un *coulant* de chocolate o una tarta de queso —me aclaró Xavi después de que tuviera que pedirle que repitiera lo que me había dicho y no había sido capaz de escuchar.

Me imaginé el cilindro oscuro y templado de bizcocho relleno con esa masa cálida y cremosa que esperaba a que una fría cuchara le diera salida para poder derramarse como un torrente espeso y caliente sobre el plato brillante. Me imaginé el sabor amargo del chocolate negro en mi boca.

—El *coulant*. Yo quiero el *coulant* —dije como para dejar claro que no pensaba permitir que él, el chico sol, me robara ni una miga de ese postre creado para reconfortar.

Lo creó un chef francés llamado Michel Bras. Estuvo dos años intentando recrear con un postre la sensación de bienestar y calor que sentía cuando tomaba una taza de chocolate caliente en los fríos días de invierno. Al final dio con la fórmula del *coulant*, con esa esponjosidad que guarda en su interior un secreto: ese río oscuro derretido que fluye para hipnotizarte con su brillo y para obligarte a desear usar la lengua para lamer.

Después de comernos cada uno su postre, fuimos a mi piso a seguir usando la lengua.

Al día siguiente, acudí puntual a la cita con Jon. Quedamos en una bodega cercana a la Sagrada Familia, de esas que huelen a vino agrio y que tienen barricas por mesas y taburetes altos. Pasados unos minutos de «todo bien, sí, y tú qué tal», acabó con mi incertidumbre con tres palabras.

—Margot está embarazada.

Sujeto, verbo copulativo y atributo. Un verbo casi insignificante que sirve de cópula entre ese sujeto del que se aporta una información imprescindible para que todo tenga sentido. Entre una mujer y su vientre lleno.

El hada había conseguido su propósito. Ahora yo dejaba de importar, no había nada que pudiera hacer para que el recuerdo de nuestros trece años juntos fuera más importante que el útero lleno de vida de esa rubia lánguida de la que había descubierto dos cosas a la vez: su nombre y que sería madre. El hada iba a ser madre más o menos en diciembre, según mis cálculos, como una virgen profana que alumbraría a un mesías.

—No quería que te enteraras por nadie que no fuera yo. Estamos muy contentos. Es un niño.

—¿Es rica? ¿Te ha puesto alguna condición? ¿Es ingeniera o arquitecta? Si te ha puesto alguna condición, es muy importante que la cumplas o los perderás a ambos.

—¿Qué coño dices, Lola?

—¿Qué...? Nada, era broma. Enhorabuena. Me alegro por ti.

No sabía cómo había podido hacer esas preguntas en voz alta. Creía que eran solo pensamientos. En la mitología, las hadas se representan como seres bellos, ricos y poderosos que tienen la habilidad de construir cosas, incluso edificaciones. Además, se cuenta que obligan a aceptar una condición a los hombres a los que desean convertir en padres de sus hijos. Les hacen prometer, por ejemplo, que nunca las verán en sábado, como hizo el hada Melusina, que no quería ser vista en su forma mágica, medio humana y medio serpiente alada, el día que debía tomar esa forma; o que nunca las sorprenderían amamantando a los niños, como su madre, el hada Presina. Condiciones fáciles de incumplir casi por descuido, sin necesidad de que detrás del incumplimiento haya mala intención, ni siquiera de que haya intención alguna. Promesas como hilos invisibles atados de jamba a jamba de una puerta con los que tropezar el día que olvidan que estaban allí. Y los hombres suelen olvidar las promesas que hacen a las mujeres. A mí, Jon me prometió que me amaría para siempre. Si un día el esposo rompe su promesa, el hada desaparece, llevándose a sus hijos con ella. Casi siempre.

No necesitaba saber nada más. No podía dejar de visualizar una mujer rubia sonriente elevada en el aire con el movimiento de sus alas transparentes, acariciándose una barriga hinchada y redonda bajo un vestido verde musgo. No quería saber nada más. No podía soportarlo. Noté dolor de contracciones en mi vientre, la presencia del ovario derecho avisando de que estaba haciendo su trabajo bajo mi ropa justo en ese momento y esa conocida viscosidad cálida manchándome las bragas. De nuevo ganaba el final en esa batalla que se libraba en mi cuerpo. Me levanté y abracé a Jon, aunque hacerlo fue para mí como abrazar un puercoespín.

No cogí el metro, volví caminando a casa con cien púas clavadas en mi pecho. No podía soportar la idea de meterme bajo tierra después de esa noticia. Temí no ser capaz de volver a salir a la superficie; además, me daba miedo ensartar el ojo de algún pasajero distraído en alguna de las espinas que me atravesaban. Poco me importaban la sangre, que me iba manchando cada vez más, y la distancia. Necesitaba moverme, que mi cuerpo fuera más rápido que mi mente.

Jon era feliz y en unos meses sus brazos iban a ser cuna y escudo para ese niño feérico que aún no tenía nombre. Ya casi no se acordaba de Alba, y aún se olvidaría más de ella. Mi niña muerta se convertiría en una pequeña estrella de una nebulosa lejana, mientras que el hada, el niño medio humano y medio serpiente y el hombre que un día me quiso formarían su propia galaxia.

La niña muerta y su madre ya no contaban en esa dimensión de la que habían sido expulsadas.

No podía alegrarme por Jon, le mentí al decírselo. Me importaba demasiado todavía lo que un día fuimos para que pudiera producirme alegría esa sima que él había decidido abrir entre los dos.

Amor estancado

> *Et miro i no sé què ets,*
> *no, un misteri que em reclama,*
> *una vida en endavant,*
> *sí, una terra solitària.*
> *I et pregunto què haig de fer.*
>
> SANJOSEX,
> «Animal salvatge»

Esa puerta de madera pintada de verde siempre se atrancaba. Tuve que apoyarme en el marco y empujarla con el hombro para abrirla. Intentaba evitar esa sala porque me hacía empezar la reunión con los padres de turno con una sensación de pérdida de autoridad que me dejaba en desventaja si la conversación apuntaba a complicada, pero ese miércoles estaban todas las demás salas ocupadas. Todas llenas de padres con pocas ganas de enfrentarse a un verano sin clases, sin saber qué hacer con los hijos y temiendo casi tanto el gasto que iban a suponer los casales como las caras de hartazgo de las abuelas. En esas fechas se les nota cierto resentimiento, casi siempre se les escapa un comentario sobre las excesivas vacaciones de los profesores, sobre lo poco oportuno de tener que ocuparse de sus hijos durante julio y agosto desde la mañana hasta la noche. Se nota el resquemor, el mismo que se intuye entre las líneas de los artículos publicados en prensa que cuestionan la idoneidad de esas vacaciones tan largas y plantean la posibilidad de prolongar el curso escolar para ayudar a la conciliación. Y ese acíbar es intencionado y no permite a los padres y las madres protestar en la dirección adecuada. En vez de salir a la calle a gritar por sus derechos, a exigir las medidas necesarias para conciliar la vida familiar con la laboral, tan exigente, tan asfixiante, con esas jornadas partidas que dejan un hueco inútil entre la mañana y la tarde, nos miran de reojo. ¿De verdad es necesario salir de una oficina a las seis y media o las siete de la tarde? ¿De verdad es necesario atacar a los docentes y trabajar el terreno desde los medios para que la población señale a los profesores por quejicas y vagos?

Se acercaba el final de curso y a los tutores se les acumulaban los padres necesitados de retorno. Hay poco tiempo material para ver a tantos padres. Una hora a la semana para atender a veinte familias de media. Yo no era la tutora de Dani, pero lo había sido y no podía dejar pasar como si nada lo que me había contado, así que solo necesité el permiso de la tutora del curso actual para poder convocar a la madre de Dani a una reunión en el colegio.

Estaba nerviosa. Era consciente de que el sufrimiento de Dani había activado algo en mí. Se habían abierto las compuertas que, supuestamente, se cerraron para siempre cuando enterramos a Alba, porque hubo que registrarla y escribir ese nombre que no pasó de ilusión en los papeles que servirían para demostrar que mi niña no había sido solo un fruto incompleto de mi vientre o de mi imaginación. Los guardo en uno de los separadores de la carpeta de fuelle donde tengo los documentos importantes: el libro de familia inútil, los pasaportes caducados de Jon y mío, todos los contratos de alquiler que he firmado y algunas facturas. Esos papeles que registran su existencia y los que dan cuenta de su muerte y su entierro están junto al libro de familia rota. Vida y muerte en el mismo espacio, a la vez. Hubo que enterrar a Alba como si hubiera tenido una vida, como si hubiera llegado a ser, aunque no pudo. Todo el amor con el que mi cuerpo cambiante me había abastecido durante el embarazo se quedó estancado dentro de mí, formando pequeños bultos que me notaba a veces en los pechos, como si los conductos por donde tenía que haber fluido la leche que iba a alimentarla se me hubieran obstruido de amor frustrado, condenado a no salirme de dentro, amor de madre convertido en arena, en pequeñas piedras que me laceraban el pecho. Pedía a Jon una y otra vez que me palpara y, aunque lo hacía, suspiraba aburrido de mi paranoia. Luego me cogía por los hombros y acercaba mucho su cara a la mía y me decía flojito que no había nada, que lo que tenía era pena, que la pena me traía loca y que imaginaba cosas. Yo callaba, me concentraba en notar la tibieza de las lágrimas que me caían sin ruido y mojaban la camiseta, y aceptaba que él tampoco podía notar mi amor estancado, que solo yo lo notaba. Aún lo noto. Cada vez menos, pero de vez en cuando me sorprende una punzada que provoca que me lleve la mano al pecho, sobre todo al izquierdo, no sé por qué, y entonces pienso en ella.

Desde que descubrí el sufrimiento de Dani, esa punzada me sorprende más a menudo y al palparme confirmo que esos bultos de amor atascado siguen ahí arañándome por dentro.

Para la reunión con la madre de Dani necesitaba sentirme segura, así que respiré hondo y empujé con fuerza la puerta, pero me pasé de impulso y a punto estuve de caerme hacia delante. Me vi obligada a apoyar una mano en la mesa para no acabar en el suelo y al hacerlo me dejé una sandalia detrás, como una Cenicienta que no veía la hora de irse de allí. Tuve que agacharme a recogerla antes de separar de la mesa la silla que ofrecí a la madre de Dani.

Nunca me había visto en la situación de hablar con la madre de un chaval que había intentado quitarse la vida y me costaba mostrar naturalidad. Veía en el fondo de sus ojos un espanto que no la había abandonado aún. No tenía prisa, me dijo, estaba de baja porque lo sucedido con Dani le había producido una crisis nerviosa que no había superado del todo.

Le hice las preguntas de rigor intentando ser cortés, esforzándome en mirarla a la cara con mi sonrisa profesional, esa que usaba para transmitir calma y proximidad, aunque ese día no la controlaba, la notaba forzada, como si, en vez de mi gesto habitual, los músculos de mi rostro me estuvieran boicoteando, provocándome una mueca.

—Amelia, ya sabes que yo no soy la tutora de Dani, pero te he citado hoy porque ha hablado conmigo, se me ha sincerado, y creo que debo compartir contigo lo que me ha dicho. —Aproveché un momento de silencio para cambiar el rumbo de la conversación y empezar a enfrentar a esa mujer cegada por las ilusiones y el dolor a la verdad que se negaba a ver.

—Siempre te ha tenido mucho aprecio...

—Y yo a él. Amelia, Dani guarda un secreto que lo está amargando. Es por eso por lo que hizo lo que hizo. —De nuevo esas no palabras, esa manera de decir sin decir, esa manera de querer enfrentar algo, pero de lejos, a salvo tras una empalizada.

—¿Un secreto? ¡Ay, Lola! No me asustes.

—No es para asustarse, pero a Dani está pesándole muchísimo, tanto como para desesperarse. Y cuando hablé con él el otro día, me lo contó. No sé por qué, pero lo hizo. Me lo ha confiado, y es algo que debes saber. Él no se atreve a hablar contigo, pero...

—¡Que no se atreve a hablar con su madre! Pero bueno... A ver, Lola, que no soy un ogro. Me estás diciendo que a ti te lo ha contado a la primera y que, en cambio, prefiere matarse a hablar conmigo.

—Amelia, que no se ha matado...

—Bien que lo ha intentado, el ingrato.

—Amelia, tienes que escucharme y estar tranquila. Para él es más importante tu opinión, tu aprobación, que lo que piense una profesora, por eso le resulta más fácil hablar conmigo que contigo.

—Pero si estoy siempre pendiente de él, si lo quiero más que a mi vida, si yo le escucho cuando lo necesita, y lo sabe... No entiendo.

—Bueno, no sé si Dani lo siente así. Recuerda cómo reaccionaste cuando te contó que le gustaría hacer Humanidades. No desea ser ingeniero, Amelia, está estudiando el bachillerato científico porque no le dejaste matricularse en el humanístico, y eso también le pesa. Dani es Dani. Tienes que aceptar que hará su propio camino y lograr que él sienta que tú lo apoyas. No sé si eres consciente de que cree que a ti solo te parecerá bien si sigue el que recorrió su padre, pero no desea hacerlo.

—Hombre, no es eso... Me hace ilusión que sea ingeniero como mi marido, pero entiendo que él hará su vida.

—Pues permíteselo. Hazle saber que lo respaldas.

—Así pues ¿es eso lo que le pasa? ¿Que quiere estudiar letras?

—No. Es una piedra más que lleva en la mochila, pero no la única.

—¿Entonces?

—Amelia, Dani es gay y no sabe cómo confesártelo. Es solo eso.

—¿Que es gay? ¿Solo eso? Pero ¿cómo lo sabe seguro siendo tan joven? Serán cosas de la edad... Hoy día es moda. Hay mucha libertad, y los chicos experimentan más que nosotros. Seguro que está confundido. Pobre, si me lo hubiera contado, lo habríamos aclarado.

—Amelia, creo que no hay nada que aclarar. Dani es homosexual y se imagina que lo rechazarás por eso, y de esa certeza nace toda esa tristeza y desesperanza que lleva arrastrando desde hace demasiado tiempo. Tienes que hablar con él y decirle cuánto lo quieres.

—¿Estás segura, Lola? Si no tiene ademanes de... Si no es... afeminado.

—Y eso qué más da. Cada uno es como es. Debes aceptar a tu hijo como realmente es, no como te gustaría que fuera.

—No sé cómo hablar con él.

—Pues hablando, Amelia. Te sientas delante de Dani y lo escuchas, y cuando acabe le das un abrazo y ya. Y te reservas tus prejuicios, porque son los que lo han llevado a estar así. ¿No quieres que sea feliz?

—Sí, claro, pero... Esto no me lo esperaba. Si yo creía que estaba medio liado con esa amiga suya un poco loca. No me entero de nada.

—Pues intenta hablar con él a partir de ahora. Intenta conocerlo más. Él cree que te defraudará. Hazle sentir lo contrario.

—No sé si seré capaz... A ver cómo lo hago.

Amelia se fue con la cabeza baja, muy pensativa. Me agradeció que le hubiera contado el secreto de Dani, pero algo en sus ojos me hizo sospechar que habría preferido no saberlo, seguir en la inopia que le permitía vivir la vida que ella había bosquejado desde que la soledad la sorprendió con un niño en los brazos.

El último día de clase, Dani me envió un correo para agradecerme lo que había hecho por él. Sus palabras fueron como agujas invisibles que me atravesaron los pechos desde dentro, abriendo canales por los que, al fin, pudo brotar mi amor, como un calostro amargo de duelo. Dani me decía que gracias a mí ahora se sentía vivo, vivo de verdad.

11 de julio

> *El día que nací yo,*
> *qué planeta reinaría.*
> *Por dondequiera que voy,*
> *qué mala estrella me guía.*
>
> Juan Mostazo,
> «El día que yo nací»
> (interpretada por Imperio Argentina)

Obviamente no puedo acordarme, pero me lo han contado mil veces. Mientras yo nacía, el 11 de julio de 1978, morían 215 personas abrasadas por la explosión de un camión cisterna cargado con propileno licuado.

Mientras mi madre hacía fuerza para sacarme de su interior sin anestesia de ningún tipo que atenuara su dolor, escuchaba las sirenas de las ambulancias que no paraban de llegar con los supervivientes a la unidad de quemados del hospital Vall d'Hebron desde el camping Los Alfaques, en Tarragona. Me contó que el sufrimiento la hizo delirar y confundió esos aullidos mecánicos con los gritos de horror de las víctimas de la explosión. Empujaba y veía sobre su cabeza los espíritus de los muertos convertidos en una especie de remolino gris, como ese humo débil que aún sale de la tierra después de sofocarse un fuego.

Nací envuelta en sufrimiento, y estoy segura de que la fecha de mi nacimiento y los días que la rodean son días aciagos. Pasan desgracias. Algunas son personales; otras, ajenas. Algunas son menores, pero otras tan graves como para inquietarme. Sé que es una idea absurda, y no la he verbalizado más que una vez, cuando tenía trece o catorce años. Fue la víspera de mi cumpleaños, justo antes de irnos a dormir. Confesé a mi hermano el pavor que me producía pasar la noche a la espera de averiguar la desgracia que iba a suceder por mi aniversario. Mi hermano se limitó a enarcar las cejas y a decirme sin mirarme a la cara que estaba más chalada de lo que aparentaba. Después de esa noche no se lo había vuelto a explicar a nadie más, nunca. Sé que es una teoría descabellada que baso en una especie de maldición ligada a la fatalidad, al *fatum*, como los romanos se referían a lo que está escrito, al destino que nos aguarda de manera irremediable.

Saber que cientos de personas se retorcían entre llamas mientras yo nacía imprimió una idea en mi subconsciente que aún hoy perdura: mi sino será el fuego. Aunque no tengo claro qué significa eso. ¿Que moriré quemada en una pira condenada por bruja? ¿Que me quemará la envidia al ver la vida de los otros? ¿Que me arderá la piel de deseo y placer? ¿Que me estallarán el pecho y la cabeza por la presión de la ansiedad, la culpa y el miedo?

Tendré que esperar para averiguarlo.

Un día me entretuve buscando en internet algunos de los sucesos ocurridos en el mundo en esa fecha. Los apunté y los entremezclé con mis pequeñas desdichas personales. Resultó un mosaico de fuego, desilusión y muerte:

- Antes de mi venida al mundo, el 11 de julio de 1973, fallecieron 124 de los ocupantes de un Boeing 707 procedente de Río de Janeiro en un aterrizaje forzoso cerca del aeropuerto parisino de Orly.

- En 1979, la estación espacial Skylab cae a la Tierra de manera incontrolada y parte de sus restos impactan en Australia. Yo aún no sabía andar y mi primer cumpleaños ya había provocado la desintegración de toneladas de metal que no pudieron soportar las altísimas temperaturas al entrar en contacto con la atmósfera.

- Cada 11 de julio desde que cumplí seis años hasta que hice catorce años me sentí sola porque todas mis amigas del colegio estaban de vacaciones mientras mi familia sobrevivía como podía al calor sofocante y húmedo de Barcelona. Nunca pude llevar al colegio una bolsa de piruletas rojas y brillantes, ni escuché cómo me cantaban «Cumpleaños feliz» ni soporté que me tiraran de las orejas. Y siempre me sentí desdichada por eso.

- La ONU estipula que el 11 de julio de 1987 la población del planeta Tierra alcanzó los cinco mil millones, que es una cifra descomunal, incompatible con la equidad y la justicia. La cifra siguió creciendo y en la actualidad somos ocho mil millones de almas las que habitamos en este planeta viejo y cansado como un perro plagado de pulgas y garrapatas.

- En 1992, mientras mi ciudad vivía una auténtica efervescencia por la proximidad de los Juegos Olímpicos, nosotros seguíamos fieles a nuestras costumbres y fuimos a casa de mi abuela para celebrar en familia mi cumpleaños. Mi tía me regaló unas sandalias con unos tres dedos de plataforma que sabía que me gustaban. Me parecían tan bonitas y tan poco de niña pequeña... Eso fue lo que provocó la ira de mi padre, que estalló en una de sus monumentales broncas durante la cual tiró a la basura los zapatos y me preguntó si quería ser una cualquiera. Fue la primera vez que me planteé qué querría decir eso de ser «una cualquiera» y pensé que, en vista de cómo había ido todo ese día, sí, deseaba ser cualquier otra chica de mi edad.

- En 1995 las tropas serbias masacraron a ocho mil civiles bosnios en Srebrenica. Fue el mayor asesinato en masa cometido en Europa desde la Segunda Guerra Mundial. Ratko Mladić es el nombre del criminal, del que dio la orden, del que huyó y se escondió como una lombriz en la tierra hasta 2011, cuando el presidente de Serbia en ese momento, Boris Tadić, decidió que ya estaba bien de mirar para otro lado, de fingir no verlo, y anunció que lo había capturado y lo envió a La Haya para que fuera juzgado por crímenes de guerra. Mladić sigue vivo, encerrado hasta la muerte, pero inhalando y exhalando el aire del que privó a todos aquellos hombres, jóvenes, ancianos y niños de Srebrenica sobre los que ordenó abrir fuego el 11 de julio de 1995.

- El día que cumplí dieciocho años, mientras estaba en un bar musical con mis amigas, me robaron el bolso en el que llevaba unas cuantas pesetas, el DNI y el regalo que acababan de hacerme. Como iba bastante borracha, concedí alcance de tragedia al robo hasta el punto de tener que ser atendida por el equipo de seguridad del local y unos paramédicos que estaban de guardia en una ambulancia por la zona. Volví a ser la chica que reía cuando salía de fiesta hasta que se echaba a llorar sin poder parar.

- En 1997, el 11 de julio, Miguel Ángel Blanco estaba a punto de morir asesinado de un tiro en la nuca por ETA. Un chaval, un concejal del PP, fue condenado a muerte por un grupo que denunciaba una injusticia histórica. Injusticia por injusticia, ojo por ojo, diente por diente. Recuerdo las manos pintadas de blanco cubriendo la plaza Catalunya y mis lágrimas de rabia. No merecía sufrir así, nadie merece estar mirando al suelo durante tres días mientras espera una detonación y la muerte. ¿Qué tipo de presión política es esa? ¿Qué tipo de victoria fue aquella muerte?

- El 11 de julio de 2006, una ola de atentados en siete trenes suburbanos en Bombay causó 185 muertos y más de setecientos heridos. Siete bombas estallaron de manera casi simultánea en diferentes trenes que iban abarrotados de trabajadores. A las seis y media de la tarde, mientras yo soplaba las velas cientos de personas eran despedazadas por la deflagración y la onda expansiva, y otras tantas eran pisoteadas por aquellos que seguían vivos pero que corrían como animales, fuera de sí, para salir de ese horror de olor a quemado, de hierros retorcidos y miembros amputados.
- En 2009 desaparecieron los anillos de Saturno. Los científicos investigaron esa repentina falta hasta descubrir que solo es un efecto óptico provocado por el equinoccio de ese planeta enorme, que sucede una vez cada quince años, el 11 de julio. Sus más de 320.000 kilómetros de diámetro dejan de ser visibles al ojo humano por cómo incide la luz del sol sobre el borde de los anillos, que no tiene más de nueve metros de anchura. Algo inmenso puede ser invisible, solo depende de cómo se mueva, de cómo se coloque ante la mirada de los demás.
- El día de mi cumpleaños de 2010, 76 personas murieron en los atentados en dos locales de una ciudad de Uganda cuando veían la final de la Copa Mundial de Fútbol que ganó la selección española por primera vez en su historia.

Mientras esos ugandeses agonizaban, mi familia saltaba y gritaba de alegría en el sofá de mi casa porque un jugador tímido y paliducho había marcado un gol.

Y este 11 de julio, el de mi cuarenta y cuatro cumpleaños, Soledad Molina murió después de una semana de agonía en la residencia de ancianos en la que había pasado su último año y medio. Dejó de comer del todo, su cuerpo tampoco aceptaba ya líquidos, se olvidó definitivamente de dónde estaban sus dientes y dormía cada vez más horas. Aun así, de cuando en cuando pedía su abanico y se daba aire golpeándose el pecho, como si estuviera sofocada, como si no tuviera las manos cada vez más frías.

Mi padre me llamó sobre las doce del mediodía, yo creía que para felicitarme por mi cumpleaños, pero solucionó con tono serio y en dos segundos la felicitación para pasar a decirme que mi abuela había muerto. No estaba sola, sus hijas se hallaban junto a ella para cogerle la mano y acariciarle la frente. Me imaginé a mi abuela con la mirada turbia, inerme, a punto de irse, pero rodeada por su primavera amada, por su Luz y su Margarita, y deseé que al menos de eso sí hubiera sido consciente antes de cerrar los ojos ya para siempre.

«¿Y ahora qué? —pensé—. ¿Quién me va a hablar del pasado? ¿Quién me va a confundir con un fantasma? ¿Quién me va a llamar "prenda" y me va a contar sus penas como quien canta una copla? ¿Quién me va a negar que el día de mi nacimiento es un día que guarda desdichas con un "no digas *tontás*, niña"?».

El pasado se hacía intangible. Lo vivido se moría con mi abuela, tanto lo contado como lo callado. Tanto lo fotografiado como lo guardado en un rincón de sus recuerdos peregrinos. Su memoria vagaba sin rumbo por los túneles del ayer y esa mañana, mientras yo respondía wasaps en los que algunos amigos me deseaban que pasara un buen día y me preguntaban por mis planes para celebrar que había logrado completar otra vuelta más al sol, ella se había derramado de ese recipiente que era su cuerpo ya sin vida y se había evaporado, como si cada recuerdo fuera una lágrima puesta a secar al sol.

Valió la pena

*Ya no me acordaba lo que sentía
cuando acariciaba tu pelo.
Ya no me acuerdo si tus ojos
eran marrones o negros
como la noche o como el día
en que dejamos de vernos.*

Estopa,
«Ya no me acuerdo»

Ver el nombre de Jon en la pantalla del móvil había dejado de ser algo habitual. Hubo un tiempo en que sabía que a las once de la mañana, más o menos, vería su nombre y me sentiría de repente en casa. Tres letras como un arrullo que me calmaba. Nos decíamos poca cosa. Con un «¿cómo vas..., qué haces?» era suficiente porque para nosotros esas preguntas eran las palabras mágicas que formaban el hechizo con el que conjurar la soledad y la distancia. Pero desde que nos separamos ese sortilegio había perdido su poder hasta extinguirse. Esas tres letras, J O N, ya no aparecían para aliviarme, como unos dedos invisibles que me recorrían la piel de los brazos hasta el escalofrío, la piel de gallina, los ojos cerrados y la sonrisa.

Jon estaba conectado a mí, como esos japoneses del hilo

rojo. Pero ya no más. El hilo se rompió y no volví a sentirme segura. Ahora era una funambulista que, mientras camina sobre un alambre colgado en las alturas, de una azotea a otra, presencia cómo alguien recoge y se lleva la red que le permitía seguir avanzando, manteniendo el equilibrio, ignorando el miedo.

El día después de la muerte de mi abuela volvió a brillar el nombre de Jon en mi móvil. Me sobresaltó la remota posibilidad de ese encantamiento.

Me llamaba para darme el pésame. Mi hermano había contactado con él para que supiera de la muerte de mi abuela. Yo no lo hice. No quise. No pude. Ahora lo tenía al otro lado de la línea, hablándome, recordando las veces en las que mi abuela le decía que era muy feo, con sus ojos juntos y sus labios demasiado finos, pero que al menos era simpático.

—Tenía tela, tu abuela. Menos mal que nos hacía reír. ¿Te acuerdas?

—¿Cómo no acordarme...?

Jon continuó hablando, pero ya no lo escuchaba porque mi cabeza se fue a esos recuerdos. Parecía invadido por la nostalgia, empeñado en rememorar aquellos días en los que nos reíamos de todo y acudíamos a las comidas familiares con prisa por salir. En cuanto nos acabábamos el trozo de brazo de gitano de crema quemada y nata nos levantábamos de la mesa, repartíamos besos de esos que rozan apenas las mejillas y nos íbamos corriendo hacia su piso de soltero. Jon conducía una moto vieja que me provocaba un miedo terrible que me obligaba a apretarle mucho las piernas con mis muslos. Antes de agarrarme un muslo con sus manos grandes, me decía siempre que mi miedo lo excitaba. Durante el cuarto de hora de trayecto hasta su casa, me mordía los labios de impaciencia y me fijaba en cómo el viento hinchaba su camiseta. Me esforcé en aprenderme, como si fuera un mapa, la forma exacta de su cuello, con sus relieves y sus lunares, incluso memoricé el gramaje de su casco, que estaba impreso en el exterior de la parte trasera: 1.416 gramos. Aún sigo usando ese número para mis contraseñas, para el PIN del móvil, para el candado de la taquilla del gimnasio. Sé que nunca lo olvidaré, no puedo olvidar el código que mantiene cerrada la puerta a aquella que fui.

Deseé que parara de hacer eso. Cada recuerdo era una aguja que se me clavaba bajo las uñas. Pero él no parecía herido, tan solo un poco melancólico.

—Vale, ya está, Jon —lo interrumpí, sin poder evitar un quiebro en mi voz.

—Lola, estuvimos bien. Lo sabes, ¿verdad? Nos hemos querido mucho. Yo sigo queriéndote y sé que siempre serás muy importante para mí. Aunque la vida nos haya jugado una mala pasada, eres mi Lola, la de siempre. Eso no puedo cambiarlo. Ni quiero. Qué lástima que haya acabado así. No nos lo merecíamos. No te lo merecías. ¿Tú estás bien?

—Sí, hago lo que puedo. Te echo de menos a veces, lo normal, supongo, aunque también intento avanzar.

—Lola, quiero que estés bien. Eso sí te lo mereces.

—Para ti ahora es fácil decir todo esto. Desde tu momento actual, es más sencillo dar consejos, sentirte impermeable a la nostalgia. Pero yo no ocupo el mismo lugar que tú, Jon.

—Que mi vida esté avanzando no significa que no piense en el pasado... ¿Sabes qué?

—¿Qué?

—Que lo nuestro valió mucho la pena, Lola. Es lo que pienso.

—Gracias, Jon. Yo también siento lo mismo. Y gracias por llamarme. —Quería dar por acabada la conversación.

No deseaba que él oyera cómo se me desmontaban e iban cayendo al suelo, armando un estruendo, una a una todas las piezas que había conseguido unir de cualquier manera para poder seguir adelante. Me movía, sonreía y crujía a cada gesto, como un autómata viejo reparado por un aprendiz de mecánico.

—¿A qué hora es el entierro?

—Es mejor que no vengas, Jon...

—¿Cómo no voy a ir?

—No hace falta, de verdad. Es mejor así.

Nos despedimos con un «hasta pronto» que no iba a ser, y colgué con una mezcla de emociones difícil de digerir. Nostalgia, rabia, tristeza, rencor, afecto...

Me senté en el sofá con los codos en las rodillas y los ojos cerrados apoyados en las palmas de las manos, reproduciendo la postura que la psicóloga me recomendó para rebajar la ansiedad. Respiré hondo cinco veces y noté, desconcertada, que el desconsuelo que había estado devorándome por dentro desde hacía años había cesado, que esa conversación lo había arrastrado, como la riada que al pasar deja al descubierto, aunque muy enfangado y lleno de troncos rotos, un camino.

Quizá podía por fin permitirme sentir cierto sosiego.

La procesión de los descreídos

Cuando el verde cubra todas las ciudades
y no paren las flores de florecer.
Cuando el azul del mar cubra todos los puertos
y acalle las ganas de quemar combustible
en medio de este incendio.

GUILLEM ROMA,
«La profecía»
(interpretada por Guillem Roma y Sílvia Pérez Cruz)

El 13 de julio fuimos caminando del cementerio a la casa en la que vivieron mis abuelos desde que llegaron a Barcelona hasta que se trasladaron a un piso en el barrio de Horta. Mi madre y sus hermanos se habían criado en esa casa. Fue un paseo largo, pero no teníamos prisa y pensamos que sería buena idea llegar poco a poco, recordar cosas del pasado mientras andábamos, compartir nuestra memoria y nuestro duelo.

Mi hermano no quiso ir. Dijo que tenía que volver al trabajo, que no podía faltar tanto rato, así que solo se quedó al funeral y se marchó en cuanto le dieron la urna con las cenizas a mi madre. Tampoco nos acompañó mi tío Pedro, al que volví a ver después de varios años en un cementerio. Estaba muy envejecido, encorvado y caminaba con dificultad. Pensé que tal vez le pesaba la culpa de no haber visitado a su madre, de no haber hablado con ella en años, de ignorar ese amor insatisfecho que había llevado a mi abuela a imaginar en su delirio que sus hijos varones eran niños pequeños que estaban con ella a todas horas, aunque las enfermeras no los veían porque eran traviesos y jugaban al escondite y se metían en un armario de la residencia o bajo la cama. Mi tío Juan era ya un fantasma desde hacía mucho tiempo, pero mi abuela no se conformaba con su compañía, así que convirtió a Pedro en un espectro. Mi tío Pedro ya no podía remediarlo, no iba a poder hacer nada por borrar los remordimientos, que le pesaban, que lo aplastaban contra el suelo, que querían meterlo bajo tierra para que nadie viera su vergüenza y su falta inmensa, imperdonable, digna de un castigo divino: un hijo que olvidó a su madre.

Durante el funeral, intenté no prestar atención al sermón del cura y me entretuve mirando a los músicos contratados para tocar en directo durante la ceremonia. Eran dos hombres, uno tendría unos cuarenta y pocos; el otro, unos cincuenta y pico. Me fijé en la palidez de los dos, tanto del pianista, que era el más mayor, como del chelista. Se parecían. Los dos compartían un aire de persona frágil y quebradiza. Quizá no habían podido impermeabilizarse del todo y las lágrimas que les ofrecían como tributos tristes los auditorios que pasaban por delante de ellos en cada responso les habían calado hasta los huesos. En vez del estallido de los aplausos recibían sollozos y el sorber de mocos. El del chelo me miraba mientras interpretaba «Venecia sin ti», de Charles Aznavour, que era una de las canciones preferidas de mi abuela. Incluso en sus días de mayor desmemoria y aislamiento era capaz de entonarla con esa voz grave y profunda que la caracterizaba.

El tiempo que duró esa melodía fue el momento más personal y triste del funeral. El único real. Mi abuela estaba ahí, en esas notas musicales, y no en la prosodia monótona del cura.

Llegó mi turno. Como tenía fama de escribir medio bien, mi madre me pidió que leyera unas líneas en el funeral. «Para algo eres profesora de Lengua y Literatura, hija», me dijo. No quería, sentí pánico, pero no pude negarme. Poner límites, hacer lo que deseas tú, no los demás. Eso era lo que me dijo la psicóloga que tenía que empezar a hacer, aunque no he logrado aprender a hacerlo. Desdoblé un folio que había doblado en cuatro, me puse detrás del atril y leí el texto:

Hoy nos reunimos aquí para despedir a una persona que fue mucho más que una abuela para nosotros. Nos despedimos de alguien que dejó una huella profunda en nuestras vidas y que será recordada con amor y cariño.

Cuando miramos hacia atrás y reflexionamos sobre la vida de nuestra querida abuela, vemos una historia de amor y sacrificio. Una mujer valiente que crio y educó a cuatro hijos con amor incondicional en una época dura.

Nuestra abuela tenía un espíritu radiante y destacó por su amor por los detalles más pequeños que traían alegría a su vida. ¿Recordáis cuánto le encantaban los pendientes elegantes y coloridos que adornaban sus orejas, cómo lucía con orgullo cada par? Esos pendientes representaban su estilo único y su aprecio por la belleza en todas sus formas.

Y, oh, sus sonrisas, sus maravillosas sonrisas de dientes grandes que iluminaban cada habitación y calentaban nuestros corazones. Su risa y su alegría eran contagiosas. Su capacidad para encontrar la felicidad en los momentos más simples nos enseñó a valorar cada día y a apreciar la belleza de la vida.

Además de su amor por los pendientes y las sonrisas, nuestra abuela tenía un don especial para las flores y las plantas. Su patio era un paraíso de colores y fragancias, un refugio sereno donde podía perderse entre las hojas y los pétalos. Cuidaba cada planta con devoción, compartiendo su amor por la naturaleza con todos nosotros. Su pasión por las flores y las plantas nos recordaba la importancia de nutrir y cuidar las cosas hermosas en la vida.

Hoy nos despedimos con tristeza, pero también con gratitud. Agradecemos a nuestra abuela el amor y los recuerdos que nos dejó. Por las sonrisas que compartimos, por enseñarnos a encontrar belleza en los detalles más pequeños y a cultivar amor y alegría en nuestras vidas.

Su legado perdurará en nuestras vidas y en las generaciones futuras. Y cuando veamos flores floreciendo pensemos en ella y en el amor que nos dio.

Gracias, querida abuela, por todo lo que nos has dado. Siempre estarás presente en nuestros corazones.

Descansa en paz.

Lloré, lloramos y dijimos adiós sin separar los labios; total, no podía oírnos. No nos abrazamos, como mucho nos rozamos los brazos con la palma de la mano mientras nos mirábamos de reojo. No dije a nadie que no había sido capaz de escribir ni una línea y que había pedido a ChatGPT que hiciera un texto adecuado para un funeral sobre mi abuela. Valía para casi cualquier abuela muerta.

Cuando entregaron la urna con las cenizas a mi madre pensé que todo se quedaba en nada. Una vida entera cabía en ese bote que me recordó a uno de esos vasos canopos en los que los egipcios guardaban las vísceras del difunto que iba a convertirse en momia. Embalsamaban aparte el hígado, el estómago, los pulmones y los intestinos, y los metían en cuatro recipientes de alabastro cuya tapa representaba la cabeza de los cuatro hijos de Horus, dios de la realeza y del cielo que tenía por ojos el sol y la luna. Su ojo izquierdo era la luna, que con su desaparecer y aparecer constante simbolizaba la regeneración de la vida tras la muerte. Los vasos acompañaban al muerto y tenían que estar perfectamente colocados, cada uno apuntando a un punto cardinal, para que el difunto pudiera revivir en la otra vida: el hígado al sur, los pulmones al norte, los intestinos al oeste y el estómago al este. Lo que no se extraía del cuerpo era el corazón. El cerebro se sacaba a través de los orificios de la nariz y se desechaba, porque para los egipcios carecía de relevancia, no tenía asociada ninguna función esencial; sin embargo, el corazón se consideraba el órgano más importante, en el que estaban los pensamientos y los sentimientos. Los antiguos egipcios no separaban la razón de la emoción, sino que ambas convivían en ese órgano que distribuía con su bombeo el carácter de la persona por todo su cuerpo. Pero el corazón de mi abuela era ahora polvo y se había confundido entre los demás restos.

Propuse ir a la casita en la que vivieron tantos años, aunque podría haber usado el sufijo despectivo -ucha en vez del diminutivo -ita. Se me ocurrió que esa caminata podría ser una especie de homenaje a mi abuela, una procesión de descreídos ariscos desde Collserola hasta la colina del Carmelo. Contra todo pronóstico, les pareció bien y fuimos hasta allí. Cuando llegamos a los tramos de escalera que llevaban a la calle empinada en la que estaba la casa, sentí la misma alegría liberada que experimentaba de niña cuando mi madre nos llevaba allí los viernes después del colegio. Volví a ser esa cría inocente que ansiaba ir a esa casa en la que había muchas plantas, un patio y un televisor en color en el que podía ver a Espinete como era. El que teníamos en la mía era aún en blanco y negro, y ver a ese personaje en tonos rosados me parecía lo más. La casa de mi abuela era para mí un lugar de libertad en el que incluso me dejaban salir a la calle y jugar con una amiga que vivía unas casas más allá.

Según avanzamos por la cuesta percibimos una falta terrible. No había nada en el espacio que ocupaba la casita, ni una piedra, ni un ladrillo, solo se veía un terreno baldío, en el que habían crecido hierbajos, y la higuera generosa que cada verano ofrecía sus frutos sin medida. Mi padre recordó cuando se subían, él y mis tíos, a un tejadillo de uralita que había en la casa para alcanzar las ramas más altas cargadas de higos, desafiando los escuadrones de avispas dispuestas a proteger su botín. A todos se nos llenó la boca con aquella dulzura recordada que pareció sellarnos los labios porque nadie dijo nada durante unos segundos en los que nos mantuvimos mirando el mar en la lejanía.

El lugar en el que mi madre, mi tía y sus hermanos se criaron y en el que tuvieron que lidiar con ese padre que nunca existió del todo era un hoyo. Mi madre lloró un poco, mi padre se distrajo hablando del tamaño de las brevas, mi tía se encaramó a un murete para comprobar si vivía alguien en la casa de al lado, la que habitaba el loco heroinómano que se metía con ellas de jóvenes. «Hay helechos y están bien cuidados. Quizá viva su hermana... ¿No tenía una hermana pequeña, el loco?», preguntó más para sí misma que con la intención de obtener una respuesta.

Me metí en el trozo de terreno que antes ocupaba la parte de arriba de la casa de mi abuela y conseguí llegar hasta el árbol que formaba parte de nuestro pasado mítico, que era el eje fundacional de una estirpe maldita, como la de los Buendía de García Márquez. Temí encontrarme con el fantasma de mi abuelo atado al tronco de la higuera musitando para sí que no pudo salvarlos, que no pudo salvarse y que no podría salvarme.

Justo en la base del árbol encontré la calavera de un animal junto a varios fragmentos de un calendario de cerámica antiguo. No podía saberse el año, solo que pertenecían a un mes de abril. El cráneo de forma triangular parecía de gato, con sus colmillos largos y afilados de fiera que no nos devora solo porque es demasiado pequeña. Moví la calavera con la punta del pie y la fotografié. No podía ser casualidad que en un día como ese, con las cenizas de mi abuela en una bolsa de Mercadona de esas de asas verdes colgando del hombro de mi madre, descubriéramos ese terreno yermo y esa calavera. Tenía que ser un símbolo. Me sentí una versión femenina de Hamlet, que en vez de un traje negro de solemne luto vestía una camiseta negra de tirantes del chino, unos tejanos gastados y una mochila de Decathlon de tres euros, pero que se interrogaba, tal como hacía el príncipe atormentado, sobre el sentido de la vida y del paso del tiempo, de esa existencia que no lleva más que al olvido y al vacío.

Mi madre tuvo una revelación.

—Es aquí, fue su mejor lugar. Ella estaba contenta entre matas de margaritas y rayos de sol. Y mirad ahí, más o menos por donde estaba su habitación hay una mata enorme de margaritas blancas y hoy hace un día precioso y soleado. Debería descansar aquí. ¿No estáis de acuerdo?

A mi tía le pareció bien, así que ya estaba todo dicho. Mi madre intentó abrir la urna, pero tuvo que pedir ayuda a mi padre, como cuando se esforzaba en abrir el bote de garbanzos y no lo conseguía por mucha fuerza que hiciera.

Mi padre y yo enmudecimos de sorpresa al ver que las dos hijas iban a hablarle al aire.

—Mamá, mira, te hemos traído de vuelta a casa. ¿Te acuerdas de tus macetas y de tu rosal tan bien cuidado que se hizo un árbol? Mira la higuera. Era joven cuando llegamos y ahora te dará sombra —dijo mi madre, y mi tía siguió hablando—: Mamá, te dejamos aquí, para siempre en casa. Te queremos, guapa.

Y vertieron poco a poco el contenido de la urna en torno a una mata de margaritas, sobre la tierra en la que quizá alguna vez, algún día, mi abuela fue feliz. Las fotografié con el móvil, aunque sabía que nunca imprimiría esas imágenes. Mi tía y mi madre llorando.

Me guardé la urna vacía y la bolsa de Mercadona plegada en la mochila y salimos del terreno. Avanzamos por la parte de atrás de la casa y llegamos a una fuente pública de hierro gris.

—Lola, ni agua teníamos. No puedes hacerte una idea de lo que era entonces la vida. Aquí veníamos con barreños a lavar la ropa y con una manguera llenábamos garrafas. Tendríamos nueve o diez años. Tu tía y yo, porque ni mi madre ni mi padre venían. Ellos se echaban a dormir la siesta mientras nosotras intentábamos que las camisas y los polos blancos del uniforme del colegio no se vieran amarillentos y con el cuello rozado para evitar pasar vergüenza delante de las demás niñas cuando las monjas nos revisaban la ropa. ¡Ay, Lola, qué mierda de infancia nos tocó! Deberíamos haber salido putas o delincuentes. Demasiado bien estamos —me dijo mi madre, ignorando a medias con ese «demasiado» que no pueden estar bien.

Sé que la memoria de esos días penosos ha marcado mi genoma con la mella de la melancolía y de ese deseo impuesto de no existir.

Por fortuna, esa condena acabará en mí.

Vaciado

Pero no, no, no,
no me quiero defender,
no me importa mi castigo,
no pretendo merecer otra cosa que tu olvido.

RAY LORIGA,
«Si preguntas por ahí»
(interpretada por Marlango)

En casa de mi abuela ya casi no quedaba nada.

Mi madre y mi tía habían vendido el piso y tenían que vaciarlo en menos de dos semanas porque los nuevos propietarios querían instalarse lo antes posible.

Decidieron tirar toda la ropa de mi abuela y algunas prendas de mi tío Juan que las sobrecogió cuando las descubrieron en la penumbra de un armario de la habitación de invitados, como fantasmas colgados de unas perchas de plástico. Después llamaron a una empresa de vaciado de pisos que se encargaría de cargar todo el mobiliario y los objetos de la casa en un camión y llevarlos a los Encantes para que la gente pudiera pasearse entre lámparas de latón, muebles oscuros de caoba, fotografías viejas y tazas desportilladas, y comprar por cuatro duros un marco de fotos plateado que había contenido la sonrisa de mi abuelo y mi abuela durante cuarenta años o una silla deslucida que, decapada y tapizada con una tela nueva, sería una auténtica joya.

Fui a ayudar el día acordado para el vaciado del piso, pero no era la persona más adecuada para ver cómo unos desconocidos desmantelaban el hogar de mis abuelos. La nostalgia me aturdió, y no lograba separarme de ninguno de los objetos que se suponía que tenía que meter en cajas de cartón. Un cachorro de gato de porcelana me miraba con la misma cara encantadora que me ponía cuando tenía nueve años. Desde que me alcanzaba la memoria, esa figura tan tierna estaba en una de las vitrinas del mueble. Mi hermano y yo se la pedíamos a mi abuela para jugar cada vez que nos quedábamos con ella. Nos decía que debíamos tocarla con sumo cuidado porque si se nos resbalaba se estrellaría contra el suelo y se haría añicos. Nos gustaba demasiado para arriesgarnos a perderla, así que la tocábamos, le hacíamos unas carantoñas, como si pudiera sentir alguna cosa, y volvíamos a ponerla en su sitio, el mismo del que ahora tenía que quitarla para dejarla en una caja en la que correría grave peligro. Mi abuela no lo habría permitido. Me la guardé en el bolso.

Cuando vi que habían decidido dar también los libros que mi abuelo tenía en uno de los estantes del mueble, me enfurecí. No había muchos, pero no quise que los tiraran y me los quedé. Eran libros sencillos, comprados en el quiosco, una colección de premios Planeta encuadernada en imitación de piel roja con detalles dorados. Casi todos eran títulos galardonados en las décadas de los años cincuenta y sesenta, aunque había algunos de los setenta y los ochenta. Estaban ordenados cronológicamente. El primero era *Pequeño teatro* de Ana María Matute. Lo seguían otros títulos que ni me sonaban: *El desconocido* de Carmen Kurtz;

La paz empieza nunca de Emilio Romero; *La noche* de Andrés Bosch; *La mujer del otro* de Torcuato Luca de Tena, de quien sí había leído otro libro, *Los renglones torcidos de Dios*; *Se enciende y se apaga una luz* de Ángel Vázquez; *Las hogueras* de Concha Alós, y *Equipaje de amor para la tierra* de Rodrigo Rubio. Me sonaba, este sí, *En la vida de Ignacio Morel* de Ramón J. Sender, y conocía *La gangrena* de Mercedes Salisachs, *La muchacha de las bragas de oro*, de Juan Marsé, y *Los mares del Sur* de Manuel Vázquez Montalbán.

Pregunté a los de la empresa de vaciado de pisos si habían encontrado documentos o fotografías antiguas de mi abuelo. No. No había nada nuevo. Rebusqué en una caja en la que estaba escrita con la caligrafía de mi madre la palabra RECUERDOS en un lateral. Había fotos sueltas, un álbum no muy grande, el libro de familia de mis abuelos, una especie de carnet en árabe que mi madre dijo que era el documento que identificaba a mi abuelo como súbdito marroquí, documentación relativa al piso, algunas facturas, calendarios viejos, las esquelas que se ofrecieron en el entierro de mi abuelo y el de mi tío, boletines de notas de mi madre y sus hermanos, algunas invitaciones de boda, un contrato de trabajo antiguo y otros papeles. No vi nada interesante. Abrí los sobres de las facturas por si acaso escondían algún secreto camuflado entre lo más aburrido y prosaico, pero cada vez que desdoblaba el contenido de los sobres tenía que controlar mi decepción. Encontraba justamente lo que prometía lo escrito en el lugar del remitente: facturas, de la luz, del agua, de Santa Lucía. No ocultaban ninguna carta de la madre o del padre desaparecido de mi abuelo. Ni una foto con ellos. O de ellos.

Me había imaginado el reencuentro entre el señorito Rafael y Fadila después de media vida añorándose y escribiéndose. Sabía que era la más peliculera de las opciones, pero esa mañana me apetecía creer en el amor, y la hipótesis que me hacía rebuscar entre aquellos papeles era que el señorito Rafael, al saber de la independencia de Marruecos y ante el miedo de que le pasara algo a Fadila, o ante la certeza de que ella no estaba bien porque así se lo hubiera comunicado en alguna de las cartas que le enviaba, hubiera decidido dejar atrás su vida en Barcelona para reunirse con ella y poder vivir el amor que sus padres le prohibieron cuando apenas estaba dejando de ser un crío. Había ido a casa de mi abuela con la esperanza de encontrar en algún rincón un testimonio de ese amor recuperado y de esa nueva oportunidad que el señorito Rafael se había dado. Pensé que si eso era lo que había pasado, lo habrían querido compartir con ese hijo marcado por su dolor, que por aquel entonces aún vivía en Tetuán. Pero no había nada.

Era como si no hubieran existido.

Me incomodaba ver a esos dos chicos latinoamericanos trasteando entre las cosas de mi abuela. A ella no le habría gustado. Desmontaron el mueble de pino que tenía una puerta que cerraba mal y una marca negra del humo de una vela que encendió un día y que a punto estuvo de hacer arder el mueble entero, bajaron el colchón por la escalera desde el cuarto piso, arrancaron los apliques del pasillo y las lámparas del techo, sacaron de la habitación los tableros de la estructura de la cama, y habían empezado con los armarios cuando me despedí y me fui a casa cargando con la caja de libros y la figura del gato de porcelana golpeándome el muslo a cada paso que daba.

Cuando llegué a mi entresuelo segunda, casi era la hora de comer. Coloqué al gato de porcelana sobre el mueble del recibidor. Así, todo aquel que franqueara el umbral de mi piso debería pasar una prueba secreta: si no manifestaba ninguna ternura por ese animalito de mirada encantadora perfilada de negro sería un presunto insensible dispuesto a herirme. En realidad, enseguida me di cuenta de que había ideado la prueba especialmente para los hombres, y recordé que Xavi me confesó que no soportaba a los gatos, que le daban alergia y repelús y que no era capaz de mirarlos a los ojos, y sentí una profunda y absurda decepción.

Ardiente oscuridad

> *Ain't nothin' that I'd rather do,*
> *goin' down,*
> *party time.*
> *My friends are gonna be there too.*
> *I'm on the highway to hell.*
>
> AC/DC,
> «Highway to Hell»

«No me siento bien, Lola... Me he ocupado de tu abuela, de casi todo lo que ha habido que hacer desde que ella ya no fue capaz, pero no sé si lo he hecho bien. Qué pena me da que al final estuviera en esa residencia. No la quería allí dentro, pero tenerla en casa era demasiado. La peste a orines de la mañana, las duchas durante las que debí aguantarme los escrúpulos y soportar el espectáculo de su desvalimiento, las uñas largas, la piel reseca, el pastillero, sus cambios de humor, los insultos... Todo para mí, como cuando os cuidaba a ti y a tu hermano, pero sin la juventud ni ese amor que no puede cambiar ni de ritmo ni de dirección porque avanza en línea recta y a ritmo constante hacia ese cuerpo rechoncho que desprende un olor a leche y a afecto que nunca más he olido. Lo mismo que con un chiquillo, pero con una vieja, que por mucho que fuera mi madre no dejaba de ser una vieja y de oler como una vieja. Eso pensaba, y entre todos me hicisteis ver que tu abuela debía estar en una residencia, atendida, cuidada y aseada por profesionales, para así poder seguir viviendo yo. Pero luego no me sentí bien, Lola. Tú no puedes entenderlo aún. Ya me tocará mi turno y serás tú la que lleve la carga. Pobrecita, tu abuela, ya se ha acabado, ya ha descansado, y nosotros también, pero qué triste que la muerte de los padres sea un descanso para los hijos. Siento pena por ella y me pesa la culpa por lo hecho, por lo no hecho, por lo dicho y lo no dicho. Y para colmo, la covid lo empeoró todo tanto... Nos separó aún más. Ahora lo pienso y me parece muy cruel. Dos semanas aislada, sola y desorientada, sin saber dónde estaba, ni con quién. Así entró tu abuela en la residencia. Dos semanas sola en un cuarto, sorda, demente, a la espera de ver si desarrollaba síntomas de la enfermedad que nos mantenía encerrados y asustados, sin poder hablar con sus hijas, ni con nadie. Me alegro de que su demencia le permitiera llevarse consigo escondidos a sus niños. Espero que le hicieran compañía esos días. ¡Ay, Lola, qué triste y qué mal me siento conmigo misma!».

Mi madre se sentía mal cada vez que pensaba en mi abuela rodeada de extraños y de mujeres agotadas a las que no se les puede exigir cariño porque por cuatro duros han de ocuparse de un montón de ancianos a los que no eran capaces de ofrecer ni una sonrisa porque se les quedaba detrás de la mascarilla.

Una semana después del entierro, mi madre estaba desubicada. No sabía qué hacer con el tiempo que dedicaba antes de la muerte de mi abuela a los viajes a la residencia, las visitas al médico, los trámites, las compras, los cuidados. Quedamos un jueves para desayunar e ir a dar una vuelta por el barrio a media mañana de uno de los días más calurosos del año. Treinta y cinco grados de los de Barcelona, con su falta de aire y su humedad, con el sudor humedeciéndome constantemente la frente, el labio superior y la línea de la columna vertebral, la depresión entre los pechos. Me costaba seguir las palabras de mi madre porque el calor me atolondraba. Necesitaba entrar en un local con aire acondicionado. De camino a una cafetería de esas que pertenecen a una cadena que homogeneiza la oferta de placer dulce, fui asintiendo a lo que mi madre decía sin poder prestarle verdadera atención. Una vez sentadas frente a los vasos altos de horchata muy fría en los que las cañitas de cartón iban a tardar poco en deshacerse, me fijé en que mi madre llevaba el pelo mal teñido y encrespado por la humedad y en que le cercaban los ojos un par de medias lunas de color fango. No le conté que había soñado con mi abuela hacía un par de noches. Mi madre daba mucha importancia a los sueños, creía que podían ser premonitorios o mensajes del más allá, dondequiera que estuviera ese lugar. Siempre me preguntaba si seguía con pesadillas, si soñaba que me perseguían o si se me aparecían nuestros muertos. Si le respondía de manera afirmativa, me exigía que le diera todos los detalles, que le reprodujera las palabras exactas que habían pronunciado mi abuelo o mi tío.

En el sueño, mi abuela me dijo que hacía mucho calor allí donde estaba, se rio y me susurró que no creía que fuera el cielo, aunque no lo entendía, porque con todo lo que había sufrido en vida se merecía por lo menos una hamaca, un granizado de limón y un paipay para toda la eternidad. Se carcajeó, y me espantó su boca sin dientes como un pozo oscuro. Luego se me acercó para susurrarme al oído que no estaba sola, que ahí dentro estaban todos esperándola. «Tranquila, Lola —añadió antes de darme la espalda—, volveremos a vernos más pronto que tarde. Y ya puedes decir a tu madre que la residencia era una mierda». Después pasó por unas puertas de vaivén de color miel que dejaban ver una ardiente oscuridad.

No quería dar motivos de preocupación a mi madre, así que no le conté nada de la visita nocturna de mi abuela y me bebí a pequeños sorbos la horchata con la caña de cartón reblandecido mientras ella seguía lamentándose por la dificultad de hacer las cosas bien en este mundo.

Triptófano

*Yo estaba entre las sábanas a esperas del verano
dejando de ser quien había soñado.
Yo aún ahí, sin saber salir,
y no logro sacarme de allí.*

ZAHARA,
«Merichane»

Mila me preguntó si me apetecía ir a un japonés de la calle Verdi. Nos encantaba el uramaki de anguila y el ceviche de corvina que hacían allí, pero la cena no nos saldría barata, y como no quería gastar más dinero del necesario le dije que me apetecía más ir a un libanés de la calle Encarnació en el que por quince euros tenías un plato combinado de falafel, hummus, mutabal y carne de cordero fileteada. «Joder, Lola, espero que la carne no sepa a lana, que me da un asco... Y recuerda que últimamente procuro no atiborrarme, porque este año he llegado al verano que no se sabrá si soy una sirena o un manatí cuando esté en el mar. Además, para algo estoy pagándome un entrenador personal en el gimnasio... Me temo que saldremos del libanés rodando. ¿Verdad que es allí donde preparan ese postre que se parece a las natillas pero con azahar? Ay, me encanta, y tendré que pedírmelo y no me habrá servido de nada estar tirada por el suelo haciendo planchas toda la mañana, sudando como una cerda». Intuía que a Mila todo lo relacionado con el mundo árabe le parecía mucho menos atractivo que lo japonés. Y aunque nunca iba a verbalizarlo, ella entendía los motivos de mi propuesta, así que al final no se negaría a ir al libanés, mucho menos si le prometía que acabaríamos tomando un cóctel en el cercano bar Foco. Le apasionaban los margaritas que servían en esa coctelería.

Cuando en el pequeño restaurante nos pusieron delante un bol con hummus y pan de pita conté a Mila que los garbanzos son un antidepresivo natural. Contienen triptófano, que es el aminoácido que se usa en la fabricación del Prozac y ayudan a producir serotonina, la hormona de la felicidad. Le dije que desde que lo leí en un artículo en la web de un periódico como más garbanzos que nunca.

—Anda, Lola, que luego dan gases y no estás tú para que se te escape un pedo en plena contorsión sobre el colchón con el yogurín. Mejor come plátano, que también tienen triptófano, sobre todo si no están demasiado maduros —me contestó antes de soltar una carcajada.

—De verdad, Mila, es que no tienes remedio.

—Mi locura no tiene cura. Ya lo sabes. Pero es verdad lo del triptófano en los plátanos. Yo también leo artículos, ¿qué te crees? Y cuenta algo, que no sueltas prenda. ¿Cómo tiene el plátano el chico? ¿Os estáis viendo mucho?

—Hemos quedado varias veces y no ha ido mal. Es divertido y no parece que necesite a nadie, lo que considero estupendo. Espero que quedemos mañana. A ver qué tal. Creo que le falta poco para coger vacaciones. No me importaría hacer una escapadita con él a algún lugar.

—Anda, eso no es mala señal. Bueno, ya me explicarás cómo queda la cosa. ¿Sabes? Estoy algo mosca. Me huelo que Jordi está tonteando con alguien. Está raro. Ausente. Más pendiente del móvil que antes... Alarga el horario laboral cada día un poco más. Y casi no me busca en la cama. Creo que está tirándose a alguien. Como sea la niñata que contrataron hace poco de becaria lo dejo calvo. Aunque si solo es un lío y lo pienso fríamente, tampoco está tan mal. Así se mantiene distraído, y no lo tengo tocándome los ovarios todo el santo día y me ahorro haber de follar sin ganas. Es de un cansino, ¿sabes?, siempre está dispuesto, cada noche lo mismo: un apretón de tetas desde detrás, por debajo del pijama, un *refregueo* de paquete contra mi culo, y ya se cree que estoy deseando espatarrarme. Y cuando cedo, no sé por qué, tengo que aguantarlo encima, con sus movimientos de conejo y su aliento demasiado caliente humedeciéndome el cuello, asqueándome. Ves, todo tiene su lado bueno, solo hay que buscarlo.

—Hombre, Mila, lo de follar sin ganas no es buena idea y no lo veo yo tan claro. A lo mejor solo está hasta arriba de curro y va agotado.

—Sí, agotado de poner a cuatro patas a alguna guarra de su trabajo... ¿Y si no es del trabajo? ¿Y si se ha abierto una cuenta en Tinder? Podrías buscarlo, Lola. Quizá a ti te aparezca. Es muy burro, no creo ni que haya pensado en bloquearte. Si me entero de que ha hecho algo así, te juro que lo capo.

Mila no había vuelto a hablarme de su aborto desde el día en el que la acompañé a una revisión en el ginecólogo. Fue como si en el mismo momento en el que escuchó que todo estaba bien dentro de su cuerpo se hubiera dicho a sí misma que nada había sucedido. Alguna vez, cuando aún era reciente, le había preguntado por teléfono o por WhatsApp: «¿Qué tal te encuentras?», y me había respondido: «Estupendamente, ¿por?». Había decidido ocupar su mente con las sospechas sobre su marido para no tener que recordar lo que iba justo antes en la película de su vida.

Intenté seguir hablándole de Xavi, de mis miedos, de cómo la diferencia de edad me hacía sentir insegura, fea, fofa, de cómo esa distancia me generaba una angustia terrible porque tenía la certeza de que, en algún momento, mi piel flácida, la celulitis de mis muslos rechonchos, mi cuello cada vez menos terso, la piel colgandera de mis brazos, mi abdomen distendido de madre sin hijo espantarían a ese chico que no parecía ser demasiado consciente aún de lo cruel y efímero del tiempo, de lo fugaz del deseo, de lo transitorio de los amores. Y mientras él parecía feliz contando los lunares que me habían salido en los brazos desde la pandemia, yo no podía dejar de pensar en el maldito tiempo. Parecía el mismísimo capitán Garfio, escuchando constantemente el tictac de un reloj que, de tan fuerte que sonaba, creía que debía de habérmelo tragado. Tictac. Vieja. Tictac. Sola. Tictac. Ridícula. Tictac. Vieja-sola-ridícula. Preveía que ese sería mi destino si entretenía el tiempo que me quedaba de sentirme más o menos joven con ese crío dulce que me diría adiós justo cuando se me estuviera cayendo el último pétalo de la rosa. Además, ¿a quién quería engañar? Xavi no sabía quién era Candy Candy ni el Amo del Calabozo, ni había visto jamás dos rombos en una esquina de la pantalla del televisor al empezar una película, ni había paseado gratis y sin turistas por el parque Güell, ni había visto *Karate Kid* ni el *Un, dos, tres,* ni había seguido angustiado las crónicas de Pérez-Reverte sobre la guerra de los Balcanes ni había metido una moneda de veinticinco pesetas en la ranura de una cabina telefónica para llamar a alguien que aún era un secreto en casa. ¿A quién quería engañar sino a mí misma?

Pero sus manos suaves, sus caricias lentas, su manera paciente de escucharme, su voz en mi oído, su cuerpo encendido, sus ojos, que me han enseñado que el verde es el color del placer..., parecían verdades. Aunque no sabía qué hacer con ellas ni dónde guardarlas y me escocían como si me anticipara a la herida y me doliera su falta, su ausencia futura que daba por segura, como dicen que duelen los miembros fantasmas. Su cuerpo se iría pronto, ¿qué haría entonces, después de probar ese deleite que no había conocido antes, después de sentir que otro tipo de hombre a mi lado era posible? ¿Qué haría con el corazón convertido en un muñón?

Intenté verbalizar estos pensamientos agoreros, pero no pude hacerlo. Se me quedaron apretados justo bajo mis pechos, en la boca del estómago, mientras oía a Mila quejarse de Jordi. Mi amiga estaba demasiado ocupada con sus sospechas y no iba a darse cuenta de que yo la necesitaba. Y como yo no sabía pedir ayuda, estuvimos buscando a su marido en Tinder mientras nos tomábamos dos margaritas en el Foco.

No le hablé tampoco del oso que estaría esperándome en mi habitación a la vuelta, como cada noche.

—Lola, no está, ¿a que no? Menos mal que no está, el cabrón. Aunque vete a saber, a lo mejor ha bloqueado a la gente que lo conoce. Se puede hacer eso, ¿verdad? O ha escogido una zona lejana a la tuya. Ay, qué fácil lo tenemos para hacer las cosas mal y qué difícil seguir la puñetera línea recta. ¿Te acuerdas de Emilio Aragón siguiendo la línea blanca? ¿Cómo se llamaba el programa? No me acuerdo. Me partía de risa. Pobre hombre, la maldita línea que debía llevarlo a conseguir lo que había ido a hacer a un edificio nunca se acababa, y cada vez le costaba más seguirla. Subía pedruscos, atravesaba ríos, pasaba en medio de un pícnic familiar.

Así me siento. Quizá Jordi esté igual. Y nuestra línea blanca parece que va a acabar en una vía muerta.

—Venga, Mila, que solo será una racha. Habla con él y no te precipites. Todos guardamos secretos, y es nuestro derecho tenerlos. Habla de lo que sientes, de lo que sentís. Eso es más importante que hablar de lo que hacéis. Todos nos equivocamos de vez en cuando.

Mila se chupó los dedos rebozados de la sal del borde de la copa del margarita que se apuró de un trago antes de pedir otro mientras yo giraba mi copa cogiéndola del tallo y no dejaba de dar vueltas a la idea de que yo también estaba equivocándome.

Vacaciones de verano

> *Por las arrugas de mi voz*
> *se filtra la desolación*
> *de saber que estos son*
> *los últimos versos que te escribo*
> *para decir «con Dios» a los dos*
> *nos sobran los motivos.*
>
> JOAQUÍN SABINA,
> «Nos sobran los motivos»

Xavi tenía planes. Con su grupo de amigos. Se iba a Menorca con un chico y dos chicas que yo no conocía al cabo de cuatro días.

Vino a casa a cenar. No nos veíamos desde antes de la muerte de mi abuela. Me abrazó y me dijo que lo sentía. Me dejé apretar. Deseé que me abrazara aún más fuerte, hasta provocarme dolor en el tórax, hasta que me dificultara la respiración. Deseé quedarme a vivir en su pecho acogedor para siempre. Olvidarme de todo lo vivido hasta entonces y empezar de cero entre esos brazos que siempre olían a recién duchado. Sabía que no podía ser, pero nada me impedía desearlo con todas mis fuerzas. Convertirme en la mujer menguante y habitar entre su foso supraclavicular y la escotadura yugular y alimentarme a pequeños mordiscos, como una vampira minúscula, de su sangre caliente y lamer el sudor de su piel para saciar mi sed. No necesitaba nada más. Todo lo demás me sobraba y me angustiaba. Ese habría sido el deseo que habría pedido si hubiera tenido velas que soplar sobre un pastel el día de mi cumpleaños.

Pero sabía que no sucedería. Iba a marcharse. Lo noté durante ese abrazo.

Ni siquiera me preguntó si yo tenía planes para el verano. Se limitó a besarme, a buscar mis huecos con sus dedos, con su lengua, se concentró en invadirme, en colonizar mi cuerpo como un soldado que desembarcara en las costas de un territorio que tenía que conquistar y convertir en terreno baldío para que no sirviera a nadie de refugio.

Vencí mi cuerpo. Se lo entregué como una ofrenda al dios que era, que había sido. Mi última exhalación durante las convulsiones que me provocaron sus manos fue como un último aliento en el que dejé ir mi alma como una prenda que Xavi no supo ver, que no acertó a recoger como prueba de amor.

¿Amor? Palabra demasiado grande, demasiado cercana a las palabras que hablaban de mi vida antes de mi nueva soledad. Pero quizá algo parecido. ¿Pasión? ¿Ternura? Tal vez.

Se durmió a mi lado, y sin que fuera consciente de ello le recorrí con la yema de los dedos las ondas de su espalda, las curvas de sus glúteos y me entretuve en repasar las líneas azul verdosas del paisaje que llevaba tatuado en su piel.

No le había contado nada de las pastillas ni de mi oso pardo. No había hecho falta. Ni haría falta ya. Presentí que íbamos a alejarnos sin tener que pronunciar ninguna despedida. Había sido divertido, supongo que pensaba él. Ahora le esperaba el resto de su vida. A mí, el tictac machacón y amenazador.

Se fue al cabo de un par de horas. Antes de marcharse, me apretó el muslo y me preguntó si estaba bien.

—Claro, solo tengo sueño.

—Descansa estos días. Hablamos cuando vuelva. En nada estoy aquí de nuevo.

—Pásalo bien. Disfruta.

—Sí, lo haré. Ya te contaré.

Otro abrazo y un beso en la nuca que hizo que me estremeciera. Lo miré a la cara, le sonreí sin despegar los labios e intenté retener en mi memoria el tono exacto de verde de sus ojos moteados.

Se enciende y se apaga una luz

Si estás atrapado en las sombras
avanza, avanza.
Pronto te darás cuenta
de todo, de nada.

Xoel López,
«Lodo»

El verano en Barcelona es como una especie de desierto asfixiante del que no puedes salir hasta que llegan las tormentas de finales de agosto. No me quedaba nadie en la ciudad aparte de mis padres. Mila se había ido con su familia a una casa alquilada en la Cerdanya huyendo del calor y allí estarían hasta el inicio del curso escolar porque ella podría teletrabajar. Volví a sentirme como cuando era niña y me pasaba los meses de julio y agosto deseando que llegara septiembre para poder volver al colegio y reencontrarme con mis amigas. Nunca íbamos de vacaciones a ningún lugar y no tenía mucho que hacer: cuadernillos de vacaciones Santillana, ver alguna serie en la televisión, como *El coche fantástico*, leer, aprender mecanografía en una Olivetti verde turquesa con un curso editado en forma de libro, escribir en mi diario, escribir cartas que enviaría a la casa del pueblo de algunas de mis amigas.

Y resultaba que con cuarenta y cuatro años volvía a estar casi en la casilla de salida, leyendo, escribiendo algún wasap y viendo series y documentales en Netflix. El último que me puse fue *Tell Me How I Am*, que trataba sobre un chico que tras un accidente de moto pierde la memoria y solo recuerda a su hermano gemelo, pero nada más, ni siquiera su propio nombre. El hermano tiene que decidir entre contarle la verdad o inventarse un pasado mejor que el vivido realmente para su hermano. Decidirá ofrecerle la posibilidad de ser otro. Qué envidia sentí de ese olvido y de esa reconstrucción a medida, delicada y complaciente.

En Barcelona, el ardor que subía de las aceras y del asfalto me provocaba ansiedad. La soledad me provocaba ansiedad. La ausencia de mi hermano, que no daba señales de vida, me provocaba ansiedad. La idea de tener que volver a meterme en un aula dentro de pocas semanas me provocaba ansiedad. La música que salía de los altavoces portátiles de los grupos de chavales en la playa que me impedían leer con tranquilidad me provocaba ansiedad. El reguetón que ponía el vecino de abajo de la mañana a la noche me provocaba ansiedad. Las cucarachas que me encontraba agonizando patas arriba en mi portal me provocaban ansiedad.

No tenía ni idea de cómo iba a lograr llegar al final del verano.

Una noche me serví una copa de vino, corté unos tacos de queso y me puse a mirar los libros de mi abuelo que había salvado del vaciado del piso de mi abuela. Me llamó la atención uno de los títulos: *Se enciende y se apaga una luz*. Busqué en Google información sobre la novela y el autor, Ángel Vázquez. De la protagonista del libro se dice que «comete un gran error cuando busca una luz, una luz que se enciende definitivamente en su vida para mostrarle el mundo tal como es y ya no podrá recuperar la visión anterior que de él tenía». Y descubrí que el autor había nacido en Tánger en la misma época que mi abuelo, lo que me pareció una coincidencia curiosa. Se referían a él como «el último autor maldito de las letras españolas». Me pregunté cuál sería el primero. Murió solo y olvidado en una pensión, alcoholizado y en la miseria, sin dinero ni para pagarse el entierro, del que se ocupó la editorial. «Pobre hombre», pensé. Y anoté mentalmente que debía leer su novela *La vida perra de Juanita Narboni*, de la que decían que era una obra maestra casi olvidada en nuestros días y que se ambientaba en el Tánger que fue una ciudad internacional.

Saqué el libro de la estantería y, al abrirlo, de entre las hojas asomó un papel. Era una página amarillenta y quebradiza de un diario antiguo, el *Diario de África*. Era del 26 de octubre de 1956 y daba noticia del Premio Nobel de Literatura concedido a Juan Ramón Jiménez. No sabía que a mi abuelo le importara tanto la literatura. Giré la hoja y vi por la parte de atrás la noticia de un suceso:

APARECE UN HOMBRE MUERTO EN EL FONDO
DE LA PRESA DE CHARIF AL IDRISSI

El cuerpo sin vida de un varón ha sido descubierto en el agua por uno de los trabajadores de la presa del turno de mañana. El cuerpo corresponde a un hombre de mediana edad que, por la vestimenta y los rasgos, podría tratarse de un ciudadano español. Nadie lo ha reclamado y sigue sin ser identificado. Se desconocen las circunstancias de la muerte y, aunque todo apunta a que el hombre pudo precipitarse desde lo alto de manera accidental, el estado de su ropa y alguna de las lesiones que el cadáver presenta podrían indicar que estuvo implicado en un forcejeo que tuvo un final trágico. Se pide la colaboración de los ciudadanos de Tetuán para ayudar en los trabajos de identificación del finado.

Una idea se me cruzó por la cabeza como un rayo. Un fogonazo rápido que me deslumbró y no me dejaba ver nada más que esa luz hiriente. Llamé a mi madre.
—¿Cuándo os fuisteis de Tetuán?
—En 1956.
—Sí, ya sé que fue ese año, pero ¿recuerdas en qué mes?
—¡Ay, Lola! ¿Qué sé yo? Era casi un bebé.
—Sí, eras muy pequeña, vale, pero te lo habrán contado, ¿no?
—No me acuerdo exactamente, sé que era invierno porque tu abuela decía que en Granada los esperaba el frío para abrazarlos y dejarlos helados. Contaba que la primera noche se pegó a la estufa de leña de casa de su hermana y que casi sale ardiendo. Puede que fuera a mediados de noviembre, porque fue un tiempo antes de la Navidad, de eso estoy segura. Tu abuela tenía muy mal recuerdo de esa primera Navidad en la península y de los sabañones en las manos y los talones. Nos contaba que el traslado fue muy traumático porque se fueron con prisas y pudieron llevarse solo cuatro cosas, las que les cupieron en las maletas y poco más. Si no le hubieran dado la independencia al protectorado, quizá habrían seguido viviendo allí porque en el pueblo de Granada del que provenían no había nada, ni comida ni trabajo. Se ve que a tu abuelo dejar atrás Tetuán le sentó fatal. Se volvió más adusto y callado, hasta la cara le cambió, decía ella, fue entonces cuando se convirtió en un lobo, se le apretó el ceño y ya no se le relajó nunca más, solo un poco cuando se reía a carcajadas, pero ya sabes que eso tu abuelo no

lo hacía muy a menudo. Bueno, tu abuela era muy andaluza en eso de exagerar las cosas, ya lo sabes. Ella achacaba esa transformación del carácter al hecho de haber dejado atrás su tierra, que, aunque insurrecta y ya devuelta a Marruecos, era la que lo había visto nacer y la única que conocía. Tu abuela sabía que sus raíces estaban en Granada, donde vivían su madre y sus hermanos en ese momento, pero tu abuelo no tenía a nadie allí. Estuvimos poco tiempo en el pueblo aquel, tu abuelo decidió que lo mejor era venir a Barcelona porque se decía que había mucho trabajo y, ya ves, aquí nos quedamos.

Cuando colgué el teléfono, me quedé unos segundos inmóvil, dando vueltas a una idea que estaba expandiéndose por mi cabeza como un tumor maligno.

¿Y si...?

Podía ser. La pieza encajaba en el espacio en blanco de ese puzle que se nos resistía.

Un escalofrío me recorrió la espalda. ¿Y si mi abuelo tuvo algo que ver en la desaparición de su padre?

O, tal vez, fue incapaz de evitarla. Pudo ser eso. Y quizá esa muerte primigenia condenó a su estirpe a este silencio, a esta manera de no ser nadie y a este deseo de ir desapareciendo que nos empapa la ropa y nos obliga a arrastrar los pies por las calles a todos los que salimos del mismo barro enamorado por el que se revolcaron el señorito Rafael y Fadila.

Noté cómo se me formaba una amalgama áspera en la garganta que se me atragantaba y se me quedaba encajada entre la boca y el corazón.

Doblé el recorte de periódico y lo metí entre las páginas del libro en el que lo había encontrado. Lo coloqué en mi librería, entre *Así empieza lo malo* de Javier Marías y *Últimas tardes con Teresa* de Juan Marsé.

Una voz antigua de viento y de sal

> *Te vas, Alfonsina, con tu soledad.*
> *¿Qué poemas nuevos fuiste a buscar?*
> *Una voz antigua de viento y de sal*
> *te requiebra el alma y la está llevando.*
>
> A. Ramírez y F. Luna,
> «Alfonsina y el mar»
> (interpretada por Mercedes Sosa)

Una mujer había desaparecido en Galicia el día del entierro de mi abuela. Leí el titular en la edición digital de un diario. Se llamaba Juana y su hija la buscaba como una loca. No quiere que la policía se aburra y se olvide de ella. Su madre tenía problemas de salud mental y dan por hecho que se ha tirado al mar. Sola, vestida de alegría, con un vestido amarillo de lunares negros. «¿Quién se tira al mar con un vestido amarillo?», preguntaba su hija a los medios, desesperada por que alguien siguiera buscando a esa madre que la había dejado sola con toda su vida por delante. «No me verá casarme, ni tener hijos. ¿Cómo ha sido capaz? No puede haberse matado. Es imposible, yo soy su motivo para seguir viviendo, todos los caminos que no he andado aún son la promesa de un futuro alegre para ella. Claro que estaba cansada y triste. ¿Qué mujer de más de cincuenta años no lo está? Soy una mala hija por no haberle dado nietos a los que cuidar de lunes a viernes y que la retuvieran más tiempo aquí, en la vida. Pero no he podido hacerlo. No tengo dinero, ni marido. Me dejó un novio que tuve durante diez años por una compañera de trabajo que no quería una vida ordenada, solo quería viajar y comer en muchos restaurantes diferentes y hacer fotos a los platos para que la siguiera cada vez más gente en Instagram. Pero yo solo cuelgo alguna foto de vez en cuando, cuando quedo con mis amigas del colegio y escribo un "cómo os quiero a todas" y ya está. No sé qué más colgar. Mi día a día en la fábrica es una mierda, no es muy fotogénico. Pero mi madre es buena y no puede morirse así, de golpe. Y no me ha escrito ni una línea, ni un wasap... ¿Cómo va a haberse matado sin decirme que me quiere? Eso no puede ser, es imposible. Mi madre me quiere, me ha cuidado mucho y se ha esforzado toda su vida para que yo pudiera vivir mejor de lo que ella lo había hecho. Mi padre nos abandonó cuando yo tenía dos años, así que de él ni me acuerdo, pero ella lo ha sido todo para mí y estaba contenta conmigo. Nunca la defraudé. Bueno, quizá lo de no tener hijos sí que fue una pequeña decepción. Yo querría, de verdad, pero no puedo tenerlos sola y me falta dinero para ser madre soltera, ¿cómo voy a serlo si no puedo pagarme ni un alquiler y tengo que vivir con mi madre? Y ahora, ¿qué haré? Mi madre me quiere, no puede haberse tirado al mar sin decirme ni adiós. Pero si la policía decide que sí que lo ha hecho, nadie la buscará y yo me quedaré sola y desesperada por no poder encontrarla. Necesito ver su pelo enredado en algas y su cuerpo hinchado para ser capaz de poner el punto final a su vida. Así no podré, no lo haré, y la buscaré sin parar hasta que no tenga fuerzas ni para arrastrarme. Mi madre me quería. La esperaré cada noche de luna en la orilla del mar. Seguro que vuelve».

«Madre mía... Qué pesar, pobre chica», pensé. Supe que su madre estaba en el fondo del mar, o atrapada entre las rocas y las algas de la costa, rodeada de cangrejos. Imposible que fuera de otro modo. Había desaparecido tan cerca de la fecha maldita de mi cumpleaños que no podía no haber quedado atrapada por ese mal fario que me persigue y provoca desgracias de todo tipo.

El infortunio de esa mujer me hizo pensar en Alfonsina Storni y en su último poema. Lo escribió y lo envió al diario argentino *La Nación* justo antes de internarse en el mar para no volver a salir nunca de las aguas a las que entregó su vida a los cuarenta y seis años después de saber que había empeorado la enfermedad que padecía y que le había provocado ya la amputación de un seno. Escribió además dos cartas: una a su hijo Alejandro, en la que le decía que lo amaba más que a nada y a pesar de todo; la otra a un amigo al que pedía que cuidara de los suyos. El poema se titula «Voy a dormir»:

Dientes de flores, cofia de rocío,
manos de hierbas, tú, nodriza fina,
tenme prestas las sábanas terrosas
y el edredón de musgos escardados.
Voy a dormir, nodriza mía, acuéstame.
Ponme una lámpara a la cabecera;
una constelación, la que te guste;
todas son buenas; bájala un poquito.
Déjame sola: oyes romper los brotes...
te acuna un pie celeste desde arriba
y un pájaro te traza unos compases
para que olvides... Gracias. Ah, un encargo:
si él llama nuevamente por teléfono
le dices que no insista, que he salido...

Tuve una idea. O más bien sentí un impulso que decidí no reprimir. No estaban caros. Un billete de ida a Tetuán por sesenta euros. Tenía que madrugar mucho y esperar unas horas en el aeropuerto de Málaga antes del enlace con el siguiente vuelo, pero aun así a mediodía ya estaría allí.

Fue el médico quien me dijo que tenía que desaparecer. Tan solo estaba siguiendo su consejo.

Quería pasear por las calles que mis abuelos habían pisado. Sabía que no tendrían nada que ver con las de esa ciudad medio española de los años cuarenta en la que ellos fueron jóvenes, pero necesitaba ver la Medina, el Ensanche Español, leer los letreros en castellano aún de negocios que ya no existen, pero que siguen clavados en las fachadas de los edificios.

Sobre todo necesitaba escapar de Barcelona. Me asfixiaba en mi ridículo piso sin aire acondicionado de mujer fracasada de cuarenta y cuatro años recién cumplidos que no había logrado dar la felicidad por sentada. Ni sentarla media hora para tomar un café con ella había conseguido.

No aguantaría todo un verano sola en una ciudad pegajosa mientras miraba las fotografías de la felicidad también pegajosa de todos aquellos a quienes seguía en Instagram. Insufribles postales modernas de mares, de dunas, de casas encaladas y techos azul cian, de valles de un verde irreal que aparecían y desaparecían con un movimiento de mi dedo índice. No podría soportar el contacto húmedo de las pieles blancas, como de panza de rana, de los turistas que invaden como hordas vikingas el metro y las calles del centro de mi ciudad cada verano. Tampoco podría resistir con un mínimo de dignidad y decoro ser espectadora de las futuras fotos de Jon abrazando la barriga abultada del hada preñada en biquini ante un fondo verde turquesa. La sola idea de ese abrazo, de esas manos de venas marcadas que ponían fin a esos antebrazos sin vello que una vez creí que sostendrían siempre mi mundo como los brazos de un titán, de ese Hiperión que, según los griegos, fue padre del sol, la luna y el alba, destilando a través del contacto con esa piel feérica un amor que me correspondía y que debería haberse extinguido en mí, me perturbaba hasta el trastorno y el delirio de sentir a mi lado la presencia del oso que quería asfixiarme.

Hice clic sobre la opción COMPRAR. En un día y medio estaría allí. El 31 de julio me iría. Ya tenía mis vacaciones improvisadas. Autorregalo de cumpleaños. Nadie me había regalado nada este año raro en el que celebrar parecía de mal gusto.

No necesitaba gran cosa para mi aventura: una mochila, camisetas ligeras de algodón, los tejanos puestos y unos pantalones más frescos de lino de recambio, una libreta en blanco y varios bolígrafos de tinta negra, y dos libros. Cogí *Nuestra parte de noche* de Mariana Enríquez y *Fármaco* de Almudena Sánchez.

Decidí no despedirme de mis padres. No quería oír sus advertencias, los miedos de mi madre, los reproches de mi padre. No tenía ganas de irme acompañada de ruido. Necesitaba silencio para escuchar las voces que me susurraban desde el fondo de mi soledad y entender lo que deseaban decirme. Ya los llamaría desde allí.

Una vez en el avión, cuando sobrevolaba el mar, una voz aguda, como un silbido de viento y sal, sobresalía del resto y me llamaba una y otra vez por mi nombre. «¡Lola, Lola, Lola, mira, estoy aquí, abajo, en el fondo! En el fondo te espero. Estás en el aire, flotando como esa virgen árbol con su vientre que da frutos abierto de par en par, por encima del mundo, por encima de nuestras cabezas de pecadores —me decía. Y seguía llamándome—: Lola, mira hacia abajo, mira el agua del mar, escucha la canción de sus olas, esa melodía que va y viene y te hipnotiza con ese balanceo de cuna, de madre eterna que mece en sus brazos de agua la vida de todos sus hijos y los va durmiendo de poquito a poco, hasta que cierran sus ojos y se les meten los sueños de sirenitas de pelo verde y caballitos de mar. Lola, cierra los ojos, sueña tú también desde el aire con el fondo de ese abismo desde el que te hablo, en el que se te han ido cayendo uno a uno los granos de tu felicidad y que, en vez de formar una playa, han acabado creando un desierto».

Quise dormir para ahuyentar esa voz, pero las imágenes acuáticas se me metieron en la cabeza y no me abandonaban. Intenté distraerme leyendo el diario que había comprado en un quiosco del aeropuerto. Primero leí un artículo sobre la elevada temperatura de ese mar que me llamaba y al pasar las páginas mis ojos se toparon con una noticia sobre una chica secuestrada. El caso ya se había resuelto, pero yo no me había enterado de su desaparición. Había estado tan ensimismada que se me había pasado el suceso. Desapareció de su casa, en Burgos, un viernes por la noche, hacía ya una semana. Se llama Jessica y tiene diecinueve años. La buscaron desesperadamente, pero la falta absoluta de pistas y sospechosos llevó a la policía a augurar un mal final para el caso; sin embargo, para sorpresa de todos, la chica apareció viva. El diario recogía su testimonio. Había atendido a los periodistas después de haber sido dada de alta y en la entrevista afirmaba que no se había rendido en ningún momento, que la voluntad de sobrevivir superó al miedo paralizante. Durante los días de cautiverio había intentado fijarse en todo lo que la rodeaba en ese cuarto sucio en el que un desconocido la metió amordazada y atada. Sabía que había un patio de vecinos por el tipo de luz que se colaba entre las rendijas de la persiana bajada y los ruidos que oía. Sabía que no era un piso alto por el volumen de las voces y los sonidos de los coches que le llegaban desde la calle. Siguió atenta mientras el hombre la violaba y le propinaba palizas. Supo que bebía mucho, que le gustaba liberarla de la cadena con la que la mantenía atada a la estructura de la cama cuando la violentaba y que cerraba la puerta con un candado al dejarla sola y dolorida. Dedujo que la bestia no tardaba mucho en quedarse dormida porque sus ronquidos atravesaban la fina lámina de contrachapado que los separaba a los pocos minutos. La última noche el desconocido estaba demasiado borracho para violarla y transformó su impotencia en golpes. Jessica intentó no desesperar y notó cómo la tristeza que había sentido durante esos años finales de la adolescencia se acalló por el impacto contra la violencia y se transformó en un deseo feroz de seguir adelante que se abrió paso como un grito. Se repetía una y otra vez mientras la bestia la hería que ella no se lo merecía y esa idea retumbaba tan fuerte en su interior que le impedía escuchar los insultos. Jessica decidió que no iba a acabar así. Su instinto le decía que, si no intentaba huir, iba a morir. Esa última noche, el monstruo estaba tan ebrio que se quedó dormido sin echar la llave de ninguno de los candados que la mantenían encerrada tras una puerta. Jessica consiguió liberarse de las bridas que la ataban con sus propios dientes y pudo salir por una ventana de la cocina del piso que, había intuido bien, era un entresuelo. Llegó desnuda y con una cadena al cuello a un hospital cercano. Como un animal. Me hizo pensar en la novela *Cadáver exquisito*, de Agustina Bazterrica, en la que los cuerpos se convierten en carne sin voz ni pensamiento. Costillas rotas, heridas más difíciles de cicatrizar que un hueso partido y unas ganas de vivir intactas. Me impresionó la fuerza de esa chica que había evitado desaparecer, que por fortuna no se había convertido en una nueva ausencia.

Cerré el diario y me quedé dormida hasta que el tren de aterrizaje golpeó el suelo de Tetuán.

Me colgué la mochila y di los primeros pasos en esa ciudad desconocida. Me sentí libre por primera vez en mucho tiempo. Saber que podía huir me hacía sentir ligera.

Al encender el móvil me entraron un par de mensajes, uno de la compañía telefónica que me informaba del cambio de territorio y otro de Xavi. Me preguntaba cómo estaba y me contaba en pocas palabras que la isla le parecía maravillosa y más tranquila de lo que se esperaba. Junto con las palabras me envió una imagen, una fotografía de él en bañador con las piernas hundidas en un agua casi transparente y los brazos en cruz. Estaba muy moreno y todo él relucía. Su piel, su pelo mojado, sus dientes tan blancos en contraste con el bronceado, sus ojos. Miraba feliz hacia la cámara y me enviaba ese fragmento de su felicidad de verano. Me hizo sonreír, y deseé estar entre esos brazos de nuevo, lamerle la piel salada de los hombros. Me dejé llevar por el impulso y me hice un retrato con una palmera y el edificio blanco del aeropuerto al fondo. Luego se la envié junto con una pregunta:

Dónde estoy?

Reparé en que estaba en línea, así que esperé unos segundos por si veía mi mensaje y me respondía.

Pero bueno, te has ido por ahí? Adónde?
Qué bien! Con quién?

                                  Sola. No lo pensé mucho.
                               Estoy en Marruecos. A ver qué tal

Anda, aventurera! Duermes en un riad?
Cuando estuve allí, me alojé en uno precioso

                                            Sí. Ya te contaré

Sí, por favor. Y envía fotos

                                                  Lo haré

Sabes qué?

                                                    Qué?

Que me gustaría estar ahora contigo.
Nos vemos a la vuelta, vale?

                                          Hablamos, claro

Un beso

Y cerró la conversación con el emoticono de una carita con la boca en forma de beso.

Me pilló desprevenida la sonrisa que se me escapó de entre los labios.

Quería recorrer los caminos ya andados por mis abuelos. Comer dátiles y cuscús. Quería reconocer los lugares antiguos que aparecían al fondo de las fotografías en blanco y negro de las que había hecho copias con la cámara de mi móvil y pedir a un extraño que me hiciera una foto ante los mismos escenarios. Quería ir a la presa y buscar en el fondo la solución al misterio de mi abuelo.

Sabía que cuando mi madre recibiera un mensaje con una foto mía en Tetuán se enfadaría y me echaría en cara mi locura. No iba a decírmelo, pero en sus palabras yo percibiría la vibración que emite la decepción. Tendría cuidado de no salirse de su papel y me tildaría de imprudente y de cabra loca, pero esa vibración nacería de su deseo contrariado de ser tenida en cuenta. Pero necesitaba irme. Nunca había viajado sola y supe que había llegado el momento de hacerlo. Necesitaba espacio para pensar en quién era, en quién iba a ser a partir de ese momento.

Me subí a un taxi y di al conductor la dirección del riad en el que me alojaría los próximos días. Dentro del coche el aire acondicionado me alivió el inicio de dolor de cabeza que me produjo el contraste entre la temperatura del interior del aeropuerto y la del exterior. Cuando arrancó, me relajé contra el respaldo de escay negro agrietado y cerré los ojos un instante. Me embriagué de esa ilusión de libertad que estaba sintiendo. Supe que no cargaba con ningún peso que me hundiera los pies en la tierra como si fueran raíces, la Virgen de madera de mi infancia no me concedió el deseo de ser una mujer árbol, así que podía vagar sin rumbo.

Durante el trayecto me nació una inquietud que me llevó a darme cuenta de algo: aunque saber que nada me ataba me producía una euforia insólita, en el fondo ansiaba un ancla que me sujetara.

Quizá me había subido inconscientemente a un avión para buscarla. Tal vez solo podría verla desde la distancia.

Agradecimientos

Me gustaría agradecer en primer lugar a Carmen Romero la confianza. Para continuar, gracias a Toni Hill por su lectura atenta y sus consejos, que tanta luz han aportado a esta historia.

A Marc, que ha sido el apoyo que necesitaba durante el tiempo de escritura, le agradezco su estar ahí y esa voluntad de escucharme que me ha ayudado a seguir adelante.

Y gracias a todos aquellos que con su presencia me recuerdan que no soy una ausencia.